荒崎一海

孤剣乱斬（こけんらんざん） 闇を斬る 七

実業之日本社

実業之日本社文庫

目次

孤剣乱斬　闇を斬る　七

第一章　闇の尻尾

一

「できた」

鷹森真九郎はつぶやいた。

文化八年（一八一一）初春一月十三日。この朝も、庭で胴太貫をふるっていた。

差料は五振りある。刀身が二尺二寸（約六六センチメートル）の大和。二尺三寸三分（約七〇センチメートル）の二代目鎌倉。二尺四寸（約七二センチメートル）の備前と筑後。以前は肉厚な備前のほうがわずかに重かったが、風と名のった浪人との死闘でできた刃毀れを研いだために、筑後とおなじ重さになった。いずれも、かの地の刀工が業物である。

そして、もう一振りが、二尺五寸（約七五センチメートル）ある胴太貫の肥後だ。しかも、胴太貫は通常の刀よりも重心が切っ先よりにあるために、実際よりも重く感じる。

真九郎には、国もとである今治城下の師、竹田作之丞から教わり、城下はずれの叢林で稽古した弧乱の剣がある。枝から落下する葉を、二葉、四葉、八葉と断っていく疾風の太刀捌きだ。

一昨年の晩秋九月十三夜、大川で観月の船遊びをした。名月が夜空を蒼くそめて煌々とかがやいていたが、宵がふかまるにつれ、川面を霧が覆いつくしていった。

蒼穹の名月と、川面を這う白い霧。まさに、幽玄の名画であった。

剣の究理は満月の円にある。そして、自在に変化する霧の動き。真九郎は、くふうをくわえつつあった弧乱を霧月と名づけることにしたのだった。

弧乱に緩急と剛柔をおりまぜた技が霧月である。毎朝の稽古で足捌きはできているが、太刀捌きがいまだ得心するにはいたってなかった。

それが、この四日、太刀捌きに違和がない。昨日の朝までは半信半疑であった。昨冬から、ときおり弧乱の稽古をしていたのが功を奏したのかもしれない。

春を迎えたとはいえ、未明の庭は冬のさなかのごとく吐く息が白い。

明六ツ（春分時間、六時）の鐘が鳴るまで、真九郎はようやく体得したとの確信をえた霧月を無心にふるいつづけた。

庭のすみに釣瓶井戸がある。稽古が終わるまえに、下女のうめが井戸の敷石に盥と手拭を用意する。

真九郎は、ぬいだ稽古着を盥にいれて下帯一本となり、汲んだ井戸水を交互に両肩から浴びた。稽古でほてった躰が、冷たい水でひきしまる。

濡れた下帯をしぼり、手拭で躰をふく。

居間まえの沓脱石から廊下にあがると、着替えをもった妻の雪江が湯殿（風呂場）についてきた。

年が明け、真九郎は二十九歳、雪江は二十二歳になった。夫婦となって四年めの春である。

真九郎は、筑後の国柳河藩十万九千六百石立花家の道場へ師である団野源之進義高の代稽古でかよっている。偶数日が下谷御徒町の上屋敷、奇数日が浅草はずれ坂本村の下屋敷だ。

本所亀沢町にある団野道場には、毎月の十日と二十日と晦日に代稽古にでている高弟がつどう。

師走の二十日も、亀沢町からの帰路に五名の刺客が襲ってきた。しかし、稽古仕舞いである二十七日の夜は襲撃がなかった。

正月三日の稽古始めの日も、闇の刺客たちはあらわれなかった。

だが、十日の宵は、新大橋をわたったところで四人の刺客が待ちうけていた。

朝餉を終えた真九郎は、雪江の見送りをうけて家をでた。

住まいは、大川河口の霊岸島にある。島を二分する新川北岸の四日市町に、霊岸島一の大店の和泉屋がある。一昨年の晩春三月朔日、その離れに越してきた。もともとは、主の宗右衛門が隠居用に建てたものであった。

下屋敷へは、晴れた日は猪牙舟、雨や雪の日は屋根船でかよっている。この日も、和泉屋まえの桟橋に、越前堀にめんした銀町二丁目にある船宿浪平の老船頭智造が猪牙舟で待っていた。

大川は、吾妻橋から上流が隅田川になる。

隅田川から山谷堀へはいり、新鳥越橋てまえの桟橋に、智造が猪牙舟をつけた。

下屋敷は、新鳥越橋から西へ直線でおよそ十町（約一・一キロメートル）ほど離れている。

稽古をつけるのは昼九ツ（正午）までだ。

帰りも、智造が猪牙舟できていた。

山谷堀から神田川までを、浅草の者は浅草川と呼ぶ。

その神田川と大川とのかどの平右衛門町に、船宿の川仙がある。

雪江にひとり娘のはるを弟子入りさせている川仙の主仁兵衛には、江戸の香具師の元締、浅草の甚五郎というもうひとつの顔がある。

昨日ははるの稽古日で、送り迎えをしている巨漢船頭の徳助が、甚五郎からの文をもってきた。

智造が、艪から棹にかえた。

いったん報せに消えた若い者が、小走りにもどってきた。

猪牙舟が桟橋につく。

若い者が辞儀をした。堅気をまねようとしているが、動きがぎごちない。

真九郎は、かるく顎をひき、舟をおりた。

「旦那、ご案内いたしやす」

暮れの二十四日は、未明からの大雪であった。昼間、徳助が、雪見にお招きしたいとの甚五郎の文をもってきた。承知していただけるのでしたら、夕刻に徳助を迎えに行かせますとしたためてあった。

以前に約束していた。真九郎は、雪江のつごうを訊き、承知した。

座敷の四隅とまんなかに火鉢がおかれ、大川にめんした障子を左右にあけはなち、舞いおちる雪を愛(め)でながら、甚五郎内儀のみつをまじえた四人で三の膳まで食した。

甚五郎は、その座敷で待っていた。障子はしめられ、上座ちかくに炭をいれた素焼きの火鉢がある。

上座につくと、甚五郎が両膝に手をおいて低頭した。

「旦那、まずは新年のご挨拶をさせていただきやす。あけましておめでとうござんす」

「わたしからも、新春を言祝(ことほ)がせてもらおう。昨年は世話になった。今年もよろしくたのむ」

「わっちでお役にたつんでやしたら、なんなりと申しつけておくんなせえ。ご迷惑(めえわく)でござんしょうが、浅草の甚五郎、旦那に肩入れさせていただきやす」

茶をもった女中ふたりをしたがえ、みつが挨拶にきた。

みつは、柳橋(やなぎばし)で芸者をしていた。しかし、あでやかさは微塵(みじん)もなく、むしろ清楚(せいそ)でつつましやかだ。甚五郎はそこに惹(ひ)かれたのであろう。

真九郎は茶を喫した。

茶碗をもどした甚五郎の眉に、わずかな曇りがある。

真九郎は、無言で問いかけた。

「正月早々、こんなことをお耳にいれるのもどうかと思いやしたが、聞いておくんなせえ。一昨々日、手の者がふたり、殺られやした」

「闇のしわざだと考えておるのだな。理由を聞かせてくれ」

甚五郎がうなずいた。

「ごぞんじのように、徳助に若え者をつけておりやす。源太ってえのは、年齢は十九で、いまだ杯をやっちゃあおりやせんが、なかなかに目端の利く野郎でやした」

「親兄弟は」

甚五郎が首をふった。

「徳助にあずけてある者は、みな、身よりがありやせん。もうひとりは東仲町にいる元助って野郎で、腕っ節があり、二十六でやすが肝もすわっておりやした。源太らにゃあ闇の船宿をさがさせておりやしたから、なんか見つけ、元助にいっしょに行ってくれってたのんだんじゃねえかって、わっちは考えておりやす」

浅草の甚五郎の住まいは、浅草寺まえの東仲町にある。次代の甚五郎を継ぐ一の子分の松造がしきっている。

甚五郎がつづけた。

「ふたりとも正面から一太刀で斬られ、死骸をのっけた猪牙舟が大川に浮かんでたそうで。子分どもに命じて、どこかに血の跡はねえか、見た奴はいねえか、さぐらせておりやす」

「正面から一太刀か。相手はふたり、もしくは数名でかこんだな。どこで斬ったかわからぬように亡骸を舟で流す。猪牙舟は川仙のものか」

「おっしゃるとおりで。まだお客をおのせするってわけにはめえりやせんが、源太はそこそこ漕げるようになってたそうにござんす」

「そのほうが申すように、源太がなにか見つけたのであろう。闇は、そのほうとわたしとのかかわりを知っておる。闇のしわざに相違あるまい。わたしもそう思う」

「元助は一家の半纏を着ておりやした。それで、わっちの身内だと気づかれたんでやしょう。印半纏を血で汚されたんじゃあ、しめしがつきやせん。旦那、闇の奴ら、浅草の甚五郎一家に喧嘩を売りやした。ただじゃおきやせん」

片頬に不敵な笑みをきざんだ。

月番は南町奉行所である。だが、闇にかんしては北町奉行所のあつかいだ。

真九郎は訊いた。

「いまのこと、桜井どのに話してもかまわぬか」

「旦那におまかせいたしやす」

「甚五郎、闇を相手にするは命がけだ。手の者にくれぐれも申し聞かせ、そのほうもじゅうぶんに用心してくれ」

「かしこまってござんす」

「それとな、東仲町へあらたに出入りするようになった者、雇った下働きをふくめ、ようすを注意するよう松造に申してはくれぬか。闇は年老いた下男下女を手先としてつかっておる」

甚五郎の瞳が、底光りを放つ。

「旦那、気いつかっていただき、ありがとうござんす。心得ちげえするような者(もん)はいねえはずでやすが、松造に子分どももひとり残らずあたらせやす」

「闇は、人の弱みをつく。親や妻子を殺(あや)めると脅しておるやもしれぬ」

「わかりやした」

真九郎はうなずき、左脇においてある刀に手をのばした。

甚五郎が、桟橋まで送ってきた。

夕七ツ（四時）の鐘がなってしばらくして、勇太(ゆうた)が迎えにきた。

二十一歳の勇太が、藤二郎(とうじろう)の手先ではもっとも若い。亀吉(かめきち)が非業(ひごう)の死をとげたいまでは、いちばんの俊足でもある。身の丈は五尺三寸（約一五九センチメートル）余で、顔も躰もほっそりしている。

御用聞きの藤二郎は四十、恋女房のきくも三十路になった。塩町の裏通りで、藤二郎はきくに一膳飯屋の菊次をやらせている。その裏が、住まいだ。

さきになって菊次よこの路地へはいっていった勇太が、見世との境にある格子戸をあけた。

路地よこの障子が左右にひらかれた。

にがみばしった男ぶりの藤二郎が、膝をむけている。奥の上座に北町奉行所定町廻りの桜井琢馬、居間を背にして見習の成尾半次郎がいた。

真九郎も五尺九寸（約一七七センチメートル）と大柄なほうだが、琢馬は六尺（約一八〇センチメートル）ちかい。歳は三十八。半次郎は、五尺五寸（約一六五センチメートル）で二十三歳。真九郎とおなじ直心影流を遣う。

見世との境の板戸があき、食膳をもったきくが姿をみせた。

真九郎は、沓脱石から廊下にあがった。

半次郎の対面にすわる。

きくが、膝をおって食膳をおき、銚子をとった。

「鷹森さま、おひとつどうぞ」

真九郎は、笑みをうかべ、杯を手にしてうけた。

きくは、深川一の美貌を謳われた元辰巳芸者である。いまでも、咲きほこる大輪の花のごとくあでやかだ。以前は妖艶な色香があったが、貰い子をしてからはそれが消え、母親の顔になった。

ひきとったのは、闇に殺された染吉の子の矢吉である。父親は、闇の頭目の鬼心斎だ。

匂うような色香が苦手な真九郎は、安堵している。しばらくまえまでは、きくに見つめられると、居心地がわるくなり、逃げだしたくなったものだ。

抜衣紋に、ほっそりとしたうなじ。きくの容姿は人目を惹く。菊次には、きく見たさにかよってくる者も多い。

ほほえんで首をかしげるような辞儀をしたきくが、立ちあがり、客間をでて障子をしめた。

真九郎は、人肌に燗された諸白（清酒）をはんぶんほど飲み、杯をおいた。

琢馬が柔和な眼で見ていた。

「桜井さん、申しあげたきことがあります」

「なんでえ」

「下屋敷からの帰りに甚五郎に会うてまいりました……」

真九郎は語った。

琢馬が、切れ長な一重の眼をほそめた。

「猪牙舟に死骸が二つあったとは聞いてるが、そうかい、甚五郎の子分だったとはな。南町は、おめえさんと甚五郎のかかわりを知らねえ。なあ、たのまれてくんねえか」

「なにごとでしょう」

「子分を殺されたんだ、なんもするなって言ったところでひっこんでるわけがねえ。甚五郎が、闇の船宿をさがすのはかまわねえ。子分を殺った雑魚がほしいんなら、くれてやったっていい。お奉行におたのみしとく。だから、かってなまねをしねえように言ってくんねえか。とくに佃島の六助よ、見張るだけでけっしてちょっかいをだしたりしねえよう念押ししてもらいてえんだ。ご公儀の威信にかけても、闇は潰さなくちゃあなんねえ。おめえさんのたのみなら、甚五郎は聞くはずだ」

たしかに、甚五郎は喧嘩を売られたと不敵な笑みをきざんでいた。

「承知しました。明後日は休みですから、十七日の帰りに川仙へより、話してみます。それでよろしいでしょうか」

「ああ、かまわねえ」

琢馬が眉根をよせた。

「きてもらったんはいくつか話しておきてえことがあったからなんだが、たしかめさせてくんな、甚五郎の子分が殺されたんは十日だな」

「ええ、そうです。それがなにか」

「あとで、おめえさんの考えが聞きてえ。ちょいとひっかかることがある。そのめえに、まずはせんからだ。お縄にしたんが先月の十三日で、ちょうどひと月になる。強情な女でな、年もあらたまったんで、やむをえず、ちょいと責めたらしい。そしたら、残らず吐いたそうだ」

せんは、闇で妾奉公をしていた美貌の中年増である。佃島にひそんでいたのを、あぶりだして捕縛した。

琢馬は、佃島に母親が住んでいる担売りの六助がねらいであって、せんにはそれほど期待をかけていなかった。

六年まえ、四ツ谷の南伊賀町で、情人であった定八がせんを囲っていた質屋の主を刺し殺して逃げた。せんも、金子と金目のものをもって四ツ谷から姿を消した。

せんは、品川宿へ行った。手形がないと箱根の関所はこえられない。品川宿で旅装をととのえて、大久保家十一万三千石の小田原城下へ行く気だった。

五街道は、いずれも道幅がおおむね五間（約九メートル）。両脇には松が植えられ、一里（約四キロメートル）ごとに榎を目印にした塚が築かれている。

二日後の朝、品川宿を発ち、東海道を小田原へむかったせんは、最初の一里塚で水茶屋からでてきた四十前後の商人ふうの男に呼びとめられた。

相手は、せんの名も、南伊賀町でなにがあったかも知っていた。わるいようにはしないから、いっしょにきてもらいたい。笑みをうかべ、口調もおだやかだが、うむを言わせぬものがあった。

せんは観念した。街道では逃げようがない。おとなしくしたがい、懐柔して、隙をみつける。か弱い女の身ではそれしかなかった。

商人は、近江屋と名のった。伊勢屋とおなじく、江戸ではありふれた屋号である。

つれていかれたのは、小塚原町にある一軒家だった。老夫婦の下働きがいた。驚いたことに、近江屋は躰をもとめなかった。ただ、逃げようなどとは考えないことだとやんわり脅しただけであった。

やがて、せんは命じられるままに妾奉公をするようになった。

はじめのうちは、みずからがなしていることが恐ろしかった。しかしそのうち、命を奪われるとも知らずに情欲の虜となって惑溺する男たちにたいして、内奥ふかくでなぶるがごとき喜びをおぼえるようになった。それは、男女のまじわりではうることのできぬ頭の芯がしびれるような快感であった。

かかわりをもったのが闇であり、近江屋にせいいんという影の名があるのも、のちになって知った。

せいいんは青寅と書く。

闇は別嬪のせいにあらかじめ目をつけていたにちがいないと琢馬が言うのに、真九郎は首肯した。

琢馬がつづけた。

駒込追分町で、せいは定八に質屋殺しをばらされてもいいのかと脅され、しぶしぶ出合茶屋へついていった。

愚かなと、真九郎は思う。

定八に言えるわけがない。せいが捕縛されれば、定八のことを語る。当然、町奉行所は、定八の行方を追い、駒込追分町でなにをしていたのかをさぐることになる。

せいの肌をむさぼった定八は、座頭の家のようすを執拗に訊いた。せいは、押込みにはいる気なのだとさとったが、そ知らぬふりをした。

青寅とのつなぎのしかたは、毎朝くる担売りである。裏長屋には、一日じゅう担売りが出入りしている。

鬼心斎の智謀は底が知れないと、真九郎は思った。

翌朝、せんはいそぎ会いたいと担売りに告げた。昼になって、手代のなりをしたべつの者が駕籠を用意して迎えにきた。

神田川に架かる和泉橋よこにある河岸の桟橋に舫われた屋根船で、青寅は待っていた。会うのは、つねに屋根船でであった。

せんは、住まいちかくで昔を知っている男に見られてしまったので、すぐにも引っ越したいと言った。

なるだけ早くどうするかを報せる、身辺につねとことなるけはいがあれば小塚原の寮へ行くようにと、青寅が告げ、ひとつ下流にある新シ橋てまえの桟橋で船をおろされた。

せんは、駕籠をひろって帰った。

つぎの朝、手代が青寅の言付けをつたえにきた。

翌日、人足と大八車をよこすので引越の用意をしておくようにとのことであった。それとはべつに、せんは旅のしたくを命じられた。

たびかさなる妾奉公のせいか、せんがときどき癪をおこすのを、青寅は知っている。当座は、箱根の湯治場で療養するように言われた。

荷担ぎと用心のために、箱根まで手代がついてきた。せんには、はじめての旅であった。しばらくは、惚(ほ)れてもいない相手に抱かれずともすむ。せんは、日に何度も湯につかり、のんびりとすごした。

逃げようとの思いはとうにうせていた。かならず見つかって殺される。闇の恐ろしさは、せんなりにわかっていた。それに、妾奉公ができなくなったら、これまでつくしてきた見返りとして、京にもあるという寮のひとつで生涯安楽に暮らせる。青寅が、そう約束した。このように湯治場で療養までさせてくれる。疑う理由はなかった。

箱根にきてふた月ちかくたった仲冬十一月になってほどなく、青寅が手代をともなってやってきた。

青寅は、定八について問いつめた。なぜいまごろになってとの疑念を心底(しんてい)にしまいこみ、せんは包み隠さずしゃべった。

納得した青寅は、躰のぐあいを訊いた。せんは、湯治にきてからいちども癪がおこっていないとこたえた。青寅はうなずき、養生をつづけるようにと言った。

せんは、考えていることがあった。定八に無理強いされてふたりも子を流してしまった。鎌倉の長谷寺(はせでら)へ水子供養に行きたいと願った。

長谷寺の創建は鎌倉時代以前だとつたえられ、水子供養で知られていた。

青寅は承知し、長谷寺門前町の旅籠までせんを送り、迎えにくるまで逗留しているように告げた。

下旬になったばかりのころ、青寅が手代ときた。

せんは、佃島の漁師の家へ行き、母親に孝をつくすよう命じられた。

筋書はこうであった。

せんは、伊勢の国桑名城下で大店の女中をしていた。翌年には二十四歳になるので、春に暇をもらい、しばらくは従姉の家で厄介になっていた。しかし、いつづけるわけにもいかないので、江戸で手代をしている従兄をたよるつもりで旅にでた。

女のひとり旅だ。用心はしていたのだが、雲助につかまり、あやうく林のなかへつれこまれそうになったとき、助けてくれた人がいた。

古着の担売りで、名は六助といった。

事情を聞いた六助は、自分も来春には帰るのでそれまで佃島の家で母親のめんどうをみていてくれないかとたのんだ。身のふりかたは、そのときに相談しよう。

相手は命の恩人で、人柄もよさそうであった。せんに異存はなかった。

青寅が、六助の人相風体を語った。あらたな謀であろうと、せんは思った。命じられたとおりに動く。これまでも、理由を説明してもらったことはなかった。

品川宿の周辺で、町方の者たちがせんを探索しているのを、青寅は知っていた。川崎宿から駕籠にのり、高輪の大木戸でひとりになって佃島へむかった。

「……ということよ。お縄になっためえの日に、文がとどいた。せんは、従兄に会ってくると家をでたそうだ。行き先は、芝口一丁目の裏店よ。年寄の夫婦者が住んでたが、せんがお縄になった二日後に消えちまった。いまは、せんが妾奉公をしていたのをひとつずつ洗いなおしてる。闇について、なんかわかるかもしれねえ」

真九郎は、ちいさく首をふった。

「配下のせんがお縄になったとしても、支配である青寅は住まいさえわからない。よく考えてあります」

「まったくだぜ。もともと、せんにそれほど期待していたわけじゃねえがな。それでも、いくつかわかったことはある。あとは六助よ、支配の古着屋を押さえてえ。そしたら、もうすこしいろんなことがはっきりするはずだ」

「ええ、そう思います」

「それとな、留守居役の藤岡十内は切腹になった。昨夜、お奉行からお聞きした。越前家の家老がご老中さまに猶予を願ったのが、先月の十九日だ。師走の街道を越前まで、雪の山道をよほどにいそいだんだろうよ」

琢馬が、片頬に皮肉な笑みをきざんだ。

真九郎は、琢馬にうなずいてから、藤二郎へ顔をむけた。

「十五日の昼、亀吉と勝次の墓参りがしたい。できれば、染吉の墓にも。誰かに案内させてはもらえぬか」

「わかりやした。お昼をおすませになったじぶんに、勇太をお迎えにいかせやす」

「よろしくたのむ」

真九郎は顔をもどした。

「気になることがあるとおっしゃっておられましたが……」

琢馬が首肯した。

「ああ。くわしくは聞いてねえんだが、一昨日と昨日、付け火があった。一昨日が一箇所で、昨日が二箇所だ。火付けは、ふつう、風のある日を狙う。だが、この数日、風は吹いてねえ。火はすぐに消しとめられたし、がきの悪さじゃねえのかってことになってる。甚五郎の子分が殺された翌日から、二晩連続だ、みょうだと思わねえかい」

真九郎は、眉根をよせて畳に眼をおとし、すぐに顔をあげた。

琢馬の眼が刃になる。

「おめえさん、おいらとおんなしことを考えてるな」

「ええ。今日も凪がありません。今宵もまたあるか、付け火のあったのがすべて船宿のちかくであれば、殺しの痕跡を消すため」

「よし。死骸をつんだ猪牙舟が闇がらみだと、お奉行にご報告しなくちゃあなんねえ。猪牙舟が見つかったんがどこか、付け火の場所もだ。半次郎、藤二郎、行くぜ」

塩町の裏通りから横道へでたところで、真九郎は北町奉行所へむかう三人と別れた。

火の玉のごとき夕陽が、相模の空を燃えるような紅にそめていた。

二

朔日と十五日は、真九郎にあわせて雪江の習い事も休みだ。

昨年の一月十五日は、町火消のも組が総揃えを見せにきた。この日も、朝四ツ（十時）に、も組百八名がくることになっている。

朝五ツ半（九時）をすぎたころ、日本橋松島町に住む棟梁の女房たねと、日本橋長谷川町に住むうめの母親のたかとが、子どもたちをともなってやってきた。

たねがくると、静かだった家のなかがいっきにけたたましくなり、雪江も町家の娘のように若やぐ。

真九郎は、朝餉のあとで客間に書見台をだしておいた。

それからほどなく、桜井琢馬内儀の多代もきた。相手が町方役人の妻女であろうが、たねのけたたましさがやむことはない。すぐに、多代の笑い声も聞こえるようになった。

やがて、庭をまわってくる気配に、真九郎は書見台を押入にしまい、障子をあけた。

居間まえの沓脱石からあがった宗右衛門と内儀のみねと娘のちよとが膝をおった。みねとちよが居間にはいり、宗右衛門がふたたび辞儀をしてから腰をあげた。

初春一月もはんぶんがすぎた。陽射しは春らしくなってきているが、この日は薄墨を流したような厚い雲が空一面を覆っていた。

客間の火鉢にも、炭がいれてある。

障子をしめた宗右衛門が、火鉢をはさんだ下座についた。

「鷹森さま、本日はお招きいただき、ありがとうございます」

「あいにくの空もようで案じておったが、なんとかもったようだな」

宗右衛門がほほえんだ。

「はい。手前も、朝、空を見たときにはどうなることかと思いました」

も組頭取の富蔵と纏持の箕吉が、正月の挨拶にきたおりに、今年も十五日に総揃えをご覧にいれたいと願った。

町火消の各組は、頭取と鳶とに大別される。頭取の通称が頭だが、各町にも頭がいて、町内の鳶のめんどうをみている。鳶はうえから順に、纏持、梯子持、平人、人足とにわかれる。平人は龍吐水や玄蕃桶の担当で、人足がもっぱら鳶口をあつかう。

富蔵と箕吉が帰ったあと、雪江が弟子やたねたちにも見せたいと言った。真九郎は、よき思案だと賛成し、宗右衛門を呼んだ。

昨年は、宗右衛門が薦被り（四斗樽、七二リットル）を二樽用意した。雪江の弟子には、和泉屋をいれて酒問屋が六軒もある。今年も、年始の挨拶に一樽ずつもってきた。むろん、六樽も飲めるわけがないので、真九郎は一樽を団野道場へ、盆に一樽と暮れに残りを雪江の母の実家である旗本四百五十石の寺田家へとどけた。

今年の薦被り二樽は真九郎のほうで購いたいと言うと、宗右衛門がいささか憤然たる面持ちで、承伏いたしかねます、よろしいですか、と身をのりださんばかりにした。

も組の総揃えは和泉屋の地所内の裏通りでおこなわれる。したがって、和泉屋が謝礼をするのは当然である。真九郎に薦被りを金子によって購わせたとなると、和泉屋はとんでもない吝嗇だと評判がたってしまう。暖簾にかけても認めるわけにはいかない。

それに、真九郎がも組への礼の品をだすとなると、招いた弟子筋もそれぞれなんらかの品を用意しなければならない。それでは、も組の頭をかえってこまった立場においこむことになってしまう。謝礼が目当てのようにうけとられかねないからだ。

和泉屋は、多少は知られた酒問屋である。だからこそ、も組の頭も気がねなくうけとることができる。

そうではございませんか。

も組は、真九郎に総揃えを見せにくるのである。だから、筋としては真九郎が礼をすべきだ。

しかし、宗右衛門と言いあらそっても、勝ったためしがない。けっきょくは、言いくるめられてしまう。

真九郎はあきらめ、すなおに詫(わ)びた。

ほどなく、つぎつぎと弟子たちがやってきた。主は客間に、内儀は居間に、娘は奥の六畳間に、弟子の兄や弟たちは文机(ふづくえ)をかたづけたまえの六畳間にはいった。

甚五郎の内儀みつも、娘はるときた。最後が、菊次のきくだった。

鬼瓦のごとき面貌(めんぼう)をした川仙の徳助と、多代の供をしてきてきくを呼びに行った勇太が、家のまえで場所取りをしているはずだ。

朝四ツ（十時）の捨て鐘が鳴りはじめた。

子どもたちからさきにでていった。女たちがつぎで、最後が男たちだ。真九郎は、寝所の刀掛けに小脇差をおき、脇差を腰にして上り口へ行った。

和泉屋裏通りに、まあたらしい揃いの紺股引に印半纏をきたも組の鳶たちが二列にならんでいた。通りの両側と、脇道も横道も人だかりであった。

真九郎がでていくと、富蔵が辞儀をした。

「旦那、よろしいでやしょうか」

「待たせたな。はじめてくれ」

うなずいた富蔵がよこにきてふり返り、野郎ども、と合図をおくった。

昨年とおなじく、最初は澄んだ声音の木遣りと箕吉がふるう纏の舞であった。それから、二丈（約六メートル）の竹梯子が立てられ、するすると昇っていった七名の鳶が、てっぺんで息のあった妙技を披露した。

見ている者たちが、技がきまるたびに歓声をあげた。

妙技が終わると、三列にならんだ鳶が声をそろえて新年の挨拶をして、富蔵を先頭に帰っていった。和泉屋の人足が薦被り二樽を積んだ大八車をひいて最後にしたがう。

見ていた町家の者たちが散りはじめた。商家の主たちも、真九郎に辞儀をして去っていく。どの顔も満足げにかがやいている。

雪江と多代ときくが、格子戸のまえで話しはじめた。毎月二十日は、菊次で中食をともにしている。

勇太がちかづいてきた。

「旦那、桜井の旦那からのお言付けがありやす。申しわけありやせん、ちょいとお耳をお願えしやす」

真九郎は、うなずき、上体を斜めにした。

勇太が、片手を口にもっていく。

「昨夜も、三箇所でありやした。これまでの六箇所、みなちかくに船宿がありやす」

「あいわかった」

「また、あとでめえりやす」

勇太が、ぺこりと辞儀をした。

見ていた多代が、雪江に会釈をして踵を返す。その斜め三歩うしろを、勇太がついていく。

きくも、こぼれんばかりの笑顔で首をかしげる辞儀をして横道のほうへ去っていった。

昼まえに、染井村の花屋が、たのんでおいた花をとどけにきた。

早めに昼をすませ、九ツ半（一時）すぎに勇太がきたときには、雪江のしたくもできていた。

灰色から鼠色にならんとしている厚い雲が、低くたれこめている。

勇太が風呂敷でくるんだ四人ぶんの傘を右肩にかついで、左手に花と柄杓をいれた手桶の柄をにぎった。うめは袋にいれた雪江の小薙刀をもっている。

真九郎の斜めうしろに雪江。二歩ほど離れて、うめと勇太が、あいだをおいてならぶ。

霊岸島新堀に架かる豊海橋をわたって右におれたすぐさきに、長さ百二十間（約二一六メートル）余の永代橋がある。河口に位置し、大川四橋のなかではもっとも長い。

永代橋をわたれば深川だ。

亀吉と勝次と染吉とが眠る西念寺は、黒江町と門前仲町とにはさまれてある。大通りをまっすぐに行けば、富岡八幡宮にいたる。

境内にはいったところで、勇太がさきになった。

亀吉と勝次の墓は仲よくならび、染吉の墓はすこし離れたところにあった。

花をそなえて水をかけ、手を合わせる。亀吉と勝次には藤岡十内が切腹になったことを、染吉には矢吉のことは案ずるなと、真九郎は胸中で語りかけた。

帰りの永代橋で、鼠色の空から白い雪がゆったりと舞いおちてきた。

勇太からうけとった蛇の目傘をひろげ、真九郎は雪化粧をしている遥かな霊峰富士に眼をやり、名花であった染吉と可憐な勝次、そして人なつっこい眼をした亀吉の笑顔を想った。

雪は宵のうちにやんだが、庭をはさんだ土蔵の屋根瓦に四寸（約一二センチメートル）ほど積もっていた。

一面の雪景色を見て、真九郎は朝稽古をあきらめた。

町家の通りは、夜明けと同時に雪掻きをはじめる。店さきの雪を放っておくような商家は、小馬鹿にされ、客足が遠のく。

それでも真九郎が足駄（高下駄）にしたのは、下谷御徒町の上屋敷へ行くのに武家地をとおるからだ。

昼八ツ（二時）すぎ、居間で雪江と茶を喫してくつろいでいると、勇太がおとないをいれた。

居間の障子はあけてある。

真九郎は、廊下にでて、厨の板戸をあけた下男の平助を手で制し、上り口に行った。

昨夜、半鐘の音で二度も眼が醒めた。最初が深川方面、つぎが築地方角であった。

土間に立っている勇太に、真九郎は訊いた。

「四箇所か」

「へい」

「船宿のちかく」

「そのとおりで。今宵はお奉行さまがご出馬なさるかもしれねえんで、でかけねえでほしいと、桜井の旦那がおっしゃっておりやす」

「承知しましたとおつたえしてくれ」

「かしこまりやした。旦那、今宵もあるとお考えでしょうか」

「まちがいあるまい。五箇所で、やはり船宿の周辺。見張られているとわかっていても、注意をそらすか、隙を見てやるであろう」

「わかりやした。旦那がそうおっしゃっていたと桜井の旦那に申しあげやす。ごめんなすって」

勇太が、ぺこりと頭をさげ、うしろ手に格子戸をあけた。

格子戸をしめ、ふたたび辞儀をして去っていった。

居間にもどりかけた真九郎は、廊下でふと足をとめた。朝のうちに、平助が陽射しのあたる土蔵のほうへ雪掻きをすませている。

桜井琢馬が案ずるように、闇の狙いは北町奉行の小田切土佐守の誘いだしにあるのかもしれない。

だが、ほかにも裏がある。おのれが浅慮であったと、真九郎は思う。いまなら、鬼心斎の策略が読める。

早めに夕餉をすませ、古着と伊賀袴をととのえて待っていたが、桜井琢馬からはなにも言ってこなかった。

この夜も、遠くで鳴る半鐘の音に、眠りをさまたげられた。

翌十七日は下屋敷である。前日とおなじく、江戸の空は青く晴れわたり、春の陽気な陽射しが残っている雪を溶かした。

下屋敷からの帰り、真九郎は川仙へよった。

甚五郎も、連日の付け火は子分殺しと関連があると考えていた。真九郎は、そう思わせておくことにした。桜井琢馬からの依頼をつたえると、表情にこそださなかったが不満げなようすであった。だが、真九郎のたのみとあらばしかたがないので、子分どもは抑えると約束した。

夕七ツ（四時）の鐘が鳴って小半刻（三十分）ほどたったころ、勇太が迎えにきた。

真九郎は、着流しの腰に両刀をさして菊次へむかった。

和泉屋裏通りのかどに、一膳飯屋の十世次がある。平助の娘とよと菊次で庖丁をにぎっていた政次が夫婦となってひらいた見世だ。

　陽射しが暖かいので腰高障子をはずしてある。

　暖簾をわけて、とよがでてきた。

「旦那さま、行ってらっしゃいませ」

　日増しに若妻らしくなっていくとよのあかるい笑顔に、真九郎はほほえんでうなずいた。

　いっときは、宗右衛門、雪江に平助とうめ、もしくは十世次のふたりや雪江の弟子たちが闇に狙われるのではないかと案じていた。しかしいまでは、鬼心斎はそのような策(て)はとるまいと思っている。

　染吉を餌(えさ)にして真九郎を深川の洲崎弁財天(すさきべんざいてん)へおびきだし、忍一味に命じて留守宅の雪江をかどわかす。さすれば、真九郎はどうすることもできない。雪江があとをおって自害するとわかっていても、命を捨てるしかない。

　真九郎を仕留めるだけでよいのであれば、鬼心斎はそうしたはずだ。

　なにゆえかは知らないが、鬼心斎はおのれとおなじ心の闇にひきずりこもうとしている。それがために、団野道場からの帰路のたびに刺客をさしむけている。

　十日ごとに命のやりとりをする。

　尋常であればたえがたい。しかし、雪江がいる。それが救いであった。雪江を独りにはしない。ともに生きていく。

その決意が心のささえとなっているからこそ、際限なくふりかかる白刃をしりぞけえてきたのだ。

だが、いずれは智略のかぎりをつくして始末にかかる。あれほどの智謀がありながら、いまのところ策を弄（ろう）しようとはしない。そこにも、かならずやなんらかの隠された意図がある。

菊次は混んでいた。

まえにでた勇太が、路地へはいっていく。

格子戸をあけて脇へよる。

土間にはいるまえに、藤二郎が障子をあけた。桜井琢馬と成尾半次郎がいた。

い、きくが食膳をはこんできて、酌をして去った。

真九郎は、諸白をかるくふくみ、杯をおいた。

琢馬が柔和な眼をむけた。

「十五日は誘ってくれてありがとよ。おれん家（ち）のが喜んでた。い、きくも顔をかがやかせてたもんな。見まわりがなけりゃあ、おいらも行ったんだが、こればっかりはどうしようもねえ」

真九郎は、琢馬にうなずき、うかない表情の半次郎へ顔をむけた。

「成尾さん、心配ごとですか」

「いえ。せっかくなにかつかみかけてきたと思っていたのに、もう十日ちかくも風が吹いておりません」

半次郎は、八丁堀の屋敷ちかくにある薬師堂で風にのって飛来する木の葉を斬る修行をしている。

琢馬が半次郎を見た。

「ありがてえことに、風神がおめえの親父どのを気の毒に思ったんだろうよ」

真九郎は、琢馬から半次郎へ顔をもどした。

「舞いおちる雪をたてつづけに斬っていくのも、よき修行になります」

半次郎の表情がぱっと明るくなる。

「雪ですか、気づきませんでした。ありがとうございます。まだ、一度や二度はふるはずです」

半次郎から顔をもどすと、琢馬がまじまじと見つめていた。

「おめえさん、あおるのはやめてくんねえか。雪がふったとたんにこいつがとびだしていって刀ふりまわしてみろ。こいつの親父は、腰抜かすか、泡吹いて卒倒しかねねえ」

「申しわけございません。修行はつかみかけが肝要なものですから」

半次郎が身をのりだした。

「そうですよね。わたしも、そうだと思っていました」

琢馬が、天井を見あげて首をふった。藤二郎が、顔をうつむけ、肩をふるわせて笑いをこらえている。

おおきく息をした琢馬が、思いなおしたように諸白を飲んだ。

「ところでよ、甚五郎は納得したかい」

「ええ。子分たちを抑えると約定(やくじょう)してくれました」

「そうかい、承知してくれたかい、ほっとしたぜ。おめえさんにたのんでよかったよ、すまなかったな」

「土佐守さまは、ご出馬を思いとどまられたのですね」

「ああ。奴らの罠(わな)だってわかってるもんな。ご出馬となると人手をさかなくちゃあならねえ。口惜しそうな顔をなさってたよ。昨夜(ゆうべ)は、南北総出のうえに、火盗改(かとうあらため)も血眼になってた。それでも、おめえさんの読みどおり五箇所でやられたよ。闇の忍は五名(めえ)だ、おめえさんも奴らのしわざだと考(かんげ)えてるんだろう」

真九郎は首肯した。

「甚五郎も、付け火が子分殺しと関係あると考えておるようです」

「江戸の香具師をたばねてる。ばかじゃできねえからな。これで十五箇所だ。おめえさん、まだつづくと思うかい」

「いいえ、とりあえずはこれで終わりだと思います」

「おいらもそう思ってるんだが、火盗改は今宵もあると決めこんでる。連日虚仮にされ、そうとう頭にきてる。昨夜も、薬罐みてえに湯気たててたよ」

琢馬が、一重の眼をほそめる。

「おめえさん、なんかちがうことを考えてるようだな」

「このまえはそこまで思いいたりませんでしたが、闇のやりようには裏があります」

琢馬が眉をひそめる。が、すぐに、眼をみひらいた。

「そういうことかい。なんてこった」

半次郎も理解した。が、藤二郎は、眉間に皺をきざんで首をひねっている。

琢馬が笑みをうかべた。

「藤二郎、おいらたちだけじゃなく、いまこの旦那が言ってたように、浅草の甚五郎までが子分殺しは十五軒のどっかだと思ってる」

「あっ」

「わかったようだな」

「へい。こっちに、見当ちげえのとこをさぐらせようって魂胆で」

「いかにもいわくありげに一軒ずつ増やしてな。やってくれるじゃねえか。さっそく、お奉行にご報告しなきゃあならねえ」

腰をうかしかけた琢馬を、真九郎はとどめた。

「桜井さん」

琢馬がすわりなおした。

「なんでえ」

「わたしは、さらに裏があると考えております」

「さらにだと。……わからねえ、どういうことだい」

「子分殺しの証を消すために付け火をしているのだと思わせる。そのかんに、実際にやった場所の後始末をすませる。それだけだろうかと考え、以前に甚五郎が、闇は船宿を二軒もっているのではないかと申していたのを想いだしました」

一重の眼に、理解がともる。

「おめえさんが、なにを言いてえのかわかったぜ。十五軒のなかに、もう一軒の船宿がある。こっちがさぐっているあいだは、闇とのかかわりを毛ほども見せねえ。だから、このつぎ船宿が怪しいとなっても、当然、今度の十五軒はのぞいて考(かんげ)える。眼をそらさせるだけでなく、こっちを欺(あざむ)こうってわけだ」

「ですから、このまま調べつづける」

「なるほどな。どうあたりをつけても、かかわりのありそうな船宿はねえ。おいらたちは、ようやく奴らにたぶらかされたんだって気づく」

　琢馬が、眼をほそめる。

「甚五郎の子分どもも、十五軒へひきつけておけるしな。おめえさん、そこまで踏んでるんだろう」

「おっしゃるとおりです。甚五郎には申しわけないのですが、さすれば、闇も疑わぬはずです」

「たしかにな。だまされてたと知ったおいらたちは、十五軒の船宿から手をひく。あとは、隠密廻りにじっくりと見張ってもらう」

　真九郎は首肯した。

　琢馬が、片頬に不敵な笑みをきざむ。

「策士策に溺れる。どうやら、古着屋だけじゃなく、船宿の線でも、奴らの尻尾がおさえられそうだ。ありがとよ」

諸白を注いであおった琢馬が、腰をあげた。

塩町の裏通りから横道にでたところで、真九郎は北町奉行所へむかう三人と別れた。

三

翌日から空もようがあやしくなり、冬にもどったような十九日は、宵とともに雪がふりはじめた。

真九郎は、成尾家が医者を呼ぶ騒ぎになっていないことを願った。

そして、二十日になった。

昼九ツ（正午）に稽古を終えた真九郎は、下谷御徒町の上屋敷から、神田川をこえ、両国橋で大川をわたって本所亀沢町の団野道場へ行った。

持参した弁当をつかってきがえ、夕七ツ（四時）までは門人たちの稽古相手をする。

そして、暮六ツ（日の入、六時）まで高弟どうしで研鑽し、師との酒宴にのぞむ。

いつものように夜五ツ（八時）すぎに道場をあとにした。

亀沢町は武家地にかこまれている。竪川に架かる二ツ目之橋への通りで、真九郎は水野虎之助とふたりきりになった。

虎之助は、高弟の最古参で三十七歳、小普請組二百二十石の旗本だ。剣には風格があり、温厚な人柄が門人たちに慕われている。

この日は一転して朝から陽射しが照りつける陽気だったが、日陰には昨夜の雪が残っていた。

二ツ目之橋への通りにはいってほどなく、虎之助が顔をむけた。

「真九郎、おぬしの剣、またすこし変わったな」

「どのようにでござりましょうか」

「余裕とでも申せばよいかな。あいかわらず速いには速いが、どこかゆったりとしてきておる」

「わたしは、先生や水野さまのように大樹のごとき構えと太刀捌きができるようになりたいと思っております」

「人とはおもしろいものだ。わたしは、おぬしの疾さがえられるのであれば、どのような修行もいとわぬ。ところで、五日もつづいた付け火は、やはり闇のしわざか」

「北町奉行所では、そのように考えております」

「かくもたびたびでは、気の休まるいとまもあるまい。おぬしもな。油断すまいぞ」

「ありがとうございます」

竪川をわたり、町家の通りをすぎたつぎの四つ辻(つじ)で、真九郎は大川とは反対の東へおれる虎之助とわかれた。

以前は、帰路をいろいろと変えていた。しかし、それでも刺客たちは襲ってきた。それならばと、新大橋をわたって霊岸島へいたる道順にした。武家地のほうが多いので、町家の者をまきこまずにすむ。

ところが、帰り道を変えずにいたために、勝次を酷(むご)いめに遭わせてしまい、亀吉の死にまでつながった。

藤岡十内は勝次に執着していた。真九郎がきまった道順で帰るのを知ったことが、その刻限に新大橋下流の中洲で勝次を強淫(ごういん)するという下劣きわまる策略を思いつかせたのではなかったのか。

これを試練だと思うのは、つまるところ、おのれを許しているにすぎない。自虐さえもが、ときとしては、内奥ふかくで自己憐憫(れんびん)の衣をまとう。それもまた、おのれを責めつづけるのに耐えられぬ人の弱さゆえだ。

雪江とふたり、江戸の片隅でささやかに生きていきたいと願って国もとからでてきた。たまたま、刺客に襲われている和泉屋宗右衛門を救ったがゆえに、闇とのかかわりができてしまった。

日本橋浮世小路の嵯峨屋治兵衛と染吉の死は、内奥に消えることのない悔恨を刻んだ。

だが、勝次と亀吉の死は、防ぎえた。

むろん、周辺でおこるすべてのできごとに責めをおうことはできない。そのとおりではあるが、それが言い逃れにすぎないのを、真九郎は承知している。相手が雪江であれば、考えうるかぎりの手をうった。まさかとの油断が、とりかえしのつかぬ結果をまねいてしまった。

おなじ過誤をくり返さぬために、暮れの二十七日から帰路を変えている。あるいはそれがために、二十七日と正月三日は襲撃がなかったのかもしれない。

真九郎は、二ツ目之橋を背にしてまっすぐにすすみ、高橋で小名木川をこえた。右におれて、町家のあいだを大川へむかう。

夜空に星はあるが、月はまだでていない。

初春一月も下旬。陽射しのあるうちは暖かい。しかし、宵がふかまるとともに冬の名残が濃くなる。

通り両側のところどころに、腰高障子に灯りを映した食の見世がある。まえをとおりすぎるとき、なかからにぎわいがつたわってきたりした。

町家をぬけると、右前方で万年橋が夜空に架かっていた。

正面では、大川の水面が星明かりにきらめいている。二町（約二一八メートル）たらずさきにある中洲が、夜の底に暗くよこたわっている。

先々月のおなじ二十日だった。中洲のこちらがわにとめられた屋根船のなかで勝次が酷いめに遭っているとも知らずに、逢引だろうと思って対岸をとおりすぎてしまった。そのあと身投げをした勝次を思うと、いまでも自責の針が胸を刺す。

帰路で新大橋をさけているのは、それがあるからかもしれない。はたしてそうなのか、真九郎にはわからなかった。

大川ぞいの通りにでた。

吹いてくる夜風に、汐の香がふくまれている。

小名木川から三町（約三二七メートル）ほど行ったところにある仙台堀を、上之橋でこえる。

あとは、永代橋まで河岸と佐賀町がつづく。

真九郎は、中之橋、油堀に架かる下之橋とわたっていった。下之橋ちかくの桟橋で、勝次は大川に身をなげた。

河岸にならぶ土蔵のむこうに、桟橋がある。

真九郎は顔をむけなかった。

永代橋両脇には、屋台がならび、客の姿がある。

江戸湊から、汐風が吹きつけてくる。

橋をわたった三角島は、箱崎とも、永久島ともいう。たもとの下流がわに御船手番所があり、上流がわには高尾稲荷がある。永久島はたいはんが武家地で、北新堀町と箱崎町とがあるだけなのでひっそりとしている。

残り五間（約九メートル）ほどになったところで、真九郎は歩調をかえずに稽古着を包んだ風呂敷と小田原提灯をにぎっている左手をわずかにあげた。

聞こえるのは、橋板を踏む足駄の音だけだ。

静かすぎる。

稲荷から、まったく音がつたわってこない。そろそろ、桃の花が咲き、鶯が鳴く季節である。

命の息吹にみちた春の夜には、微妙な息づかいがある。それが、雪に押しつぶされたかのごとく静まりかえっている。

御船手番所の陰にも、ひそんでいる。

とぎすましているからこそ感取できるかすかな気配だ。

橋板に音をたてていた足駄が、土を踏んだ。

ほとんどの橋は、たもとまで盛り土によるなだらかな坂になっている。したをとおる荷舟のためだ。

真九郎は、まっすぐ正面を見て、坂をくだっていった。

稲荷の敵も、御船手番所陰の敵も、気配を殺したままだ。かなり遣える。

鳥居のまえをすぎる。

稲荷で、夜気がゆれた。

小田原提灯を左前方に投げ、右斜めまえにある大名屋敷のかどへ走る。

御船手番所の陰から三名がとびだしてきた。

背後の足音も数名だ。

風呂敷包みを塀へ投げ、足駄を蹴り放つ。鯉口を切って鎌倉を抜き、さっとふり返って青眼にとる。

稲荷からも三名。

抜刀した六名が、ひらきながら迫ってくる。

小田原提灯が燃えはじめた。

炎をあびた六名は、いずれも草鞋ばき、襷掛けだ。

鎌倉に左手をそえ、八相へもっていく。

御船手番所から斜めに走ってくる三名のほうが遠い。真九郎は、稲荷からの三名にむかって駆けた。

稲荷組の体軀が、殺気にふくらみ、刀をふりかぶる。

「オリャアーッ」

「キエーッ」

「トリャーッ」

間合を割る。

左端とふたりめとのあいだにとびこむ。右足に体重をのせ、ふたりめの一撃を鎬でしたたかに弾く。勢いのままに踏みこんだ左足を軸に躰をまわしながら、雷光の疾さで鎌倉を奔らせる。

回転まえの位置を狙った斬撃が大気を裂いて落下するよりも速く、左端の脾腹に消えた鎌倉が肉と着衣を断って背へ抜ける。

そのまま、右足を軸にさらに回転。

左足が地面をとらえたときには、鎌倉の切っ先は夜空を刺していた。落雷が木を裂くがごとく、ふりむきかけたふたりめの背を右肩から脾腹まで斬りさげる。

風神の強さと雷神の疾さ。霧の自在さに月のしなやかさ。

霧月の舞――。

「うぐっ」

「ぐえっ」

左足と同時に鎌倉をひき、さっと三人めに擬する。

切っ先から血がとび散る。

ふたりがあいついで倒れていく。

とびこまんとしていた三人めが、思いとどまり、上段からわずかにひきぎみにした守勢の青眼になおす。

ようやく三人が駆けつけてきた。

倒れたふたりがうめいている。

四人は燃えている小田原提灯を背にしている。が、夜空には星明かりがある。四人の表情に驚愕があった。

真九郎は、鎌倉を八相に構えた。

四人に眼をくばり、稲荷のほうへ足をはこぶ。

刀をややひきぎみにして受けの青眼にとった四人が、たがいの間隔をあけながらついてくる。

左から、猪首（いくび）、痩身、中背、大柄。

さきほどは、左端がもっとも劣るとみてとびこんだ。残った四名は、おなじように遣える。

いずれも、修羅場の臭気を放っている。睨（にら）みつける眼光は、斬ることに慣れ、すさみきっていた。

敵どうしの間隔は二間（約三・六メートル）、彼我（ひが）は四間（約七・二メートル）。

小田原提灯が下火になってきた。

ほどなく、ほそい蠟燭（ろうそく）の火と、星明かりだけになる。下弦（かげん）の月が姿をあらわすのは、夜五ツ半（九時）ごろだ。

鳥居の柱を背にしたところで、真九郎は足はこびをとめた。

まんなかのふたりのあいだに顔をむけ、眼をおとす。直心影流独自の高八相にとったまま、ぴくりとも動かない。ゆっくりと息を吸って、しずかにはき、気を鎮（しず）める。

敵の動きを眼で追うのではなく、大気の揺らぎで感取する。

真九郎は、いつまででも待つことができる。

しかし、敵は刺客である。いつ邪魔がはいらぬともかぎらない。闇がさらにふやしたのでなければ、真九郎の命は二百両だ。四人で割っても、ひとり五十両にもなる。

微風が、燃えつきんとしていた炎をあおった。初春の夜風は、いまだ冬の余韻をとどめている。

左右にすばやく眼をやった中背が、切っ先を伸ばす。三名が呼応する。

四名の体軀がふくらんでいく。

真九郎は、心を無にした。

中背の躰から殺気がはじけた。

瞬間、右端の大柄へ殺気を放ち、左端の猪首へと駆ける。

会得した霧月を、さらにきわめる。

鎌倉の切っ先を右よこにおとして、わずかに方向を転じ、猪首と痩身とのあいだで間合を割る。

ふりかぶったふたりが、決死の表情で渾身(こんしん)の一撃にくる。猪首の白刃が速い。見切り、左足を痩身へ踏みこむ。

上段からの斬撃をはるかにしのぐ疾(はや)さで、雷光と化した鎌倉が右下から左上へと奔る。臍(へそ)のあたりから、着衣と肉と肋(あばら)を裂き、右脇下へ切っ先が抜ける。

背をかすめおちる体重をのせた渾身の一撃を、猪首がとどめんとしている。

左上へ斬りあげた勢いのままに左足で爪先立ちとなり、左回りに躰をひねる。勢いを失った痩身の刀がそれる。

右足が地面をとらえ、鎌倉が袈裟に奔る。猪首の右首つけ根にはいった切っ先が、左脇下へ抜ける。右足を爪先立ちにして、躰をひねりながら腰をおとす。

頭上を中背の袈裟懸けがすぎる。左膝をまげて、右膝をおる。唸る剣風を曳いて円弧をえがいた鎌倉が、一文字に腹から背へと脾腹を断つ。

抜けた鎌倉を返し、すばやく立ちあがる。崩れかけた中背へ右脇をぶつけ、手首を交差させた両腕を頭上へ突きだす。

大柄の斬撃が鎬を叩き、滑りおちていく。右手を離した大柄が、脇差へ伸ばす。

左腕一本の敵刀身を巻きあげ、袈裟に斬りさげる。左肩からはいった鎌倉が、心の臓を断ち、脇差の柄をにぎった右腕を両断して右脾腹へ奔る。

切っ先が抜けると同時に、右斜め後方へ跳ぶ。

心の臓を断たれた大柄が、丸太のごとくまえへ倒れ、音をたてた。

真九郎は、鎌倉に血振りをくれ、あたりへ眼をくばった。

六名がよこたわっている。呻いている者、そしてぴくりとも動かぬ者。十日おきに人を斬っている。地獄の業火でいくたび焼かれようとも、とても償いきれるものではない。

真九郎は、肩でおおきく息をした。

残心の構えを解き、懐紙をだして刀身をていねいにぬぐう。懐紙を顔にあてたが、血は付着しなかった。

だが、着衣は返り血をあびている。ことに、右脇腹はべっとりとついていた。

鎌倉を鞘にもどして、風呂敷包みを取りに行く。足駄で、火の気がなくなるまで小田原提灯の残骸を踏みつけ、豊海橋をわたった。

霊岸島の自身番屋の者たちは、たびたび刀をまじえているのを承知している。提灯をもたずに歩いていくと、気の毒げな表情で会釈した。真九郎は、顎をひくことでこたえ、塩町の菊次へいそいだ。

脇腹の血の跡に、桜井琢馬も藤二郎も顔色をかえた。

迎えにでてきた雪江も、はっと息をのんだ。

真九郎は、ほほえんだ。

「だいじない。返り血だ」

安堵の表情をうかべた雪江が、ふり返って湯殿に灯りと水とを用意するよう、うめに申しつけた。

真九郎は、雪江に風呂敷包みをわたして、足袋をぬいだ。

翌日、真九郎は下屋敷からの帰りに川仙へよった。

朝のうちに平助を使いにやったので、甚五郎は川岸ちかくの座敷で待っていた。

女中たちに茶をもたせてみつが挨拶にきた。女中たちがいるあいだの甚五郎は、肩と背をまるめぎみにして川仙の主仁兵衛に化ける。

辞儀をして去ったみつの気配が消えるまで、真九郎は待った。

「甚五郎、教えてほしいことがある」

「なんでござんしょう」

「源太は身よりがないと申しておったが、たしかか」

甚五郎が、眉間に皺をきざんだ。

「そのはずでござんす」

「親類縁者もまったくおらぬのか」

「さあ、そこまでは。旦那、どういうことでござんしょう」

「ちと気になったのだ。目端が利くと申しておったが、十九になったばかりであろう。闇のことがあきらかになったは、一昨年の春だ。それいらい、町方の手の者が探索しているにもかかわらず、いまだにほとんどなにも判明してないにひとしい。それを、源太がたやすく見つけた。むろん、たまたまということはありうる。しかし、みょうだとは思わぬか」

いったん畳に眼をおとした甚五郎が、顔をあげた。

「おっしゃるとおりでござんす。すぐに調べさせやす」

「すまぬがたのむ」

真九郎は、茶を喫して辞去した。

甚五郎が桟橋まで送ってきた。

老船頭の智造が棹をつかい、猪牙舟が桟橋を離れた。

大川は、ほぼ北から南へ流れている。頭上の青空にある春の陽射しが、ゆきかう幾多の舟が水面（みなも）に曳く小波とたわむれていた。

家に帰り、やわらかな春の陽が西にかたむきはじめたころ、勇太が迎えにきた。

桜井琢馬と成尾半次郎と藤二郎とが、いつもの座にいた。

真九郎は、半次郎の正面にすわった。

食膳をもったきくがやってきて、酌をして去った。

客間の障子は左右にあけられたままであった。日一日と春らしくなっていく。

諸白をはんぶんほど飲み、杯を食膳におく。

琢馬が柔和な眼で見ていた。

「昨夜の死骸は始末しといたよ」

「たびたびご雑作をおかけして申しわけございません。ところで、十九日は雪になりましたが……」

　琢馬が苦笑した。

「そのことかい。昨日の朝、こいつの親父どのが思いつめた顔でやってきたよ。風だけだと思ってたら、雪のなかでも刀をふりまわすようになった。だんだんひどくなっていく。どうしたもんだろうかって、ええ心配してた。親父どのが見ているとこではけっしてやっちゃあならねえぞって、こいつに釘刺しておいたんだがな」

　琢馬が、ちらっと半次郎を見た。

　半次郎はすまし顔であった。藤二郎が、唇をひきむすび、噴きだしたいのをこらえている。

「わたしのせいです。ご迷惑をおかけしました」

「そのことなんだがな。おいら、親父どのがおめえさんのとこに怒鳴りこんだりしたらまずいと思って黙ってたんだ。だが、こうなったらしかたねえ。おめえさんの修行のしかたを見習ってるんだって話したのよ。そしたら、こうだ。ほう、鷹森どのがそのような修行を」

琢馬が半次郎に顔をむけた。

「親父どのに、励めって言われたんだろう」

「はい。そのように申しつかりました」

琢馬が顔をもどす。

「つまりは、そういうことよ。で、こいつは、風だろうが雪だろうが、晴れて……じゃ、おかしいか。まあ、とにかく剣術(やっとう)の修行ができるようになったってわけよ。おめえさんの評判はてえしたもんだぜ」

「恐縮です」

半次郎が破顔した。横眼で見た琢馬が、どうしようもないというふうに首をふった。

諸白を飲んで杯をおいた琢馬の眼が、刃になっていた。

「おめえさんの耳にいれておきてえことがある」

「なにごとでしょう」

「今朝、南の定町廻りがきて、昼をいっしょに食おうってんで、蕎麦(そば)屋で会った」

初春一月と初秋七月の十六日と十七日は藪入(やぶい)りである。町家の奉公人に、二泊三日の休みがあたえられる。

大川は、両国橋と新大橋のところでおおきくまがっている。本所がわを両国橋から三町（約三二七メートル）あまり上流に行ったところに、百本杭がある。両国橋のところで本所がわがつきでた地形になっているため、幾多の杭によって水の流れを減じるためだ。

恰好の釣り場でもあった。

十八日の朝、その百本杭に俯せになった男女がひっかかっているのを船頭が見つけた。ちかくの自身番屋から南町奉行所に報せが走った。

舟にひきあげるまでもなく、若い男女の相対死（心中）であることは歴然としていた。男の左手と女の右手とがにぎりあわされ、裂いた手拭をつないで離れないようにしっかりとむすばれていた。

ふたりともいい身なりをしており、身元もすぐに判明した。

男は、浅草花川戸町の太物（綿や麻）問屋山野屋倅の惣太郎、二十四歳。女は、深川入船町の料理茶屋芳膳の娘まつ、十七歳。

ところが、ふたりには祝言のきまった相手がいた。

十四日、まつにむすび文がとどけられた。もってきたのは十歳くらいの男の子で、おじさんにたのまれたと言っていたという。

女中からむすび文をうけとったまつは小首をかしげていたが、ほどいて読んだとたんに嬉しげな表情に一変した。

まつは、十七日の昼に浅草の浅草寺へお参りに行きたいと母親に願った。

相談をうけた芳膳の主八右衛門は、行かせたくなかった。六日に参拝に行ったばかりである。

なによりも、藪入りで供につけてやる女中がいない。しかし、娘に甘い八右衛門は、まつの哀しげな表情に負けて承諾をあたえ、懇意にしているちかくにある船宿の亭主に送り迎えをたのんだ。

十七日、昼をすませてきがえたまつは店まえの桟橋に迎えにきた屋根船にのってでかけた。そしてそれが、桟橋で見送った八右衛門と内儀のえいが娘を見る最後となった。

まつは、参拝のあと境内の出茶屋で団子を食べるから一刻（二時間）くらいかかるかもしれないと、船頭に告げて屋根船をおりた。

その一刻がすぎ、一刻半（三時間）ほどになっても、まつはもどってこなかった。

船頭は不安になった。しかし、捜しに行くのも、報せにもどるのもできない。いないあいだにまつがくるかもしれないからだ。

陽がかたむき、やがて二刻（四時間）になろうとするころ、顔見知りの船頭が猪牙舟を桟橋につけた。

屋根船の船頭は、事情を話していそぎ報せてくれないかとたのんだ。

一刻でもどるはずの若い娘が、二刻ちかくたってもあらわれない。容易ならざる事態である。承知した猪牙舟の船頭は、力まかせに艪を漕いで深川の入船町へいそいだ。

「……というしでえなんだ。ふたりとも、疵ひとつねえそうだ。だから、相対死でまちげえねえようにも思える。だがな、山野屋と芳膳とは、まったくつながりがねえってことだ。南の月番だが、ひょっとして闇がらみかもしれねえんで、教えてくれたのよ」

「まつは、むすび文をもってなかった」

「ああ。御用聞きに、まつの部屋を念入りにあらためさせたそうだが、どこにもねえ。それで、みょうだと思いはじめたってわけよ」

「惣太郎のほうは」

「文をうけとった手代や丁稚、下働きの者はいねえ。もっとも、出歩くことだってある。表でわたされたか、言付けなら、知りようがねえからな」

「たしかに。つながりがないというのが、気になります」

「闇のしわざなら、いろんなことが考えられる」

真九郎は首肯した。

「べつべつにたのまれたのを、同時に始末した」

「それもあるな。おいらは、若えふたりが大枚をつんで殺されるほど恨まれていたというのが腑におちねえんだ」

「ええ。山野屋の主と芳膳の亭主とを苦しめるのが狙いかもしれません」

「そうじゃねえかと、おいらも思ってる。祝言の相手がらみってのも考えられねえわけじゃねえが、両方ともとなるとな。南がまだつかんでねえだけで、まつと惣太郎は人目を忍ぶ仲だったのかもしれねえ。となると、どうやって知りあったかだ。すこしあたってみるつもりだが、なんか思いついたら教えてくれるかい」

「わかりました」

それからほどなく、裏通りから横道にでたところで、真九郎は北町奉行所へむかう三人と別れた。

西空に眼をやる。たなびく薄雲がほのかな桃色にそめられ、いかにも春の日暮れであった。

脳裡に、なにかひっかかっている。

まつを浅草寺に呼びだしたのは誰か。江戸でもっともにぎやかな場所のひとつだ。かどわかしであれば、気づかぬはずがない。

それよりなにより、なにゆえまつと惣太郎なのか。ふたりにつながりがなければ、当然、闇を疑う。それくらいのことがわからぬ鬼心斎ではない。にもかかわらず、にぎりあった手を紐でむすぶという念のいったやりかたで相対死にみせかけた。なにか裏がある、なにか――。

四

二日後の二十三日、真九郎は下屋敷からの帰りに川仙へよった。

甚五郎は留守であった。浅草寺門前の東仲町の家に行っているという。しきりと恐縮するみつに、使いをよこさなかったのだから気にしないように言って、猪牙舟にのった。

初春一月も下旬。すっかり春の陽気であった。陽射しも、やわらかく、にこやかにかがやいている。

しかし、暖かく、夜空には星がまたたいていたのに、朝起きると一面の雪景色というのも、この季節にはよくある。

真九郎は、遠い青空に眼をやり、まつと惣太郎のことを考えた。朝も、大川をさかのぼる猪牙舟のなかで、桜井琢馬から聞いた話を反芻した。

これほど気になるのは、得心がいかないからだ。

しんそこ惚れあっているふたりが、親にきめられた縁組がいやであの世で添いとげようとしたのであれば、納得がいく。

山野屋と芳膳とは、いまのところつながりがない。闇に依頼した者が双方に恨みがあり、まつと惣太郎を相対死にみせかけて始末するよう望んだ。そのため、ふたりの死骸が離ればなれにならぬようにした。

真九郎は、眉をひそめた。

まさかとは思う。いや、だからこそ、鬼心斎ならやりかねない。

まつと惣太郎については、まだなにもわかってないにひとしい。桜井琢馬に話すのは、もうすこしはっきりしてからだ。

空の色を映した大川の水面を、智造の漕ぐ猪牙舟がのんびりとくだっていく。

新川は、荷揚げの舟でにぎわっていた。江戸湊に上方からの樽廻船がはいると、新川は活況をていする。

真九郎は、和泉屋まえの桟橋で猪牙舟をおりた。智造が、すぐさま棹をつかう。まごまごしていると、荷揚げの船頭や、荷を受けとる人足たちに怒鳴られてしまうからだ。

昼八ツ半（三時）ごろ、表の格子戸が開閉した。おとないをいれずに黙っているのは、川仙の徳助だけだ。

真九郎は、厨から顔をだした平助に手であいずして上り口へむかった。

徳助は、六尺（約一八〇センチメートル）余の巨漢で、鬼瓦のごとき面貌をしている。声が甲高いので口をきかない。気にいらないと、ぎょろりと睨みつけるだけだ。三度の飯よりも喧嘩が好きな鳶の者や魚の担売りも、徳助はさけてとおる。

いかつい風貌とはうらはらに、徳助はやさしい心根をしている。だからこそ、甚五郎は娘のはるの送り迎えを徳助にまかせている。

徳助が、ぺこりと辞儀をして、懐からむすび文をだした。

屋根船でお待ちしておりますと、甚五郎がしたためてあった。

真九郎は、文を懐にしまった。

「刀をとってくる」

廊下をもどりながら、真九郎はふとおかしくなった。

徳助が、和泉屋まえの桟橋に屋根船を舫う図がうかんだのだ。徳助に文句を言う者などいない。せいぜいが、内心で舌打ちしたくらいであろう。

雪江が見あげ、小首をかしげた。真九郎は、ほほえみをひろげた。

「甚五郎がそこの桟橋まできておる。会うてくる」

寝所の刀掛けに小脇差をおき、大小をさした。

昼すぎほどではないが、新川はから舟や荷を積んだ舟でにぎやかであった。

徳助は桟橋のはずれに屋根船を舫っていた。

座敷におさまると、すぐに棹をつかった。

屋根船が亀島川のほうへ水面をすべっていく。亀島川をはさんで八丁堀島がある。

甚五郎が、いくらかかたちをあらためた。

「旦那、せっかくお見えになったのに留守をしちまい、申しわけございやせん」

「気にしないでくれ。ふと思いつき、そのほうにたのもうかとたちよったのだ」

「なんでござんしょう。わっちでお役にたつんでしたら、なんなりと申しつけておくんなせえ」

「じつはな……」

真九郎は、芳膳のまつと山野屋の惣太郎との一件について語った。

「芳膳とまつについては、桜井どのが調べてくださる。山野屋か惣太郎をうらんでいそうな者の名が芳膳からもうかべば、その者がもっとも怪しいことになる」

「わかりやした」

「だが、そうであるなら、闇がからんでいることになる。くれぐれも用心してもらいたい」

「かしこまってござんす。子分どもによく申し聞かせ、明日からさっそくさぐらせやす。ところで、旦那、梅がちょうど見ごろでござんす。みつとはるを亀戸の梅屋敷につれていこうかと考えておりやす。二十五日あたり、奥さまもごいっしょにお願えできやせんでしょうか」

「梅屋敷は、行ったことがない。それは楽しみだ。雪江に不都合があるようなら、明日、使いを行かせる」

「ご承知いただき、ありがとうござんす。お帰りになるじぶんに、お昼をご用意してお迎えに参上いたしやす」

「すまぬが、小半刻（三十分）ほどずらしてくれぬか。雪江のしたくが、それくらいはかかるかと思う」

「承知しやした。桟橋に舟をおつけしておきやすんで、おしたくができやしたらおでかけくだせえ」

「そうしよう」

亀戸村の梅屋敷は、名木臥竜梅で知られていた。

元吉原の初代高尾の鉢植えの梅を植えたのが大樹となり、水戸光圀が名づけたのだという。さらには、享保（一七一六～一七三六）のころ、八代将軍吉宗が愛でていた梅をこの地にうつしたものだとの説もある。

幹が六間（約一〇・八メートル）ほども地を這うそのかたちが、竜の姿を思わせるところからこの名がある。あまりにみごとな名木に、人々が特別な由緒をもとめたのであろう。

翌二十四日も二十五日も快晴であった。

下谷御徒町の上屋敷からよりも、浅草はずれにある下屋敷からのほうがいくらか早く帰りつく。

しかし、雪江が早めに稽古を終えたようで、弟子たちを迎えにきた手代や女中たちは帰ったあとであった。

朝、雪江が着替えをどうするかとたずねるので、真九郎はこのままでよいとこたえた。迎えにきたうめが、風呂敷包みをうけとり、奥さまはしたくをなさっておられますと言った。

真九郎はうなずき、客間で雪江の着替えが終わるのを待った。

この家に引っ越してきたばかりのころ、雪江は買物の楽しみにめざめた。武家の妻女としてはあまりに出歩くのもどうかと思ったが、真九郎は雪江の好きにさせた。このごろは、出入りの店（たな）もきまり、春か秋に新調するので、雪江の着物や小間物もだいぶふえてきた。

衣服にまるで関心のない真九郎は、雪江が用意するのをきるだけだ。

おなごはわからぬと、真九郎は思う。

一昨日からでかけるのはわかっている。それなのに、毎度のことながらなにゆえ着替えにてまどるのか、理解の埒外であった。

庭のすみにある梅の木も、あざやかに咲きほこっている。雲ひとつない春の青空に白い花びらがまぶしいほどに可憐だ。

真九郎は眼をとじ、染吉と勝次と亀吉の冥福を祈った。

とうに小半刻はすぎたなと思えるころ、ようやく雪江のしたくが終わった。着飾り、化粧をした雪江は、いちだんと美しかった。

きるものと化粧とでこうも変わる。真九郎は想いだした。このまえも、見慣れているはずの雪江に一驚させられた。てまどるのもむりはないのだと、おのれに言いきかせた。

心をこめて褒めると、雪江も納得した。

和泉屋まえの桟橋には、二艘の屋根船が舫われていた。大川に舳をむけたまえの屋根船には四十代の船頭が、うしろの一艘には徳助がいた。ほかに、法被をきた者がひとりずつ七厘をまえにしている。

川仙でもかんたんな一膳料理なら自前でつくる。しかし、二膳、三膳となると、ちかくの仕出屋や料理茶屋にたのむ。

暮れにも、川仙でいっしょに食膳をかこんでいる。はるをふくめても、わずか五人だ。屋根船一艘でじゅうぶんである。

なにかあるなと、真九郎は察した。

舳にみつが姿をみせ、雪江がのるのに手をかした。

それを見届け、真九郎はうしろの屋根船にあがった。

舳の障子を両側にひらいたままで座につく。下座の甚五郎からは、まえの屋根船が見える。以前、大川で雪江ののっている船が襲われた。女たちをさきに行かせるのも、用心のためだ。

二艘の屋根船が、新川から大川にでた。

仕出屋の者が食膳をはこんできた。三の膳まであった。

艫の障子がしめられた。

甚五郎が、両膝に手をおき、かるく低頭した。

「旦那、どうぞ召しあがっておくんなせえ」

「馳走になる」

真九郎は、箸をとった。

やがて、障子を影がすぎていった。永代橋をくぐったのだ。

甚五郎が箸をおき、諸白を注いで飲んだ。

「旦那、六助が帰っておりやす。昨日の夕方、佃島から言ってきやした。すぐにお報せに参上しようかと思いやしたが、わっちんとこも見張られてるかもしれやせんので、今日にしやした」

「ついにもどってきたか。かたじけない。長いこと見張らせ、さぞや気苦労であったと思う。子分たちによく礼を言ってもらえぬか。桜井どのにお話しし、どうするか決まったら川仙へまいる。おそらくは、せんのおりとおなじであろう」

「お待ちしておりやす。それと、源太についても、てえげえのとこはわかりやした」

源太は捨て子であった。山谷堀をこえた今戸町の本竜寺で、籠にいれられた赤児が泣いているのを、寺の下働きが見つけた。

ちょうど、ちかくの裏長屋に乳飲み子を熱発で喪ったばかりの夫婦がいた。しかも、おなじ男の子である。住職が世話をやき、源太はその夫婦にひきとられた。夫婦は、天からの授かりものだと喜んだ。

神仏に見放されているとしか思えぬ運の悪い者がいる。源太がそうであった。

夫婦の名は、晋三郎にゆう。晋三郎は、屋台をかつぎ、酒と田楽を売り歩いていた。ちいさな縄暖簾の見世をもつことが夢で、惜しまず働いた。

源太が六歳の春、晋三郎が付け火の嫌疑で火附盗賊改に捕縛された。たしかに屋台をかつぎ、七厘で火をつかっている。しかし、根っからの善人であり、そんなだいそれたことができようはずもない。裏長屋の者たちはそう言って、人違いだとわかってすぐに帰ってくるよとゆうをなぐさめた。

だが、五日めに町役人からもたらされたのは、晋三郎が小伝馬町の牢屋敷で亡くなったとの報せであった。亡骸さえ返してもらえなかった。

地獄の沙汰も金しだい。なにがしかの金子を隠してもちこまない者は、牢内で酷いめに遭わされるそうだ。

裏長屋の者たちは、そのように噂した。心ここにあらずといったようすでいたゆうは、その夜、隅田川に身を投げた。

甚五郎が、問いたげな眼で見つめた。言いたいことはわかったが、真九郎はさきをうながした。

「それで、源太はどうなった」

「住職がひきとりやした」

源太の利発さを見抜いた住職は、読み書きを教えた。源太は、よく学んだ。当然、住職がめをかける。寺にいるほかの小僧たちがおもしろかろうはずもない。

それから八年後の源太が十四になった春、ふいに襲った真冬のような寒い朝に高齢だった住職が他界した。

夏の終わり、寺でわずかな金子がなくなった。小僧たちが、いちように源太が盗ったのだと告げた。夕餉もあたえられずにきびしく問いつめられた翌朝、源太は本竜寺をとびだした。

浅草寺の奥山は、山ではなく本堂裏手の呼び名である。上野山下、両国橋東西広小路とならぶ盛り場だ。

すきっ腹をかかえた源太は、何度となく生唾を飲みこみながら斜めまえにある出茶屋をじっと見つめていた。

緋毛氈をかけた腰掛台にかけた母親のそばで、男の子が旨そうに団子を食べている。二皿めであった。一串とはいわない。一個でもいい。残すようなら、かたづけられるまえに走っていって取るつもりだった。

残しものだから盗みにはならない。源太は亡くなった住職に何度めかの言いわけをして、またしても生唾をごくんと飲みこんだ。

そのとき、ふいに肩を叩かれた。源太は団子しか見ていなかった。両肩がはねあがるほどぎくりとし、あわててふり返ったために、足がもつれて転びそうになった。

さっと源太の腕をつかんで倒れるのをふせいでくれたのが、元助であった。

昨夜から水のほかはなにも口にしてないと知った元助は、出茶屋で腹いっぱい団子を食べさせた。そして、事情を訊いた。

寺に帰って詫びをいれるのだぞと言いきかせたが、源太があいだをおいてついてきた。元助は、おい返そうとして思いとどまった。子どもでも、男だ。意地がある。それなら、二、三日あずかっておいて、寺が捜しているようなら送っていけばいい。元助は、源太をつれ帰って、兄貴ぶんに理由を話した。

寺で躾られただけあって、源太は早くおきてこまめに働いた。しかも、本竜寺ではいっこうに源太の行方を捜すようすがなかった。

そのうち、源太が思いのほか重宝なのにみなが気づいた。

子分のなかには、自分の名さえろくに書けない者が多い。ところが、源太は読み書きができる。これまでのように、頭をさげずにすむ。

「……わっちのとこにゃあ、若えのがしじゅうでたりはいったりしておりやす。で、わっちが源太のことを知ったのも、その年の暮れでござんす」

「なるほどな。源太は住職がひきとった。だが、晋三郎とゆうには身内がいる。どっちかの両親が行くかた知れずなのであろう」

　甚五郎の表情を驚きがはしった。

「おっしゃるとおりでござんす。晋三郎にゃあ、身よりがありやせん。ゆうの両親が、四十九日をすませると、家財道具を売りはらい、甲州へ帰るとでていったそうで。あの晋三郎に付け火ができるわけねえと、繰り言のようにつぶやいてたそうにござんす。旦那が、闇には年寄の下男下女がいるとおっしゃっておりやした」

　真九郎は首肯した。

「源太が祖父母の顔を憶えているかはさだかでないが、ふたりのほうは源太に会えばわかるのではないか」

「わっちもそう思いやす。近所の者から人相を聞き、子分どもにふたりを捜させておりやす。闇の船宿で下働きをしてるんじゃねえかと、わっちはにらんでおりやす」

「そうかもしれぬ。それで辻褄はあうのだが……」

　真九郎は沈思した。

ふたりが火附盗賊改を恨んだのはたしかであろう。しかしそれだけで、ふつうに暮らしていた善男善女が一足飛びに悪の世界へ踏みこめるものか。

もしそうなら、ふたりの昔なりに、さらになにかあるはずだ。それとも、闇がふたりの意趣をはらしたのか。それならば、ありえなくもない。

春の陽射しをあびて大川をさかのぼった二艘の屋根船が、新大橋のてまえで小名木川にはいった。

大川から半里（約二キロメートル）あまり行くと、十字に交差している掘割がある。小名木川から北へまっすぐにのびている掘割を十間堀という。竪川までが南十間川、向島で斜めにおれる掘割までが十間川、鋭角にまがったさきの亀戸村あたりまでが北十間川となる。

十間川から、右の北十間川ではなく、左へおれると小梅村で堀留にぶつかる。

亀戸の梅屋敷は、北十間川を五町（約五四五メートル）ほど行った境橋のちかくにある。

橋てまえ左岸の桟橋に、屋根船がつけられた。

咲きほこるさまざまな梅を堪能し、水茶屋で憩い、雪江とふたりで庭を逍遥した。

霊岸島へもどったのは、西空の雲が淡い夕焼けにそまりはじめたころであった。

真九郎は、平助を菊次へ使いにやった。

琢馬は菊次にいた。着流しの腰に大小をさして、真九郎は暮れゆく通りを菊次へむかった。

心は急いていた。が、あえてのんびりと歩く。どこに闇の眼があるかわからない。だから、梅屋敷でもゆっくりした。平助にも、菊次におられるのであればお会いしたいとつたえさせただけだ。

成尾半次郎もいたが、うかない顔をしていた。

真九郎は、かすかにほほえみ、半次郎の正面にすわった。すぐに食膳をもったきくがやってきて、酌をして去った。

諸白をわずかにふくみ、杯をおいて半次郎を見た。

「あれいらい、晴天つづきですね」

「そうなんです。せっかく父の許しをえたというのに、まだ一月ですよ、例年なら、もっと雪がふり、風もびゅんびゅん吹いているはずです」

箸を刺身皿にのばしかけた琢馬が、呆れ顔を半次郎にむけた。

「おめえな、いまのが風烈廻りに聞かれたら、眼を三角にするぞ」

「申しわけありません。世のなか、ままならないものだと思い、つい愚痴を言ってしまいました」

琢馬が箸をおき、真顔になった。

「あのな、半次郎。世のなかってのは、ままならねえからいいのよ。考えてもみな。すべてが思いどおりにいってみろ。最初のうちはいい。だがな、しだいに張りあいをなくし、やがてはなにもかもがいやになるぜ。うまくいくかどうかわからねえから、人はがんばる。おめえの修行だってそうじゃねえのかい」

半次郎が口をひらくまで、ややまがあった。

「おっしゃるとおりです。お許しください」

「いいってことよ。いまのうちにうんと失敗しな。人はな、うまくいったことより、なぜしくじったかを考えることで賢くなってく」

琢馬が、箸に眼をやって、めんどうくさげな表情になった。

真九郎がまさかと思って見ていると、あんのじょう、鯛の刺身を親指と人差し指でつまんで醬油皿にちょいとひたし、口のなかに放りこんで指を舐めた。そして、諸白をあおる。

たったいま半次郎に教訓をたれたばかりである。同一人物とは思えないほど行儀がわるいことおびただしい。だが、琢馬がやると絵になるから不思議であった。

杯をおいた琢馬が、にっと笑った。

「わざわざ使いをもらったが、なんか思いついたことでもあるのかい」

「さきほどまで甚五郎といっしょでした。二艘の屋根船で、雪江や妻子とともに亀戸の梅屋敷まで行ってきたのですが、担売りの六助が昨日から佃島に帰っていると申しておりました」

琢馬の眼が刃になる。

「やっと帰ってきたかい」

「ええ」

「こいつだけは、どうあってもしくじるわけにはいかねえ。あとでお奉行とご相談し、どうするかきまったら報せるよ」

「もうひとつあります」

「なんでえ」

真九郎は、源太のことをくわしく語った。

「火盗改をうらんでる爺と婆が消えたわけかい。甚五郎が言うように、じゅうぶんにありうるな。古着屋ばかりじゃなく、闇の船宿二軒も押さえられれば、奴らの足を奪い、外堀を埋めることになる。やられっぱなしだったが、ようやくおもしろくなってきたぜ」

暮六ツ（六時）の鐘が鳴り、菊次をでた。

弓張提灯をもった藤二郎がさきになる。会釈をする裏通りの者たちに、琢馬が笑顔でおうじた。

真九郎は、横道で三人と別れた。

夕闇に覆われつつある空で、星がまたたきはじめていた。

第二章　相対死

一

二十六日の夕刻、桜井琢馬がひとりでたずねてきた。

小声で、話はすぐにすむがあがってもいいかと訊いた。当然のことながら、琢馬も慎重になっていた。

真九郎は、むろんですと客間に案内した。

いせんを捕縛したさいと同様に、佃ノ渡がある築地船松町の河岸で隠密廻りの手の者に屋台をやらせる。六助が渡し舟にのるようなら、船松町の河岸までついてきて、屋台の者にさりげなく六助を教える。それを、甚五郎にたのんでほしい。

真九郎は、承知した。

小半刻（三十分）ほど談笑しながら銚子の諸白を飲みほして、琢馬は帰った。

翌朝は未明から風が吹いた。成尾半次郎が喜んでいるなと思い、真九郎も風に散る梅の花びらを斬った。

風は、東の空に陽が昇るにしたがっておさまっていった。

真九郎は、和泉屋まえの桟橋から猪牙舟にのった。大川はいつもより波がたち、青空を白いちぎれ雲が筑波山のほうへいそいでいた。

風は朝のうちにやみ、帰りは川面もおだやかになっていた。川仙によった真九郎は、町奉行所の依頼を甚五郎につたえた。

二十八日も、さほど強くはないが風が吹き、空は薄墨を流したような雲に覆われていった。

この年の初春一月は小の月で、二十九日が晦日である。朝おきると、早春にもどったかのように肌寒く、小雨が音もなく江戸を濡らしていた。

真九郎は、両国橋東広小路の桟橋で屋根船をおりて亀沢町の団野道場へ行った。

春雨は宵になってもやむようすがなかった。

竪川をわたった町家のかどで水野虎之助と別れ、ひとりになった。

左手で風呂敷包みと小田原提灯をもち、右手で蛇の目傘をさしている。ふいをつかれたら、敵の眼を傘でうばい、小田原提灯と風呂敷包みを敵の足もとへ投げて、抜刀する。

この日は肥後を腰にしてきた。襲われるのはわかっている。朝稽古でふるっている重い胴太貫でどこまで霧月がつかえるか。

際限ない命のやりとり。雪江を独りにせぬためにも、おのが剣をきわめねばならない。

漆黒の宵闇が、夜空を重く塗りこめている。小田原提灯と、腰高障子にある食の見世の灯りがとどく範囲で、雨が糸をひいている。

あたりの気配に耳をすまし、気を張っていても、しとしととふりつづける雨が、心を感傷へいざなう。今宵もまた、雪江が無事を祈って待っている。

この夜も、五間堀でおれずに通りをまっすぐにすすんだ。

小名木川をわたる。右の大川方面へむかえば、新大橋下流の中洲を正面に見ることになる。

左へすこし行って右へまがる。

六町（約六五四メートル）あまりさきに仙台堀がある。

名の由来は、大川とのかどに奥州仙台藩六十二万五千六百石伊達家の五千四百坪弱の蔵屋敷があることによる。仙台堀の名は大川ぞいに架かる上之橋からつぎの海辺橋までで、そこからさきは二十間川と呼ばれていた。つまりは、仙台堀も幅二十間（約三六メートル）である。

小名木川ぞいの町家をすぎると、仙台堀ぞいの町家まで、通りの両側はわずかに門前町があるだけで寺社と武家地がならんでいる。

門前町にある食の見世からの灯りが、通りをほのかにそめている。人影のない通りのまんなかを、真九郎はあたりに気をくばりながらすすんだ。

仙台堀の海辺橋をわたる。右におれて大川方面へむかう。仙台堀と油堀とをむすぶ掘割に架かる相生橋をこえる。

油堀にめんした河岸と町家とのあいだの通りで、足を大川にむける。

考えまいとしても、脳裡にいろんな想いが去来する。春雨のせいだ。河岸にならぶ土蔵の白壁が、雨にくすんでいる。

河岸を背にした。

下之橋のむこうで、大川は暗く沈み、二町（約二一八メートル）余しか離れていない対岸の永久島は宵闇のかなただ。

際限なくしのびやかにおちてくる雨が、内奥まで濡らさんとしている。

下之橋まで五間（約九メートル）ほどになったとき、敵の気配が背筋をつらぬく。雑念を払拭。大川岸にならぶ土蔵のあいだを睨む。

黒い人影が身をひるがえした。

真九郎は、走った。

下之橋のたもとで立ちどまる。

七間（約一二・六メートル）ほど離れた土蔵のあいだから、人影がばらばらととびだしてきた。

ふたりが龕灯をもっている。

筒状の灯りが、むけられる。敵は五名。いずれも襷掛けをしている。

油堀をわたった川下の河岸からも通りに灯りがでてきた。人数はわからない。油堀は、幅十五間（約二七メートル）。下之橋は、長さが十一間（約一九・八メートル）で、幅が三間（約五・四メートル）。

ここで多勢にかこまれては不利だ。風呂敷包みをおとしてむすびめに小田原提灯の柄をさす。蛇の目傘をかぶせ、まるみをおびた橋を駆けのぼる。

三間幅ならよこにならぶとしても、ふたりまでだ。四人を相手にすればすむ。

鯉口を切り、橋の頂上で肥後を抜刀。川下からも五名。合わせて十名。おのれひとりへの刺客としては、これまででもっとも多い。

右手を柄から離して懐にいれ、だした手拭をたらして臍の左で袴の紐にはさむ。橋のまんなかから大川へ二歩よって背をむけ、得意の八相にとる。草履をぬぎ、両足を肩幅の自然体にひらく。

左右から小走りにやってきた十名が、橋にはいったところで止まった。欄干のそばに龕灯がおかれる。宵闇に、橋と、おのれの姿が浮きあがる。

敵に余裕がうかがえる。川下からの敵の数がわからなかったので、あえて橋をのぼった。だが、敵はうまく橋に追いこんだと思っている。

左右の敵が二列になり、抜刀した。まえがふたり、うしろが三名。左右ともおなじだ。

相談したのか、それとも指示されたのか。十人のなかに考えた者がいるのだとしたら、完璧な陣形である。

勝つのは容易ではない。

灯りを背にした十人が、刀を青眼に構えてゆっくりと迫ってくる。

——敵の数と策にまどわされるな。

真九郎は、おのれを叱咤した。

胸腔いっぱいに息を吸い、しずかにはく。心を無にし、気を鎮め、待つ。こころもち眼をおとし、微動だにしない。

いくらか腰をおとした敵が、摺り足になった。じりっ、じりっと圧迫をくわえてくる。

真九郎は、塑像のごとく佇立したままだ。

川風に、雨が揺れる。

三間（約五・四メートル）。

敵がさらに迫り、体軀が殺気にふくらんでいく。

二間半（約四・五メートル）。

敵が止まる。

眼をくばれば、構えから技倆の差が読みとれる。が、それでも、真九郎は動かない。

柄頭、左肘、顎から雨滴がおちていく。

敵が呼吸をはかっている。二列めの六名は、攻めよりも受けの青眼だ。前列四名の体軀が、いまにもはじけんとしている。

「オリャーッ」

川下右が裂帛の気合を発した。四人が、いっせいに白刃を上段に振りかぶりながらとびこんでくる。

気合を発した川下右が半歩遅れる。

左足、右足。重い胴太貫が疾風と化し、川下左の斬撃を弾きあげる。左足を斜めまえに踏みこんで爪先立ちとなり、左回転。

川上右の一撃が左肩さきをかすめていく。

右足が橋板をとらえ、肥後が剣風を曳いて斜めに奔る。左腕ごと心の臓を裂かれた敵の躰が力を失う。

右足を軸に躰をまわす。肥後が大気を裂いて唸る。振りかぶってとびこまんとしていた川上二列め右端の喉に、寝かせた肥後をぴたりと擬する。切っ先から血が散る。

右端がひるむ。

左斜め前方から、黒い影と剣風。左足をよこに踏みこんで爪先に体重をかけ、躰をひねる。逆に返した肥後が、円弧を描く。

八相に構えて背後にまわらんとしていた川下左が、欄干へしりぞき、横薙ぎに奔る肥後の切っ先をかろうじてかわす。

そのまま、今度は右足を軸に回転。通常の刀よりも切っ先よりに重心のある胴太貫の肥後が、加速。伸びあがるように大上段に振りかぶって間合を割った川下右の右胸へ、切っ先が消える。

着衣と肋を断つ。左胸。心の臓を裂かれ、敵の眼から生気が失せる。抜けた肥後を、さらに横薙ぎに奔らせる。

左足が橋板をとらえる。

川上左が、消えた位置への一撃を下段で止め、右足をひきながら横薙ぎに奔らせんとしている。

それより速く、右脇下にはいった肥後が、肋を断ち、右腕を両断。

「ぐえっ」

抜けた勢いで、右回りに反転につぐ反転。

欄干からとびこんできた川下左の決死の突きが、むなしく空を刺す。

反転しながら夜空を突いた肥後が、袈裟に雨と大気を裂く。川下左の背から心の臓を断って胸へ抜ける。

敵が突っ伏す。

左下へ血振りをくれる。柄から左手を離して腰紐からたらした手拭をつかみ、肥後の刀身をすばやくぬぐう。

柔にして剛、緩にして急。霧月——。

残るは、六名。欄干を背にして八相にとり、左右に眼をはしらせる。

敵の顔に驚きがある。が、怯えはない。しりぞく気はなさそうだ。

刀を抜けば、生か死。心の弱さは、おのが死につながる。

左右の大川がわが欄干よりにすすみつつある。半円を描いてかこまんとしている。

龕灯からの灯りに、雨が糸を曳いている。首筋からの雨滴に襦袢まで湿りつつある。

三間(約五・四メートル)幅の狭い橋に、四人がよこたわっている。ふたりはうめき、ふたりはぴくりとも動かない。

真九郎は、川上右端へ殺気をはなって身をひるがえした。

三方向から川下の敵が突っこんでくる。左右が青眼、まんなかが振りかぶった。

間合を割る。

肥後が春雷と化す。八相から雷光の疾さで左端の刀身を叩き、返す刀でまんなかの一撃を弾く。

右足を軸に一回転。

八相にとらんとしている左端を逆胴に薙ぐ。左足が橋板をとらえる。

まんなかが左八相からの逆袈裟にきた。

肥後が唸りをあげて奔る。

——キーン。

敵の斬撃に肥後を叩きつけて右へ一回転。まっ向上段から薪割りに斬りさげる。

「ぎゃあーっ」

右肩から右腕を両断。

川下がわにまわりこんだ三番手が、悪鬼（あっき）の形相（ぎょうそう）でとびこんでくる。

「死ねぇーッ」

肋を断った肥後を抜く。

左足をひき、左拳を突きあげ、右手の掌（たなごころ）で柄をささえる。上段から渾身（こんしん）の一撃。敵の白刃が鎬（しのぎ）を滑る。

残り三名が迫っている。右腕を両断した敵が、膝からくずおれ、倒れかかってきた。

右腕をさげると同時に右足をひく。

敵が体勢を崩す。

肥後が雷光の円弧を描き、敵の左首付け根から右脇下へ逆袈裟に斬りさげる。

「ぐえっ」

まえのめりになった敵が、倒れている味方につまずく。

川下へうしろ向きのままですばやく三歩さがり、肥後に血振りをかける。

狭い橋の頂上ちかくに七名がよこたわっている。刀を右手にさげた三人が、そのあいだを縫って駆けてくる。

左端が速い。

肥後を右よこから左よこにもってきて刀身を返す。

左端が眦をけっして刀をふりかぶる。

「オリャアーッ」

橋のくだりで勢いをつけ、伸びあがるように撃ちこんできた。白刃が大気を裂く。

見切る。右足を斜め前方におおきく踏みこみ、左足をひく。

敵の白刃が左肩さきを落下。

肥後の切っ先が、敵の左胸を裂き、脇下へ抜ける。

刀を八相に構えた二番手が、間合を割らんとしている。風車の疾さで、右よこに反転、また反転。

二番手の袈裟が、届かずにむなしく奔る。

左足を斜めまえに踏みこみ、爪先立ちで右回りに躰をひねる。敵が流れた刀を返すよりも速く、肥後が右脾腹をふかく薙ぐ。

さらに、右足を軸に一回転。

「キエーッ」

最後の敵が、まっ向上段から面にきた。

疾風と化した重い肥後が敵白刃の鎬を叩く。

――カキーン。

刀がおれとぶ。

弧を描いた肥後が敵の胴を一文字に奔る。

「うぐっ」

右足をひいて、残心の構え。

敵が、斜めに倒れていく。

佃島の六助を見張らせているのが露顕し、鬼心斎がついに牙を剝いたのかと案じたが、ちがった。敵に遣い手はいなかった。

それにしても、十人。暗澹たる気分であった。

声にだして、独語する。

「負けるでない。それが、鬼心斎の狙いなのだ」

眼をとじ、肩でおおきく息をする。眼をあけ、懐から湿った懐紙をだした。刀身をていねいにぬぐう。が、すぐにこまかな雨粒が付着する。

肥後を鞘にもどす。

脚が重いのは、濡れている袴のせいではなかった。草履をはき、風呂敷包みをとりにもどる。

龕灯の蠟燭を吹き消し、風呂敷包みと小田原提灯を左手でもって、右手で蛇の目傘をさした。

いつやむともしれぬ雨が、江戸を漆黒に塗りこめていた。

仲春二月朔日の朝、真九郎は刀袋にいれた肥後をもって神田鍛冶町の美濃屋へ行った。雨は夜のうちにあがり、濡れた通りに青空から明るい春の陽射しがそそいでいた。主の七左衛門は他出していた。真九郎は、鞘と柄もあらため、ばあいによっては造りかえるよう番頭にたのみ、美濃屋をあとにした。

昨夜、菊次の客間には桜井琢馬と藤二郎がいた。刺客の数に、ふたりとも驚いた。琢馬が、このままじゃ風邪をひいちまう、くわしくは明日だ、と言った。

湯殿で裸になった全身を、雪江が乾いた手拭でこすり、真九郎も手拭をとりかえては髪の水気を吸いとった。

暮六ツ（六時）が日没である。鐘の音とともに陽が沈み、夕闇が駆け足でやってくる。

半刻（一時間）ほどたったころ、桜井琢馬がひとりでたずねてきた。

初冬十月から晩春三月までは火鉢をだしている。この日は暖かいので、炭はいれなかった。平助が客間の行灯に火をともすのを廊下で待ち、真九郎は火鉢をはさんで琢馬と対座した。

　琢馬が柔和な表情をうかべた。

「さすがに鍛えてる。熱はでなかったようだな」

「おかげさまで」

「いっぺんに十人というのは、はじめてだ。奴ら、やりようを変えたんだろうか。おめえさん、どう思う」

「まだなんとも言えません。しかし、遣い手はおりませんでした」

「なるほど、そういうことかい。だから、数をそろえたってわけだな」

「そうではないかと思うのですが、つぎにどうくるかです」

「鬼心斎ってのは、つくづくいやな野郎だぜ。だがな、いつまでも奴の好きにはさせねえ。今度はおいらたちの番よ」

　琢馬が右頬に不敵な笑みをきざんだ。佃島の六助をお縄にしたなと、真九郎はさっした。

　雪江とうめが食膳をはこんできた。

　琢馬に挨拶をした雪江が廊下へでて、つづいたうめが障子をしめた。雪江の衣擦れが、廊下を去っていく。

手酌で諸白を注いで飲んだ琢馬が、杯を食膳においた。

「じゃまをしたんは、おめえさんに伝えておきてえことがあるんだ。今朝、六助と古着屋をお縄にした」

「ついにやりましたか。おめでとうございます」

琢馬の顔に笑みがひろがった。

「ありがとよ。これも、おめえさんのおかげだ。ご老中さまからのきついお達しでな、吟味方がさっそくにも責めにかかってる。鬼心斎に逃げられちゃあ、もとも子もねえからな」

吟味方は、手荒なことをせずに白状までもっていくのが手柄とされている。だが、闇は、四神騒動で公儀の威信をいちじるしくそこない、北町奉行小田切土佐守をも公然と狙った。鬼心斎が行方をくらます気でいるのであれば、一刻の猶予もない。その気でいるならば、だ。

「どうかしたかい」

琢馬が小首をかしげている。思わず知らず、眉根をよせていた。

「失礼しました。ふと、昨夜のことを想いだしたものですから。ところで、古着屋はどこにあったのでしょうか」

「おめえさん、どこらへんだと思ってた。おいらは、ちかくにほかの古着屋がねえ、それなりに人通りがあるとこだとふんでたんだ」

「わたしもそのように考えてましたが、ちがうのですか」

「そいつが、どうにも微妙なんだ。内藤新宿の甲州街道と青梅街道との追分ちかくにあった」

　真九郎は眉根をよせた。

「内藤新宿……」

「ああ、そうなんだ。これが、東海道の品川宿か、中山道の板橋宿あたりなら、四宿は道中奉行のご支配だし、おいらも納得できねえわけじゃねえ。奴らのことだ、だからこそ四宿のうちじゃあもっとも人の行き来がすくねえ内藤新宿にしたってのも、考えられねえわけじゃねえんだが……」

　琢馬が眼で問いかけた。

　真九郎は、ちいさくうなずいた。

「ええ。船宿が二軒あるとします。古着屋も、もともと二軒だったか、用心のため二箇所に分散した」

「六助が内藤新宿に行ったんは、昨日の朝よ。夜、お奉行に呼ばれて、どう思うかって訊かれた。つまりは、お奉行も気になったってことよ」

「おそらくは、もう一軒。あるいは、四宿すべてということもありえます」

琢馬が顎をなでた。

「そうかもしれねえな。古着屋にあったもんは、畳までひっぱがして残らずはこばせ、吟味方が手分けして調べてる。それとな、入船町の芳膳は藤二郎の手下たちが、花川戸町の山野屋は浅草を見まわってる定町廻りが手の者にさぐらせてる。もうすこしはっきりしたら、まとめて話しにくるよ。残してわるいが、おいらは行くぜ」

上り口まで琢馬を送った真九郎は、客間まえの廊下にたたずんで夜空を見あげた。満天の星が、空を蒼くそめてやわらかくまたたいている。

内藤新宿の古着屋が捕縛されたことは、一両日ちゅうに鬼心斎の耳にたっする。古着屋が鬼心斎の正体や屋敷を知っているとは思えない。だが、古着屋の支配は判明する。そこから、いずれは鬼心斎までたどりつく。

闇をつくり、あやつっている鬼心斎の意図を、真九郎はもうひとつ読みかねていた。

鬼心斎は、金子に執着していない。真九郎の命に二百両もの大枚を約していることからして、それは歴然としている。

四神騒動で公儀を愚弄したが、本気で謀叛をたくらむほど愚昧ではない。北町奉行の小田切土佐守を狙ったのは、闇の符丁を絵解きしたと思ったからだ。

鬼心斎は、内奥に虚無をかかえている。あれほどの知恵者が、お膝元で公然と幕府にいどむ。そこに、なんらかの理由とからくりとがある。

真九郎は、ふと眉根をよせた。

鬼心斎の真意を、用人と伊勢屋を名のっている弥右衛門は承知しているのであろうか。鬼心斎が、ふたりにまでおのが心底を偽っているのだとすると……。

真九郎は、膝をおった。

春の夜風が、庭のすみにある梅の花びらを散らした。眼にしていながら気づかぬほど、真九郎はおのれの思念に没頭していた。

二

三日の夕刻、勇太が迎えにきた。

菊次よこの路地をはいっていくと、客間から桜井琢馬と藤二郎の笑い声が聞こえた。

勇太が、格子戸をひいて脇へよった。客間は障子が左右にあけられていた。

真九郎が成尾半次郎の正面に座すると、きくが食膳をはこんできて酌をした。

諸白をはんぶんほど飲んで杯をおき、真九郎は琢馬を見た。

「おもしろいことでもあったのですか」

「なあに、こいつがな」

琢馬が半次郎を顎でしゃくった。

「枝から舞いおちてくる梅の花びらを夢中で斬ってたら、風流を知らねえにもほどがあるって坊主に説教をくっちまったそうだ。懲(こ)りねえ奴だって笑ってたのよ」

真九郎は、半次郎に笑顔をむけた。

「わたしも、国もとにいたころは、梅や桜の花びらを斬りました」

「やはりそうでしたか。そうだと思ってました。しかし、太刀筋の風に舞うので、つぎつぎに斬るのは、思いのほかむずかしいものです」

「たしかに。だからこそ、修行なのです」

「わかります。いっそう励みます」

琢馬が苦笑をうかべた。

「ふつうの奴なら、散る花を見て剣術(やっとう)の修行を思いついたりはしねえよ。おめえさんも、風流とは縁がなさそうだ」

真九郎は、古里(ふるさと)にいたころを想起した。

「そうかもしれません。国では、剣の修行とお役目だけでした。花見をしたのも、江戸へでてきてからです」

「花見か。去年は御殿山へ行ったな。おいらも、ひさしぶりの花見だった。それまでに奴らをお縄にしてえもんだ」

　琢馬の眼が刃になる。

「内藤新宿の古着屋は上総屋っていうんだが、奉公人はなんも知らねえようだ。主の名は三左衛門。年齢が四十三。こいつが強情で、いまだに口をわらねえ。きてもらったんは、おめえさんに話しておきてえことがあるからなんだ。朔日の夜、火事があった」

「古着屋をお縄にしたその夜に火事。付け火でまちがいないのですか」

「まちげえねえはずだ。というのもな、昨日、焼け跡の二箇所から、まる焦げの死骸が見つかった。燃えたんは、深川の法禅寺よ」

　法禅寺がある一帯は寺社地で、ちかくには明暦の大火まで霊岸島にあった霊巌寺もある。法禅寺は、境内が千六百坪で、京の知恩院の末寺だ。

　本堂や庫裡などが全焼したが、広い敷地のおかげで類焼はまぬがれた。その焼け跡をかたづけていて、二箇所でいくつもの黒焦げの遺骸が見つかった。

　寺社地は寺社奉行の扱いで、町方は手がだせない。それでも、あきらかにそれとわかるような刃物疵はないとの連絡があった。

あつめられて動けないように縛られ、火をつけたのではないか。

「……いちおう、押込み強盗ってのも考えられねえわけじゃねえ。よほどの悪党でも、坊主を手にかけるんは気がとがめるだろうからな。いってえ何人住んでたのかは調べてみなくちゃあはっきりしねえんだが、下働きをふくめて皆殺しじゃねえかと思う。おもしれえのはな、境内の裏が横川と掘割でつながってることよ」

真九郎はつぶやいた。

「口封じ」

「おいらもそう思う。法禅寺が闇とかかわりがあるか、知らずに座敷を貸していた。裏から舟でひそかに出入りできるしな。上総屋がお縄になったのを知って、まっさきに法禅寺に火をつけた。わかるだろう」

「ええ。上総屋が、隠密廻りに闇一味のことを告げようとして殺された黒子の後釜だとします。鬼心斎や弥右衛門は、以前から法禅寺で符丁をもつ者たちと会っていた。舟で行ける寺は、ほかにもたくさんあります。なにゆえ法禅寺なのか。なんらかのつながりがあると考えてしかるべきです。それが露顕するのをおそれた」

琢馬が首肯した。

「おそらくはな。書付やなにか、身元のわかるものがあったのかもしれねえ。だから、まるごと灰にした。さきをこされちまったが、奴らの尻に火がついたってことよ。一歩ずつ追いつめてる。ところで、芳膳のまつについてはまだからっきしなんだが、山野屋の惣太郎でわかったことがある」

惣太郎が祝言をあげることになっていた相手は、日本橋大伝馬町の太物問屋丹波屋の次女けいで、十八歳になる。

丹波屋はひた隠しにしていたが、この縁組には事情があった。

伝馬町は江戸初期からの町家だ。木綿問屋が多く、丹波屋も老舗のひとつである。店の規模も、山野屋よりおおきい。

かつては、本所深川に住む者たちは大川をわたるのを〝江戸へ行く〟と言ったが、浅草の者たちも神田川をこえるのをおなじように表現した。

その大伝馬町の老舗が、吾妻橋のさきへ娘を嫁にやるという。山谷堀まで四町（約四三六メートル）余で、浅草もはずれにちかい。

しかも、昨年の晩秋九月、人づてに縁談をもちこんできたのは、丹波屋のほうであった。娘も年が明ければ十八になってしまうし、できれば家業のわかっているところへ嫁にやりたい。

おなじ太物問屋であり、面識こそないが、山野屋は丹波屋の評判を耳にしていた。上の娘が婿をもらって孫もでき、五つ年下の次女けいは末娘である。ほかに子はいない。

山野屋にとっては、願ってもない良縁であった。山野屋は、丹波屋の親心を深読みした。気苦労せずともすむところへ嫁にやりたいのだ。

話はとんとん拍子にまとまり、初夏四月には祝言をあげることになっていた。

真九郎は眉根をよせた。

琢馬が訊いた。

「どうかしたかい」

「いいえ。惣太郎は、けいの名で呼びだされたのではなかろうかと思っただけです」

「おいらも、そうじゃねえかとふんでる。けいと惣太郎は会ったことがねえ。が、大事な話があるんで誰にも知られずにきてくれって言付けをもらえば、惣太郎はなにごとかとふっとんでいったはずだ」

真九郎はうなずいた。

「ええ。どうぞおつづけください」

昨年、けいには、まとまる寸前まですすんだ縁談があった。相手は、日本橋通二丁目の畳表問屋駿河屋の跡取り鉄三郎で、二十二歳。

春、丹波屋は隅田堤へ花見にでかけた。そのおり、鉄三郎がけいを見初めたのだという。

人をたてて話がもちこまれたのは、初夏四月の下旬であった。見初めたと言いながら、花見からひと月あまりもたっている。

しかし、そのことじたいは、丹波屋は気にならなかった。嫁にむかえる当人だけでなく、家業や身内についてもじゅうぶんに調べる。商人として当然の配慮である。

日本橋にちかい表通りに店をかまえている商家からの縁談。わるい話ではない。むろん、そんなことはおくびにもださなかった。足もとを見られるだけだ。

——まことにありがたいお話にございます。娘の一生のことでございますので、あらためてご返事をさせていただきます。

丹波屋は、慇懃に述べて相手を帰した。

親の贔屓目かもしれないが、娘のけいはなかなかの縹緻よしである。あの日の隅田堤には、着飾った若い娘たちが大勢いた。そのなかで見初められたのであれば、親としては鼻高々である。

だが、うかれてばかりもいられない。手堅い商いをしているようでありながら、内実は火の車というのはよくある。持参金が目当てではないか。娘のためにも、よくよく調べねばならない。

それに、丹波屋には気になることがあった。鉄三郎という名からして、ふつうに考えれば三男である。上の子はどうなったのか。二十二という年齢も、嫁をもらうには早すぎるように思える。駿河屋の親類筋に厄介者や火種になりそうなことはないか。

このようなおりのために、出入りの御用聞きに付け届けを欠かしていない。丹波屋は、さっそくにもきてもらってたのんだ。

駿河屋にはなにもなかった。商いも順調である。親戚筋にも厄介ごとをかかえている家はない。三人の倅と娘がふたりいたが、鉄三郎のほかはみな流行病で亡くしていた。これで、駿河屋が嫁取りをいそぐ理由も得心がいく。

ただ、問題は、肝腎の鉄三郎であった。疱瘡(天然痘)が重かったために、ひどい痘痕が残った。当人が、もっともそれを気にしている。人づきあいはさけるし、むろんのこと、悪所へなど行ったこともない。

善意に解釈すればまじめということになるが、気がちいさいのだともいえる。けいのような別嬪がほんとうに嫁にきてくれるのなら、身を粉にして働く。当人はそう言っているし、駿河屋もそれで自信がつけばとこの縁談にはおおのり気である。

はたしてそうか。丹波屋は疑念を禁じえなかった。

疱瘡を患(わずら)って痘痕面となった者すべてが、人づきあいをさけるほど気がちいさいわけではあるまい。

けいは、いまは他所(よそ)の庭の花だ。いざ、自分のものとなったらどうなるか。人の本性は、そう都合よくかえられるものではない。

駿河屋は、親の願望と欲目で倅の鉄三郎を見ている。駿河屋の将来(さき)は危ういと、丹波屋は思った。

男のくせにみずからの面貌(めんぼう)を気に病むようでは、けいも幸せにはなれまい。

一生を添いとげる相手のことだ、女には男とはことなる見方があるかもしれない。丹波屋が、みずからの意向を告げずに語ると、婿も妻も娘ふたりもまるで気のりがしないようすであった。

丹波屋の気持ちはきまった。返事を聞きにきた仲立ちの者に、せっかくのお話ですがと断りをいれた。

それでこの件は終わるはずであった。しかし、駿河屋はあきらめなかった。そのあまりの執拗(しつよう)さに、丹波屋はどこぞへけいを嫁がせるしかないと思いさだめた。そして見つけたのが、山野屋の倅惣太郎であった。

「……不憫(ふびん)な子ほどかわいいとは言うがな。持参金などいらねえし、むしろいくらでも支度金をととのえる。けっして不自由はさせない。なにがあろうが離縁はしないとの証文を書く。じっさいに話してみれば気が変わるかもしれないから、一度ふたりを会わせてはもらえないだろうか。それは熱心にたのんでたそうだ」

「こういうことですか。山野屋は、駿河屋とのことを知らなかった。だが、いまでは知っている」

「ああ。誰が耳にいれたのかは知らねえがな。はっきり誰からとは憶えていねえ。疱瘡は当人のせいではねえ、すこしばかりの縹緻を鼻にかけてんじゃねえのか、天罰なら相手がちがう。なんのことだと思ってたら、駿河屋と丹波屋との縁組の話だったってわけよ」

「けいにふたたび縁談がもちあがり、その相手も不可解な死をとげたりすれば……」

琢馬が、一重の眼をほそめてうなずいた。

「すでに噂になってる。二度とふたたび縁談をもちこむ奴はいなくなる」

「丹波屋の立場もますます悪くなる」

「そのとおりよ。駿河屋が絵馬をさげてるんを見た者はいねえ。だから、こいつも闇がもちかけたにちげえねえ。ただ、わかんねえのは、芳膳のまつよ。祝言の相手は、薬研堀の船宿の三男で、こっちも一度も会ったことがねえ。いってえ、誰に呼びだされて会いに行ったのか、かいもくわからねえんだ。両親(ふたおや)はむろんのこと、いつも供をしてた女中もまるで見当がつかねえって言ってる。呼びだされて、男が会いに行くのはわかる。が、女はそうはいかねえ。わかるかい」

「ええ。桜井さんはこう考えておられる。闇は、まつがひそかに想いをよせている相手がいるのを知っていた。だから、まつをえらんだ」

「気にいらねえことでもあるのかい」

考えていることはあった。だが、琢馬に話すだけの確信がまだもてない。

鬼心斎については、これまでのやりようからいくらかわかりつつある。そしてそのことを、鬼心斎は当然承知している。裏の裏は表。ありえなくはない。深読みしすぎて鬼心斎の術中にはまっているかもしれないのだ。

「そうではありません。離れないように手をむすんだ細工といい、いかにも闇がやりそうなことです。しかし、はたしてそれだけなのか。さらに裏があるのではないか。まつが誰に会いに浅草寺(せんそうじ)まで行ったのかがわかれば……」

「たんに利用されただけだと思わせるのが、奴らの策(て)かもしれねえって言いてえんだろう。わかってる。まつの相手と、芳膳を恨んでる者(もん)がいねえか、捜させてるとこよ」

それからすこしして、真九郎は琢馬や半次郎とともに菊次をでた。

二日後の五日、真九郎は下屋敷からの帰りに川仙によった。

未明からふりつづいている春の小雨が、江戸の空も、大川も、両岸の屋敷や家並も灰色に塗りこめていた。

秋はひと雨ごとに寒くなっていくが、春は若葉と花をはぐくむ。

それでも、雨は季節にかかわりなく人の心を沈ませる。山谷堀から、隅田川、大川とくだりながら、真九郎は屋根船の両舷の障子をあけて、川面を見ていた。

雨が、勝次と亀吉を想いださせた。ふたりをむざむざ死なせてしまったことが、いまだにするどい棘となって胸を刺す。

――けっして忘れてはならない痛みなのだ。

真九郎は、おのれに言いきかせた。

老船頭の智造が、川仙の桟橋に屋根船をつけた。

昨日、徳助が文をとどけにきた。甚五郎は、川岸にめんした座敷で待っていた。

ほどなく、内儀のみつが茶をもたせた女中ふたりをしたがえてはいってきて、挨拶をして去った。

「旦那、雨のなかをおはこびいただき、おそれいりやす」

「気にするにはおよばぬ。なにかわかったのかな」

「へい。子分を甲州へやってたしかめさせやしたら、源太の爺と婆は国に帰っておりやした」

「そうか。わざわざ行かせたのか。それはご苦労であったな」

「どうってことございやせん。ですが、旦那。わっちは、てっきり闇の手先となってお江戸にいるもんだとばっかり思っておりやした。念をいれただけで。闇は、えらく用心深え奴らでござんす。旦那がおっしゃってたように、岡っ引どもが血眼になってるのを、源太のような若造が見つけたというのも考えにくいことで。源太が出入りしてたとこをふくめ、あらいざらいあたるよう松造に申しつけてござんす」

「甚五郎、ひょっとしたら、逆であったかもしれぬな」

「旦那、どういうことでござんしょう」

「見つけたのは、源太ではなく元助であったやもしれぬ。源太は、舟をだすように言われただけではなかろうか」

「そいつは……。考えもしやせんでした。さっそく元助んこともさぐらせやす」

「ところで、付け火で焼けた深川の法禅寺のことはぞんじておろう」

「あれは酷えやりようで。下働きまで皆殺しでござんす。やはり、闇のしわざでござんしょうか」

「おそらくはな。それで、手の者にたしかめてもらいたきことがある」

真九郎は、鬼心斎の用人と弥右衛門の人相風体を語った。ふたりについては、染吉の一件のあと、北町奉行所の臨時廻りが料理茶屋の者からくわしく聞きだしている。

「……わたしも桜井どのも、鬼心斎はご大身お旗本だと考えておる。かなり以前から法禅寺をつかっていたのではないかと思う」

「承知いたしやした。なにかわかりしでえ、お報せに参上しやす」

「それとな、山野屋についてわかったことがあるので話しておきたい」

途中で、甚五郎が納得げにうなずいた。

「そういうことがあったんでやすかい。通町筋の大店の娘がなんで花川戸あたりへ嫁にと思っておりやしたが、これで得心がいきやした。わっちのほうでわかってることは、あんましございやせん。山野屋は、商いも家内もこれといった悪い噂はありやせん。身持ちも堅えようで、酒もたしなむくれえだそうにござんす。寄合ででかけるのも、向島や柳橋と薬研堀、深川もせいぜいが門前仲町あたりまでで。いま、つかってた船宿と、船頭をあたらせておりやす。船宿か船頭が、入船町とかかかわりがあるかもしれやせん」

「よろしくたのむ。なにかわかったら、遠慮せずに徳助をよこしてくれ」

真九郎は、左よこにおいてある刀を手にした。

甚五郎が桟橋まで見送りにきた。

対岸の本所(ほんじょ)は雨に煙(けぶ)り、淡く描いた墨絵のようであった。

雨はふりつづいた。

やがて夕七ツ（四時）になろうとするころ、桜井琢馬がたずねてきた。供は勇太だけであった。見張ってるように言いつけて、雪駄(せった)をぬいだ。

食膳をはこんできた雪江に、真九郎は上り口に勇太がいるのでうめに茶をもたせるように言った。

ふたりが障子をしめて去ると、琢馬が柔和な眼をむけた。

「すまねえな」

「いいえ。今日は雨ですこし冷えます。まずは喉をうるおしてください」

琢馬が、ほほえんでうなずき、諸白を注いで飲んだ。そして、杯をおき、真顔になった。

「お奉行に呼ばれ、お会いしてきた。上総屋が、観念して吐きはじめた。まだおおまかなんだが、おめえさんに話しておきてえと思ってな。おいらたちがにらんだとおり、上総屋は法禅寺で闇の頭目と会ってる。御前(おせ)としか教えられてねえがな」

上総屋の符丁は、黒亥。北町奉行所の隠密廻りであった吉沢が闇の刺客に殺されたのが、一昨年の晩夏六月。それからほどなく、上総屋は上段の間がある法禅寺の座敷で頭目と対面し、内藤新宿で古着屋をはじめるよう命じられた。

座敷は三十畳ほどで、下座両端に雪洞があるだけだった。しかも、一段高くなっている上座との境は簾がかかっていた。

上総屋は、下座の簾よこにいた黄艮を介して御前に目通りした。とはいえ、平伏したままであり、簾のむこうには灯りもなく、小柄な人物が影のごとく端座しているのを上目づかいに見ただけだった。それでも、かけられた声から、御前が六十代くらいであろうことは推測がついた。

黄艮は、五十すぎで、細面。身の丈は五尺七寸（約一七一センチメートル）ほど。

上総屋が内藤新宿で商いをはじめたのは、仲秋八月になってからだ。それ以前は、上総屋も古着の担売りをやっていた。

御前に会ったのは、その一度きりである。あとは、黄艮の命をうけていた。

「……つまりは、そういうことよ。御前は用人が化けていて、黄艮は弥右衛門でまちがいねえ」

「符丁をあたえ、寺で会う。あまつさえ、薄暗くしてこちらの輪郭さえ曖昧にする。たとえ、鬼心斎と名のっても、上総屋は符丁だと思ったことでしょう。どこまでも用心ぶかく、周到です」

「たしかにな。厄介な奴だぜ。お膝元をこれだけ騒がせてるくせに、真の狙いがなんなのか、いまだに判然としねえ。金子じゃねえはずだ。おめえさんも、そう思ってるんだろう」

「ええ、鬼心斎にとって金子はどうでもよいのではないでしょうか。配下の者に、それが目当てであるかのように思わせている。そんな気がします」

「だからこそわからねえのよ。なんでこれだけの騒ぎをおこす。いってえ、なにを考えてやがるんだ。それとな、わかったことがもうひとつある。上総屋がつかってた担売りは十八人だ。六助をいれても、十九人にしかならねえ。おめえさん、どう思う」

　真九郎は、畳に眼をおとして、しばし考えた。

　顔をあげる。

「遠江の天竜川あたりが、江戸と京とのなかばですよね」

　琢馬がうなずいた。

「てえげえ、その見当だな」

「上方の闇とそこで領分をわけているとしても、十八人ではすくなすぎるように思います」

「おいらもそう思ったし、お奉行もおんなしだとおっしゃってた。つまりは、すくなくともう一軒はあるってことよ。おめえさんも気づいただろうが、上総屋もそれほど期待できそうにねえ。そんでも、わずかずつではあるが、以前にくらべればいろんなことがわかってきてる」

「たしかに。寺を焼いて皆殺しにする。それだけあせっているということです」

「おいらもそう思う。あせるほどに、誰しもつまらねえしくじりをしでかす。そうこういつまでも、奴らの好きにはさせねえよ」

それからほどなく、銚子をからにした琢馬が蛇の目傘をひろげて和泉屋裏通りを去っていった。格子戸をしめた勇太が、あとにしたがう。

雨の日は、暮れるのが早い。暮六ツ（六時）にはまだ半刻（一時間）あまりもあるが、灰色に濡れた空には暮色のけはいがあった。

雪江とうめが、食膳を厨へもっていった。

真九郎は、廊下に膝をおった。

庭のすみに一本だけある梅に残っていた花も、この雨で散ってしまった。

配下の組頭たちに符丁をあたえ、会うのも寺にする。用人と黄艮こと弥右衛門のほかには、面体（めんてい）もさらしてはいまい。すべては、おのが正体を隠すための策のように思える。

では、なにゆえ、四神騒動をおこし、公儀に挑（いど）むがごとき挙（きょ）にでたのか。夜の底に身を隠してこそ闇だ。

矛盾している。しかし、仕組みが十全にととのうまで身をひそめ、ときを待っていたのだとすれば、辻褄（つじつま）はあう。

わからないのは、鬼心斎の真意が奈辺にあるかだ。まるで、身の破滅をもとめているとしか思えない。

真九郎は、眉をひそめた。

鬼心斎の望みはそれなのか。染吉によれば、女中たちが懐妊（かいにん）すると中条（ちゅうじょう）流の町医者のもとへやって流させたという。あえて家名を断絶させようとしているのか。公儀に牙を剝いた。当人ばかりでなく、一族にも累がおよぶのは承知しているはずだ。いったい、なにゆえに――。

それが、鬼心斎の謎だ。

雨にたたずむ梅の木に、ふと勝次と亀吉を想った。針が、ちくりと胸を刺す。

真九郎は、梅に顔をむけたまま動かなかった。

雨にかすかな乱れがしょうじた。梅から、六畳間と土蔵とのあいだに顔をむける。

蛇の日傘をさした宗右衛門(そうえもん)が、庭をまわってきた。

歩みをとめ、会釈する。

真九郎はかるく顎をひいた。

「鷹森(たかもり)さま、お邪魔ではございませんか」

「いや、雨を見ていただけだ。あがってくれ」

「おそれいります」

宗右衛門が、沓脱石(くつぬぎいし)で下駄をそろえ、とじた傘を廊下にもたせかけた。

客間の障子を左右にひらき、真九郎は上座にすわった。庭の梅に眼をやった宗右衛門が、廊下ちかくに膝をおる。

「梅も終わってしまいました」

「花は来年も咲くが、二度と還(かえ)らぬ者もいる」

「想いだしておられましたか」

「おりにふれてな。忘れてはならぬと思うておる」

「鷹森さま、あまりにご自身をお責めになるのはおやめください」

真九郎はほほえんだ。

「心配をかけてすまぬ。おなじ過ちをくりかえさぬようおのれをいましめているだけだ。それが、わたしにできるせめてもの供養であろうからな」

「お察しいたします」

宗右衛門がかるく低頭した。

「鷹森さま、いましがたまで三浦屋さんがおいででした」

三浦屋は浜町の瀬戸物問屋である。四日市町からは北どなりにあたる。主の善兵衛が、宗右衛門とともに世話役を任じている。

真九郎は、笑みをひろげた。

「花見の相談かな」

「さようにございます。弟子筋もふえましたし、今年は向島の料理茶屋の庭に緋毛氈を敷かせて、お子たちもいっしょにと思うておりますが、いかがでございましょうか」

「それでは物入りであろう」

宗右衛門が、口端に笑みをうかべて首をふった。

「年に一度のことにございます」

「そういうことなら、おまかせしよう」

「ありがとうございます。三浦屋さんにさっそく使いをたてたいとぞんじますので、これにて失礼させていただきます」

宗右衛門が低頭した。

真九郎は、廊下に立って庭を去っていく宗右衛門を見送った。

三

九日の夜五ツ（八時）の鐘を聞いてほどなく、桜井琢馬と成尾半次郎がたずねてきた。

真九郎が客間の上り口がわをしめすと、琢馬は、ここでいいと下座にすわった。その右よこで半歩さがって、半次郎が膝をおる。

ほどなく、雪江が琢馬のまえに、うめが半次郎のまえに食膳をおいた。

「夜分にご雑作（ぞうさ）をおかけいたす」

琢馬が、雪江へかるく会釈した。

「いつでもお越しくださりませ」

「かたじけない」

ふたりがいったん厨へ去り、うめが真九郎の食膳をもってきた。

「桜井さん、成尾さん、どうぞやってください」

琢馬がにこっとほほえんだ。

「おめえさんとこの酒は旨えからな、遠慮なく飲ませてもらうよ」

ふたりが諸白を注ぎ、飲んだ。食膳には、銚子と杯のほかに香の物をいれた小鉢がある。

真九郎は、杯にみたした諸白をはんぶんほど飲んだ。

杯をおくと、琢馬が言った。

「こんな刻限にすまねえ。御番所からなんだ。おめえさん、明日は道場だろう、今宵のうちに話しておきてえと思ったんだ」

「ご遠慮なく。なにごとでしょう」

「うん。いまんとこ、おいらたちにかかわりはねえ。が、お奉行がおいらにお洩らしになったんは、おめえさんの耳にもいれておいてくれってことだと思う。六日と、一日おいた昨日、辻斬があった。六日の夜がお旗本家の用人で、昨夜がお旗本ご当人だ。場所は、六日が神田駿河台で、八日が虎の門。いずれもみごとな袈裟懸け。おなし奴のしわざじゃねえかってことだ。こいつがなにを意味してるか、わかるかい」

真九郎はうなずいた。

「お城の北と南。同一人の辻斬にしては、方角がまるで反対です」

「そこなんだ。おんなし奴のしわざなら、てえげえそのかいわいでおきる。しかも、いきなりなか一日おいてというのも気にいらねえ。誰かが辻斬をはじめたんなら、最初は日数をおき、それがしだいに短くなっていく。場所もてめえがよく知ってるとこで、そうこうあっちこっちさまよったりはしねえ。帰り(けえ)があるからな」

「わかります。土佐守さまは、闇がらみではないかとお考えになった」

「おっしゃりはしなかったがな。お目付がお調べになってはいるんだろうが、奴らがからんでるなら手におえるとは思えねえ。それと、もうひとつあるんだ。おなしく昨夜(ゆうべ)なんだが、番町(ばんちょう)のお旗本屋敷で火事があった。付け火よ。三箇所から同時に火がでた」

「三箇所から……」

　真九郎は、眉根をよせた。

　琢馬の一重の眼が、青光りを放つ。

「ああ。玄関まわりは火をつけてねえ。だから、そこからたちのくことができ、怪我人(けがにん)も死んだ者(もん)もいねえそうだ」

「番町は、お城の西」

「そういうことよ。奴らのやりかただと思わねえかい」

「たしかに。しかし……」

「言いてえことはわかる。なにをたくらんでやがるのか、まるっきし見当がつかねえ。やったんは忍一味だろうが、がきの遊びじゃねえんだ、焼き殺すためじゃねえんなら、なんで火なんかつけたんだ」

「辻斬に付け火。お城の三方向」

真九郎は、琢馬を見た。

琢馬が首肯した。

「本所深川でなんかあれば、おいらの耳にはいる。が、いまんとこ、なんも聞いてねえ」

真九郎は首をふった。

「わかりかねます」

「おいらもよ。が、奴らのことだ、なんかあるにちげえねえ」

琢馬が、身をのりだして声をひそめた。

「明日（あす）は、くれぐれも気をつけてくんな。おめえさんの帰り道（けえりみち）はお城の東にあたる。そこだけなんもねえのが、おいら、気にいらねえ」

それで、わざわざ夜分に報せにきたのだ。小田切土佐守も、それを案じたに相違ない。

真九郎は、低い声でおうじた。

「お心づかい、いたみいります。土佐守さまへ、よしなにおつたえください」

琢馬が上体をなおした。

「さて、残してわるいが、おいらたちは行くぜ」

上り口まで送った真九郎は、再度礼を述べた。


十日は、春の青空が江戸を明るくそめていた。ゆきかう担売りたちの足どりもかるく、声もはずんでいる。

夜になれば、また刀をまじえなければならない。真九郎は雑念を封じた。気鬱になるだけだ。町家の者たちの屈託のない表情に心をなごませ、下谷御徒町にある立花家上屋敷への道をたどった。

稽古をつけるのは、昼九ツ（正午）までだ。井戸端で汗をぬぐってきがえ、本所亀沢町の団野道場へむかう。

両国橋の東西広小路も人出でにぎわっていた。

大川をわたる春風がここちよく、幾多の舟が川面に航跡を曳いている。白い帆を張ってる荷舟もある。

両国橋東広小路を背にして道なりに行くと、回向院の正面にぶつかる。左におれ、回向院のかどを右にまがる。

本所亀沢町は、そこから六町（約六五四メートル）ちかく行ったところにある。裏には馬場と公儀の広大な御竹蔵があるが、あとは幕臣の屋敷ばかりだ。武家地のなかにぽつんとある町家であった。

きがえて持参した弁当をつかい、道場へでた。

十日と二十日と晦日は代稽古にでている高弟がつどうので、道場は活況をていする。門人たちの稽古は夕七ツ（四時）までだ。それから暮六ツ（六時）までは、師をまじえた高弟で研鑽をつむ。

井戸端で汗をふいて師との酒宴にのぞみ、夜五ツ（八時）すぎに道場をあとにする。

このところ、また帰路を変えるようになっただけで刻限はおなじである。途中の道順を変更しても、舟でもつかわぬかぎり、箱崎から霊岸島へわたることになる。

箱崎で待っておれば、真九郎はたいがいおなじころにかならずひとりであらわれる。舟を利用したり、助勢があれば、闇は雪江をかどわかす。

雪江は薙刀を遣う。しかし、修羅をくぐりぬけてきた手練の浪人たちの敵ではない。ましてや、敵わぬとみてとれば、自害する。が、相手が忍一味となると、雪江はまちがいなくかどわかされてしまう。

闇の刺客には、独りでたちむかうしかない。これまでは、なんとかかわしてきた。しかし、摩利支天が、いつまでもほほえみ、加護してくれるとはかぎらない。一瞬の隙が死につながる。それを、月に三度もくりかえしている。際限のない修羅の道。こらえ、おのれを失わずにいられるのも、不安を胸に帰りを待つ雪江がいるからだ。理由はさておき、鬼心斎の狙いはわかっている。徹底してなぶり、追いつめるつもりなのだ。

正気と狂気とは、紙一重。おのれが崖っぷちを歩んでいるのは承知している。一歩踏みはずせば、狂気の奈落へところがっていく。

――負けはせぬ。

真九郎は、おのれに言いきかせた。

水野虎之助とは、いつものように竪川をこえた町家のかどで別れた。

春もなかばちかくになり、宵の通りを町家の者がほろ酔いかげんで歩いている。縄暖簾のざわめきも、冬場よりにぎやかであった。

真九郎は、五間堀でおれずにまっすぐすすんだ。新大橋をわたって夜の中洲を眼にする気にはなれなかった。

春である。中洲には屋根船の灯りがあるかもしれない。いたたまれなくなるのはわかっている。

たゆまぬ修行にはげめば、躰はおのずと頑健になり、剣の上達もかなう。だが、心の襞は鍛えようがない。

真九郎は、高橋で小名木川をこえ、海辺橋で仙台堀をわたった。

蒼い夜空には、満天の星と上弦の月がある。

海辺橋を背にした正面の通りを寺町通りという。仙台堀から油堀まで、通りの左がわに寺がつらなっているからだ。

万年町二丁目で、右におれた。

町家をぬけ、油堀ぞいの河岸にでる。

油堀をわたる川風が水面に小波を残し、上弦の月がゆれている。

丸太橋、元木橋と掘割をすぎ、千鳥橋で油堀の対岸にわたり、大川へむかう。先月の晦日は、対岸を行き、下之橋で十人の敵と刀をまじえた。

下之橋を背にする。二町（約二一八メートル）たらずで永代橋だ。

永代橋の両脇には屋台がならんでいる。

敵がいた。三対のするどい眼差で刺している。

真九郎は、刃の眼光でおうじた。

田楽売りのよこにある腰掛台にかけていた。皿はからで、まんなかと右端とのあいだに銚釐がおいてある。が、飲んではいない。突き刺す眼差はすさんでいるが、酒のにごりはない。

屋台には町家の者たちが大勢いる。裏店に住む日傭取などは、縄暖簾より安い屋台で食べ、濁酒を飲む。

ちかくには自身番屋もある。ここでしかけてくることはまずない。それでも、真九郎は用心をおこたらない。

ほかの屋台にすばやく眼をくばる。それらしき気配はない。刺客は三人のみ。つまりは、遣えるということだ。

三人のまえをすぎる。おおきくまわりこむように永代橋へ足をむける。

夜五ツ（八時）から半刻（一時間）ちかくがたつというのに、暗い石川島のよこで漁火を焚いて白魚漁をしている舟が一艘だけあった。

橋で立ちどまるのは禁じられている。この刻限であり、白魚漁を見物している者はいない。いるのは、箱崎へむかうおのれと、五間（約九メートル）ほどの間隔をおいてついてくる三名の刺客だけだ。

江戸湊から汐をふくんだ風が吹いてきて、小田原提灯が揺れた。

まるみをおびた頂上からくだりにかかる。三人も、おなじ歩調だ。ひとりが提灯をもっている。背後の気配と同時に、前方へも眼をくばる。先月の二十日は、右の高尾稲荷と左の御船手番所の陰にひそんでいた。

ちかづくにつれ、高尾稲荷の樹木が蒼穹を黒く覆っていく。夜の息吹がつたわってくるだけで、身を隠す者の気配はない。

御船手番所の陰もひっそりとしている。

背後の足はこびにも変わりはなかった。

永代橋を背にする。坂をくだり、さらにまっすぐすすむ。

背後の三人が立ちどまった。

真九郎は、御船手番所をすぎたところまで行き、ふり返った。

三人は、橋からの坂をくだりきったところにいた。

まんなかの肩幅のがっしりとした四十前後が弓張提灯をもっている。肩幅は中背だが、左右とも五尺八寸（約一七四センチメートル）ほどの背丈だ。年齢は三十代前半。右のほうが、いくらか痩身でなで肩だ。

肩幅が、足もとに弓張提灯をおいた。

「したくしろ」

低い、氷の声だ。高尾稲荷から洩れていた夜の息づかいがぴたりとやむ。

「承知」

真九郎は、冷たい声でおうじた。

三歩さがって風呂敷包みをおき、むすびめに小田原提灯の柄をさす。草履をぬぎ、懐から紐をだす。二歩すすみ、襷をかける。股立もとる。

先月の晦日は重い胴太貫で敵に対した。この日は、差料のなかでもっとも軽い大和を腰にしている。

両足を肩幅の自然体にとり、鯉口に左手をそえる。

左右がよこにひらき、三人が抜刀。

鯉口を切って大和を抜く。

左手をそえ、八相へもっていく。

三人とも、やはりかなり遣える。構えに隙がない。肩の力をぬき、ゆったりと青眼にとっている。攻めでも護りでもない。これから命のやりとりをしようというのに、眼光にも表情がない。ひたすらにすさみ、にぶい光を発しているだけだ。

たがいの間隔を三間（約五・四メートル）ほどにとり、ゆったりと迫ってくる。

永代橋のまえはひろい。まわりこむゆとりはじゅうぶんにある。にもかかわらず、背後をとろうとはしない。たがいに離れすぎて個別に対される愚をさけているのだ。これまでも三人で組んできたのであろう。

真九郎は、まんなかの足もとに眼をおとした。敵の技倆はわかった。こちらの表情を読ませることはない。

肩をうごかさず、息を吸って、はくのをくり返す。臍下丹田に気をためていく。

星明かりと月光とをあつめた三振りの刀身が、すっ、すっと迫ってくる。

ほどなく三間。

敵が腰をおとして摺り足になる。

真九郎は微動だにしない。眼をおとしたまま、敵の体軀にしょうじる変化をうかがう。いまだ微塵の殺気も発していない。不気味に迫ってくるだけだ。

二間半（約四・五メートル）。

敵の切っ先が、止まる。

瞬間、真九郎は動いた。

左の大柄との間合を割る。

大柄が袈裟懸けを受けるべく刀を右に返し、まんなかの肩幅がとびこんできた。斜め後方からは、なで肩が刀をふりかぶって迫る。

肩幅となで肩の殺気で夜気が震える。

が、誰も声を発しない。

大和が奔(はし)る。袈裟にいくとみせかけて反転した蒼い雷光が、突きにきた肩幅の白刃を叩く。右よこ頭上から剣風。大柄の刀身も大気を裂いて斬りあげてくる。

肩幅の鎬(しのぎ)にぶつけた反撥(はんぱつ)を利して大柄の斬りあげを撃ち、燕返(つばめがえ)しになで肩のまっ向上段からの一撃を弾きあげる。

大柄が胴にくる。大和の切っ先が斜め頭上から地面へむかって神速(しんそく)の円弧をえがく。大気を裂き、唸りを曳く。

――キーン。

右足を斜め後方にひき、大和を横薙ぎに奔らせる。

再度面を狙わんとしていたなで肩がとびすさる。

真九郎は、足早に二歩しりぞき、青眼にとった大和の切っ先を肩幅に擬した。

ふりかぶりかけた肩幅が、青眼にもどす。面体を口惜しげな表情がかすめる。が、すぐに能面になった。他のふたりも無表情だ。

呼吸があっている。技倆もほとんど差がない。朝稽古できたえている疾さがなければ斬られていた。

真九郎は、さらに二歩さがった。

肩幅をまんなかに、左の大柄と右のなで肩がふたたびひらいていく。

またしても、たがいに三間ほど離れて止まる。真九郎とのあいだが、三間半（約六・三メートル）。

弓張提灯はなで肩の背後に、小田原提灯は真九郎の左よこ後方にある。

大川からの夜風が、かすかに埃をまきあげてとおりすぎていった。小田原提灯がゆれ、影がうごく。

三人の体軀がはじけた。いっせいにとびこんでくる。肩幅がふりかぶり、左右が下段そとに刀を返す。

上段と左右下段からの一撃。みごとな連携だ。

受けるは愚。まうしろにおおきく跳ぶ。

三人の顔を、驚きの表情がよぎる。

左右のふたりが向きをかえる。

刀身を下段左に返したなで肩は、通常であれば太刀捌きが窮屈だ。が、敵はこの陣形で戦い慣れている。

宙にあるあいだに、真九郎は敵の策をみてとった。

右足が地面をとらえる。上体をわずかになで肩にむける。予期していた肩幅が、上体をひねる。

踏みこむとみせかけ、身をひるがえす。

大柄も、なで肩のほうへむきかけていた。

間合を割る。

なで肩のほうへ駆けつけようとしたぶんだけ、大柄の反応が遅れる。躰をむけなおし、下段からの白刃が奔る。

霧月――。

左足をおおきく斜めに踏みこむ。爪先立ちになって躰をまわす。敵の切っ先が空を斬る。

一回転した右足が地面をとらえる。疾風の円弧を描いた大和が、逆胴に背から大柄の右脾腹をふかぶかと薙ぐ。

「ぐえっ。ま、まさか」

大和が抜けた勢いのままに、右足を軸に一回転。切っ先から血が散る。さらに血振りをくれ、大和を八相にとって残ったふたりに対する。

右手を脾腹にあてた大柄が、上体をささえきれずに右肩から崩れていく。

肩幅となで肩の顔が、驚愕から憤怒にかわる。あいかわらず一言も発しない。射殺さんばかりに睨みつけている。

真九郎は、一歩、二歩、三歩、四歩と左よこにうごき、小田原提灯を背にした。

敵ふたりが三間のあいだをおいておなじくよこへ移動する。

ふたりが、表情を消した。怒りに身をまかせるのは愚挙だ。よほどに修羅場をくぐりぬけている。眼光がにぶり、死の冷たさになる。

真九郎は、自然体から左足を足裏のはんぶんだけひき、眼を左にいる肩幅の足もとにおとした。

彼我の距離、四間（約七・二メートル）。

ふたりが、摺り足になる。

わずかに腰を沈めた肩幅が下段におとした刀身を右に返し、なで肩は大上段に構えた。

直心影流の高八相から腕をおろして、大和を右よこに寝かせる。

なで肩が大上段から青眼にもどす。肩幅は脇構えにもっていった。敵から刀身を隠す陽の構えである。

ふたりが、摺り足で迫ってくる。

春の夜風がとおりすぎ、小田原提灯がゆれる。真九郎は、微動だにしない。心を無にし、息をととのえる。

二間半（約四・五メートル）。

肩幅の上体が、さらに沈む。

真九郎は、眼を肩幅の足もとからふたりのまんなかにうつした。見るのではなく、感取する。ふたりとも、いまだに気配を発してはいない。だが、撃ちこむ瞬間には、力がはいり、体軀がふくらむ。

二間（約三・六メートル）。

動きがとまった。

たがいに踏みこめば、相手の刀にはとどく。

気をうかがう。大気がはりつめていく。瞬（またた）きさえが、死につながる。

春風がすぎていき、またきた。

なで肩の体軀がふくらみ、切っ先が撥（は）ねる。瞬間、肩幅が跳んだ。脇構えから刀をふりかぶる。奇策だ。なで肩もとびこむ。こちらは上段からの面狙いにみせかけている。が、意図はこちらの刀を殺すにある。

片方が刀を抑え、片方が斬る。

雷光と化した大和が一文字に奔る。燕返しになで肩の鎬を叩き、左足をよこにおおきく踏みこんで、左腕を突きあげる。

したたかな衝撃がきた。まっ向上段からの渾身の一撃を右の掌でこらえる。肩幅の白刃が鎬をすべりおちていく。

肩幅の両足が地面をとらえる。なで肩が肩幅のうしろをまわりつつある。

大和の鎬をすべっている刀身を、肩幅が強引に撥ねあげた。

なで肩が、肩幅の背後をまわった。

大和に神速の円弧をえがかせ、肩幅へ逆袈裟をみまう。

——キーン。

弾かれた。拮抗する疾さだ。

なで肩の上段からの一撃を摺りあげ、後方へ跳ぶ。肩幅の横薙ぎが奔る。右脾腹に刺すような痛み。

とびこんできたなで肩が、袈裟にくる。

弾きあげ、さらにさがる。

肩幅の逆胴。

大和をぶつける。ふりかぶったなで肩が突っこんできた。

左足を踏みこんで躰をよこにする。なで肩の一撃が背をおちていく。左肩を肩幅にぶつけて上体をひねる。駆けだし、なで肩の左脇を薙ぐ。大和が肋を断って奔る。

背に剣風。かまわず走る。右脇下を痛みがはしる。

跳ぶ。宙で躰をまわす。

つんのめるなで肩のよこを、八相に構えた肩幅が駆けぬける。

右足、左足と地面をとらえる。

踏みこむ。疾さの勝負。

一合、二合、三合、四合、五合——。

袈裟懸けを、右手を柄から離して両腕をひろげてかわす。左腕一本で大和を横薙ぎに奔らせる。切っ先が右の二の腕を裂く。そのまま回転。ながれた刀を返してむきなおりかけた敵を、逆袈裟に斬る。

背から右脇下にはいった大和が、肋を断って腹にぬける。

「うぐっ」

肩幅が、右肩からくずおれた。

残心の構えをとき、うしろへ二歩さがる。大和に血振りをくれ、懐紙でていねいにぬぐい、鞘にもどした。

右脾腹も右脇下も深手ではない。が、いまだに血が流れている。

真九郎は、股立をなおし、襷をはずした。

弓張提灯には旅籠の屋号が記されてあった。手掛りになるとは思えなかったが、蠟燭を吹き消して弓張提灯をもった。

手拭で足袋の裏をはたいて草履をはく。弓張提灯と小田原提灯の柄をさしたままの風呂敷包みを左手でもち、塩町へいそいだ。

四

翌朝、真九郎は老船頭の智造が漕ぐ猪牙舟で大川をのぼった。

この日も快晴であった。

昨夜、菊次へ行くと、桜井琢馬も藤二郎もひどく驚いた。真九郎は、かすり疵だと手当をことわり、家へいそいだ。

雪江は、驚きよりも安堵の表情をうかべた。うめに水と手拭を用意させ、血をふきとって焼酎をかけ、膏薬を塗って晒でまいた。

脇下も脾腹も二寸（約六センチメートル）にみたない疵であった。疵口がふさがるまでは稽古ができない。

朝の大川は、ゆきかう舟でにぎわっていた。

両国橋をくぐり、神田川をすぎると、川仙の桟橋から徳助が猪牙舟を漕ぎよせてきた。若い手下がのっている。

智造が船足をおとす。徳助の猪牙舟がふれあわんばかりにならんだ。

若い手下が、ぺこりと辞儀をした。

「旦那、主が帰(けぇ)りにおよりいただきてえと申しておりやす。お願(ねげ)えできやすでしょうか」

「あいわかった」

徳助の猪牙舟が離れていった。

真九郎は、いくらか早めに迎えにくるよう智造に言って、山谷堀の桟橋から坂本村(さかもとむら)の下屋敷へむかった。

稽古を終え、いそぎ足で山谷堀へ行く。

智造が猪牙舟で待っていた。

頭上からの陽射しをあびながら、隅田川をくだっていく。朝の手下が、大川岸におかれた腰掛台にかけていた。

智造が川仙の桟橋に猪牙舟をつけた。

甚五郎は大川にちかい座敷にいた。すぐにみつが女中ふたりに茶をもたせてやってきた。

挨拶をしたみつが去り、茶を喫した甚五郎が茶碗をおいた。

「旦那、こねえだは十名、昨夜は三名。それでも、旦那に手疵をおわせたそうで」

「ぞんじておるのか」

甚五郎がうなずいた。

「去年の師走から、旦那の帰りが遅くなる日は、あの八丁堀と岡っ引に面のわれてねえ者を菊次へ行かせておりやす」

「そのほうにまで気苦労をかける」

「どうってことござんせん。旦那、さっそくでやすが、ようやっと法禅寺で下働きをしてた者を見つけやした」

「雑作をかけたようだな」

「いいえ。ほとんどが国へ帰ってただけのことで。ひとりだけ、豊島の王子村からきてるのがおりやした。子分をふたりやって、話を聞かせやした」

平吉というのが、その百姓の名であった。四年まえまでの三年間、法禅寺にいた。平吉は、法禅寺が焼けたことも、住職をふくめてのこらず焼死したのも知っていた。尋常なできごとではない。噂は尾鰭がついてつたわる。ましてや、平吉は法禅寺で奉公していたのだ。

法禅寺には上段の間つきの三十畳の座敷があった。身分ある人がおとずれたさいに休憩につかう。むろんのこと、そのおりはけっしてちかづかぬよう厳命されていた。たとえ命じられなくとも、平吉は座敷まえの庭にさえ行く気はなかった。見咎められ、どのような災厄をこうむるかわからないからだ。

年にいくたびか、暗くなってからその座敷がつかわれることがあった。年に四度か五度くらいだったように思う。

毎回ではないが、見かけることがあった。宵に座敷をつかうふたりづれは、かならず裏からやってきた。掘割で待っている屋根船を見たこともある。

商家の主らしき町人が提灯をもって、頭巾をした身分ありげな武士を案内してくる。町人は、痩せていて、背丈が五尺七寸（約一七一センチメートル）ほど。年齢は、およそ四十代の後半。

武士は、五尺四寸（約一六二センチメートル）あまりで、痩せても肥ってもいない。頭巾をしているのではっきりしないが、町人よりはいくらか若いように思える。

ふたりがきてしばらくすると、町人がおとずれる。これも、かならずひとりであった。

こっちは、裏からであったり、表に駕籠を待たせていたりした。

ずっと見ているわけではないので、座敷にどれほどいるかはわからない。ふたりづれがきてから帰るまで、一刻（約二時間）かそこらではなかろうか。

あとからきた町人がまず去り、すこししてふたりづれが帰っていく。

「……その百姓が憶えてるのはこのくれえでござんす」

黒亥こと上総屋が吟味方に述べたのと一致する。

「鬼心斎と、伊勢屋弥右衛門を名のっている者に相違あるまい。お縄になった古着屋の上総屋が、その座敷で会うておる」

上総屋が会ったのは、弥右衛門と用人だ。だが、桜井琢馬の許しをえないで甚五郎に話すわけにはいかない。

「やはり、そういうことだったんでござんすかい。それにしても、なんも知らねえ小僧や下働きまで殺すこたあありやせん。酷えまねをしやがる」

「甚五郎、平吉についてけっして口外してはならぬと、手の者に命じてもらいたい」

「こころえておりやす。おおかたそんなとこじゃねえかと思い、ふたりには固く口止めしておりやす」

「さすがだな。上総屋と佃島の六助とが、おなじ日にお縄になった。鬼心斎は、北町奉行所にしてやられたのを知ったはずだ。せんの捕縛にからくりがあることもな。法禅寺へ行くたびに、掘割に屋根船を待たせていた。船頭の顔を見知っている下働きがいるやもしれぬ。用心したのであろう。甚五郎、法禅寺の周辺をいますこしさぐってみてはくれぬか」

「かしこまってござんす。旦那、それと、元助からはそれらしきことがなんもでてきやせんでした。わっちは、やはり源太じゃねえかと思いやす」

元助は、火事で焼けだされた孤児であった。もともとは、増上寺の門前にある子分のところにいた。

五年まえ、鳶の者と喧嘩をして相手に手疵をおわせた。それは内証ですませたのだが、遺恨がのこるといけないので、元助を浅草にうつしたのだった。

つまり、元助には身よりがいない。物心ついていらい、ずっと一家で暮らしている。女郎買いには行ってたが、馴染の女はいなかった。

「……というようなわけでござんす」

「そうか。わたしの考えすぎであったな。またなにかわかったら、教えてもらえるか」

甚五郎が、力強くうなずいた。

「すぐにお報せいたしやす」

真九郎は、左脇の畳においてある刀に手をのばした。

桟橋まで甚五郎が見送りにきた。

家にもどると、迎えにでてきた雪江に安堵の笑みがあった。

真九郎は、稽古着を包んだ風呂敷をわたした。

「遅くなってすまぬ。甚五郎のところによっておった」

風呂敷包みをうめにもたせた雪江がついてきた。

きがえて中食（ちゅうじき）を終えた真九郎は、文机（ふづくえ）にむかって甚五郎から聞いたことを文にしたためた。子分が菊次へきていることはしるさなかった。甚五郎は、真九郎の身を案じているだけだ。

桜井琢馬がきたらわたしてもらいたいとのきくへの言付けとともに、平助を使いにやった。

翌十二日から曇りはじめ、十三日と十四日は小雨もようの一日であった。

十五日は、ふたたび青空がもどってきた。朔日と十五日は道場も雪江の習い事も休みである。

このところ、手疵をおったりで雪江に心労をかけている。朝餉（あさげ）のおり、真九郎は、梅は終わってしまったが湯島天神と帰りに神田明神にもよってみようかと誘った。

雪江が瞳をかがやかせた。色白の雪江は、瞳も薄い茶色だ。陽射しによっては水飴色になったりもする。

そこに雪江がいる。真九郎には、それだけでじゅうぶんであった。

さきにきがえた真九郎は、客間の障子を左右にひらき、廊下ちかくに書見台をだした。庭には初夏のような陽射しがふりそそいでいた。平助を浪平へ使いにやり、屋根船をたのんだ。

厨そとの木戸からでていった平助がもどってきて、客間まえの廊下に膝をおった。

「旦那さま、お言いつけどおりに屋根船にのせていただきました。和泉屋さんまえの桟橋に待たせてございます」

「ご苦労であった」

すでに書見台はかたづけてあった。

雪江のしたくは、やはり半刻（一時間）あまりかかった。

讃嘆の眼差で心をこめて褒める。すると、雪江が、喜びと恥じらいとがないまぜになったような笑みをうかべる。ふたりで他出するさいの儀式のようなものだ。

雪江の小薙刀をいれた刀剣袋は真九郎がもった。以前は、雪江が狙われたこともあった。しかしいまは、鬼心斎は団野道場からの帰路を襲わせつづけている。昼間、刺客たちの襲撃があるとは思えないが、油断は禁物だ。

ひさしぶりのふたりだけでの他出である。雪江はうれしそうであった。そのあかるい顔に、真九郎も心がなごんだ。亀吉の無念をはらすためにいったんはたがいに死を決意したことで、染吉が翳りをおとす以前のふたりにもどれたような気がした。

智造の漕ぐ屋根船が、新川から大川にでた。

真九郎は、両舷の障子をあけた。

「冬のつぎには春がくる、か」

雪江が小首をかしげた。

「いかがなさいました」

真九郎は、舷側からふり返ってほほえんだ。

「いや、なんでもない。花見が楽しみだな」

「はい」

屋根船は、春の大川をゆったりとのぼっていった。永代橋、新大橋、両国橋とすぎ、神田川にはいる。

昌平橋をすぎた河岸の桟橋で、真九郎は智造に昼九ツ半（一時）に迎えにくるように告げて屋根船をおりた。

神田川に背をむけて明神下の通りを行き、妻恋坂にいたる道へおれる。坂のうえに妻恋稲荷がある。その途中で右へまがり、武家地のあいだをゆっくりと歩いた。

つきあたりが湯島天神だ。

湯島天神は、江戸城を築いた太田道灌が建立し、数百本の梅を植えたとつたえられている。社地は二千五百坪余で、周囲よりもさらに小高いところにあることから眺望のよさでも知られていた。

広い境内を散策し、出茶屋で休み、湯島天神をあとにした。

江戸総鎮守である神田明神はさらにひろい。社地は一万坪ともいう。平将門を祀っている。

昼九ツ（正午）の鐘が鳴るまで神田明神にいた。明神まえには〝松屋〟という評判の蕎麦屋がある。そこで蕎麦を食し、来た道を河岸へもどった。

頭上から陽射しがそそぐ通りは、日影が短く、明るかった。二歩斜めうしろを、雪江がついてくる。今治から江戸までふたりっきりで旅をしてきた。ふり返らずとも雪江の歩調はわかっている。

真九郎は、肩の力をぬき、ゆったりと歩いた。が、むろんのこと、四周への気配りはおこたらない。

神田川も筋違（すじかい）橋あたりまでくると、舟の影もまばらだ。筋違橋の一町（約一〇九メートル）あまり上流にあるのが昌平橋である。

河岸は閑散としていた。智造が、桟橋に屋根船をつけて待っていた。

神田川から大川をのんびりとくだり、霊岸島へ帰った。

春の陽が、雨で澄みきった空を江戸から相模（さがみ）へのんびりとうつっていった。陽射しが西にかたむいてやわらぎはじめたころ、勇太が迎えにきた。

菊次の客間には桜井琢馬と藤二郎だけがいた。

食膳をもってきたきくが酌をして去った。

真九郎は、杯をおいて琢馬に顔をむけた。

「成尾さんは」

「お奉行のお許しをえて、まつと惣太郎の一件にかかわりがあるとこをさぐらせてる。浅草花川戸町に深川入船町、日本橋の大伝馬町に通町。藤二郎の手下（てか）をつけ、思うようにうごいてみろって言ってある。ほかの定町廻りとも話したんだがな、なんかすっきりしねえのよ。半次郎は、まだ探索に慣れてねえから、おいらたちが見おとしてることに気づくかもしれねえ」

「わかります。慣れるほどに、かんたんなことを見おとしてしまうものです」

「そういうことよ。相手は、けったくそ悪いほどに知恵のまわる奴だからな。なんかからくりがあるような気がするし、あるいはそう思わせようとしてるだけかもしれねえ。ところで、今朝、藤二郎の手下(てか)が、屋根船にのるおめえさんとご妻女を見かけたそうだが……」

琢馬が眼で問いかけた。

「天気がいいので、湯島天神と神田明神を見物してきました」

琢馬が、にこっとほほえんだ。

「そうかい、そいつはいいことだ。こねえだの三名(めえ)は、よほどの遣い手だったみてえだからな。疵の具合(ぐええ)はどうだい」

「ありがとうございます。明日(あす)あたりから無理しないていどに稽古をはじめようと思っております」

「みょうな言いかたをするが、許してくんな。おめえさんが手疵をおったんは、鬼心斎も知ってるよな」

「そのはずです」

「以前、上屋敷や下屋敷からの帰りに襲われたことがあったよな。十一日でも、十二日でもいい、なんでそうしなかったんだい。奴は、本気でおめえさんを始末する気があるんだろうか。おいらには、ただいたぶってるだけのようにしか思えねえ」

真九郎は、吐息をついた。

「わたしも解しかねております。もしかしたら……いや、まさか」

「なんでえ。話してみちゃあくんねえか」

「このところ、桜井さんは、わたしが団野道場から帰る日はここにおられます。土佐守さまも、両町奉行所のみなさまも、わたしが刺客に襲われつづけているのをごぞんじなのでしょうね」

「ああ、すくなくとも、与力、同心で知らねえのはいねえはずだ」

琢馬の一重の眼に光がともった。

「そういうことかい」

「あっ」

藤二郎が顔をこわばらせた。

琢馬が笑みをうかべて藤二郎を見た。

「おめえの考えから聞こうか」

「へい。鷹森さまが襲われなくなったらと、ふと思いやした。いま言っていただかなければ、あっしは闇の奴らが江戸からずらかっちまったんだときめつけたはずで」

「で、ほとぼりをさましてからふける。たしかに、やりかねねえ」

琢馬が、藤二郎から顔をもどした。

「おめえさんの始末をたのんだ老職は死んじまった。金子が残ってるんなら、てめえの懐にいれちまえばいい。ふつうの悪党ならそうする。だが、奴は、さきのさきまで考えやがる。それに、めえにもあったし、その日はいろんなことがしかけやすい。おめえさんは、それも言いてえんだろう」

「ええ。鬼心斎の真の狙いがなんなのか。いまだにわかりかねております」

「それよ。奴は、いってえなにを考えてやがるんだ。一昨日の晩、またお旗本が闇討に遭った。本所北割下水のちかくで、親戚の屋敷で一杯飲んだ帰りに襲われてる。近所なんで供もつれてねえ」

北割下水は、小梅村の業平橋から南に五町（約五四五メートル）あまり行ったところで横川にそそいでいる。下水といっても、幅二間（約三・六メートル）もある。武家地と町家とが混在する一帯だ。

琢馬がつづけた。

「もうひとつある。昨夜は付け火があった。麻布のお旗本屋敷で、おなじく三箇所に火をつけられてる。雨だったし、屋敷が燃えただけで、怪我した者はいねえ。火盗改が気色ばんでるそうだ。このままつづけば、四神のときみてえにお先手組総出ってことになりかねねえ。手下をお縄にされ、てめえの尻に火がつきかねねえってのに、なんでわけのわからねえ辻斬や付け火で騒ぎをあおるんだい」

真九郎は首をふった。

「申しわけありません。なにも思いつきません」

「謝ることはねえ。おいらだってそうよ。辻斬をしてるくせに、付け火では逃げ場を残して死なねえようにしてる。なんか狙いがあるはずだよな」

「ええ、まちがいないと思います。桜井さん、しばらくつづきそうな気がします」

「おいらもそう考えてる。だから、なおさらわからねえんだ」

真九郎はつぶやいた。

「騒ぎがおおきくなるほど、鬼心斎に利がある」

琢馬が眉をひそめた。

「どういうことだい」

「辻斬に遭ったかたがたにつながりは」

「いまんとこはねえそうだ」

「付け火に遭ったお屋敷にも」

「ああ」

「狙われたのは、いずれもお旗本家。鬼心斎も、おそらくはご大身お旗本」

琢馬が、いっそう眉を曇らせた。

「おめえさん、なにが言いてえんだ」

「わたしは、鬼心斎がみずからを破滅に追いこまんとしているのではないかと考えてみました。それでしたら、辻褄があうような気がします」

琢馬が、首をかしげて腕をくんだ。

いくがきて、行灯に火をいれた。琢馬は、畳に眼をおとして沈思したままであった。

やがて、暮六ツ（六時）を告げる捨て鐘が鳴りはじめた。

第三章　狙い

一

十七日は、二箇所で辻斬と付け火があった。

番町の市ケ谷御門ちかくと神田小川町とである。ことに、小川町の付け火は、御堀（外堀）に架かる雉子橋から三町（約三二七メートル）ほどしか離れていない。

雉子橋から、御堀ぞいに西方向へ行けば九段坂下の俎橋があり、東へくだれば一橋御門がある。江戸城本丸のほぼ真北にあたり、いわば指呼の距離での付け火であった。

いずれもちかくで辻斬があり、その騒ぎがおさまってあたりが寝静まったとたんに火の手があがり、ふたたび騒然となった。

十八日、下谷御徒町にある上屋敷から帰ってくると、霊岸島新堀に架かる湊橋で勇太が待っていた。

闇にかんしては、最初のいきさつから月番にかかわりなく北町奉行所のあつかいである。ただし、それが町家でのできごとならばだ。

お城ちかくでの付け火。真九郎は、北町奉行小田切土佐守の苦慮を思った。桜井琢馬もおなじ思いだからこそ夕刻まで待たなかったのだ。

中食後の茶を喫したあと、真九郎は客間で書見台をだした。読むためではなく、考えるためだ。書見をしているあいだは、雪江も遠慮する。

一連の辻斬と付け火はいずれも旗本がらみであり、目付が配下の徒目付などをつかって探索にあたる。であるがゆえにこそ、手出しのできぬ身としては焦慮にかられる。

これまでも、闇は小田切土佐守を狙った。またしても誘いだそうとしているのか。ありうるとは思う。だが、鬼心斎のやりようからすれば、さらに裏がある。

いせんのおりは、これといった動きはなかった。上総屋と佃島の六助が捕縛されたあと、公儀に挑むがごとき騒ぎをはじめた。

しかし、上総屋からたいしたことが聞きだせたわけではない。出入りの担売りたちも、いまだにひとりとしてお縄になっていない。

あとは、甚五郎の子分の元助と源太、相対死にみせかけたまつと惣太郎の件があるだけだ。

いずれかから眼をそらさせようとしているのか。であるなら、それが闇の弱みということになる。

陽が西にかたむくまで、真九郎は書見台をまえにしていた。

翌日から雲が多くなり、二十日は春の突風が一日じゅう埃をまいあげていた。しかし、刺客の襲撃はなかった。

真九郎は、菊次へよった。桜井琢馬と藤二郎のほかに、成尾半次郎もいた。三人とも、いちように驚いた表情をうかべた。

つぎの日は不安をあおるかのごとく鼠色の厚い雲が江戸の空を覆いつくしていき、二十二日は桶をひっくり返したような雨がふりつづいた。宵が更けるとともに、篠突く雨に雷神がくわわった。

春雷の雄叫びに雪江が蒼ざめ、真九郎は雷神が去るまで胸に抱いて背を撫でていた。腕のなかで震えている雪江に、心が愛おしさにみたされた。

翌二十三日は快晴であった。そしてその夜、また闇が動いた。

二十四日の昼、勇太が湊橋で待っていた。

付け火は虎御門外三斎小路の旗本屋敷、辻斬は築地本願寺よこの通りで、ちかくに屋敷のある旗本と供の中間が斬られたとのことであった。

桜井琢馬が、夕七ツ（四時）すぎに菊次へきてもらいたいとの言付けをたくしていた。

真九郎は、承知した。

十八日とおなじく、風呂敷包みをうけとった勇太が和泉屋裏通りまでついてきた。

夕七ツの鐘から小半刻（三十分）ほど待ち、真九郎は菊次へ行った。

客間にいるのは、この日も桜井琢馬と藤二郎だけであった。きくが食膳をはこんできた。

見世との境の板戸がしまると、琢馬が土間から顔をもどした。いつもなら柔和な表情をみせるのに、沈んだままだ。

「奴らが派手にやるもんだから、お奉行がお気の毒でな。和泉屋が最初に襲われたのが、たしか二年めえの二月だったよな」

「そのとおりです」

「なろうことなら、おいらたちにまかせてもらいてえんだが、お目付はてめえらの手柄にする心づもりなんだろうよ。くわしいことは洩らしてくれねえそうだ。手柄争いしてるばあいじゃねえと思うんだがな」

「お察しいたします」

「おめえさんのことだ、とっくにわかってるだろうが、お奉行はご出馬なさるとおっしゃるにちげえねえ。もう、お止めはできねえ」

「死力をつくしてお護りします」

「おめえさんには、たよってばかりだ。すまねえ」

琢馬が、膝に両手をおき、頭をさげた。

真九郎はなおるまで待った。

「桜井さん、闇を斃すは、わたし自身のためです。かの者どもを滅ぼさぬかぎり、わたしに平穏な日々はおとずれません」

「そう言ってもらうと、助かる」

琢馬の顔に柔和な表情がもどった。

真九郎は訊いた。

「成尾さんのほうはどうです」

琢馬が首をふった。

「毎晩、報告を聞いてるんだが、はかばかしくねえ。なんか手応えがあればはりきれるんだろうが、毎日とびまわってるのになんもつかめねえ。あいつも、焦りはじめてる。あらたにわかったこともふくめて話すから、いっしょに考えてもらいてえんだ」

「わかりました」

今回の一連のできごとをややっこしくしているのは、法禅寺の一件が寺社奉行で、旗本への辻斬と付け火は目付があつかっているからだ。闇は公儀を愚弄している。捕縛するは、家名の誉れであり、出世にもつながる。

態度にこそあからさまにしないものの、魂胆はみえている。だから、北町奉行所としては、法禅寺と旗本の件はわきからひそかにさぐるしかない。

それというのも、法禅寺は、あきらかに上総屋の一件にむすびついているからだ。さらに、辻斬や付け火も、甚五郎の子分殺しや相対死にみせかけたまつ惣太郎に関連がないともかぎらない。

「……ここまではいいかい」

「ええ。おつづけください」

せんがかかわった件は、吟味方が詮議をやりなおし、お縄にした者もある。しかし、闇そのものについては、せんからその後はなにもえられていない。

上総屋の奉公人は、闇とかかわりがないのが判明したので、全員解き放った。

六助の役目は、古着の担売りをしながら、殺したいほど人を恨んでいそうな大店や庄屋などの裕福な百姓をみつけることにあった。腕のたつ浪人たちは、そのついでだった。

もともと担売りをしていた。闇には、まきこまれてしまったのだった。京で声をかけられ、最初は諸国の噂話をするだけであった。それで謝礼がもらえた。

そして、いつのまにか、のっぴきならない立場においこまれていた。闇は情け容赦がない。さからえば命はないと脅された。一度だけ、実際に人が斬り殺されるのを見せられたことがあった。裏切ろうとする者の末路だと言われた。

命惜しさから命じられたことを忠実にこなしていくうちに、いつしか人の秘事をさぐる喜びをおぼえるようになった。なによりも、通常の担売りでは望みえないほどの手当がもらえた。

ときには、商人のなりをして島原へつれていかれ、女郎を抱くこともできた。しかも、担売りふぜいではけっして相手にしてもらえないような女をである。

「……殺すと脅し、てめえらじゃ買えねえような女を抱かせる。うめえやりようだとは思わねえか」

「たしかに。人の虚栄をくすぐる術を熟知しております」

「まったくだ。奴らのしたたかさにゃあ、舌をまくよ。むろん、京の町奉行所へ急使が発った。業腹だが奴らのやることに抜かりはねえ、店仕舞いをして行方をくらましたあとだったそうだ」

上総屋配下の担売りたちは、名しか判明していない。身元をしめすものはなにもなかった。

担売りたちは、それぞれ上総屋へくる日がきめられており、かさなることがないように配慮されていた。

上総屋の思案ではない。本芝一丁目で古着屋をいとなんでいた黒子こと信濃屋に出入りしていたころは、十六日の朝が上総屋三左衛門、そのころの名は栄助にわりふられていた。

「……つまり、小の月二十九日の倍として、五十八人いてもおかしくねえってことよ。顔をだすにしても、数カ月に一遍くれえだろうから、毎日誰かが出入りしてるってわけじゃねえ。まあ、上総屋が十八名だから、二軒にわけたとして三十六名くれえはいるはずだ。ついでに言っとくと、六助は十日の昼だった」

「担売りをわけたは鬼心斎が策のような気がします。しかし、かさならない配慮は弥右衛門ではないでしょうか」

「おいらも、そうにちげえねえと思う。ここまでこまけえやりようは、いかにも商人が考えそうなこった」

「それにしても、仕組みをつくった当初からここまで思案していた。いまさらながらに恐ろしき相手です」

「ああ。まる二年もおいらたちを虚仮にしてきやがった。いってえ、どうやったら、鬼心斎や弥右衛門にたどりつけるんだい。上総屋をお縄にしたときは、今度こそはと思ったんだがな」

琢馬の顔に、諦念とも敗北ともつかぬ翳りがにじんだ。

真九郎は、諸白を注いで飲んだ。

先日も熟考したが、いまだに確信はない。しかし、琢馬なら、あるいはことなる見方があるかもしれない。

「桜井さん、駿河屋はどうなっていますか」

「そのことかい。倅の鉄三郎はけいいの縁組がきまってだいぶしょげてたようだが、惣太郎が死んじまったんで望みがでてきたとはしゃいでる。痘痕面は、たしかに奴のせいじゃねえ。けど、おいらも、駿河屋は鉄三郎の代になったらもたねえと思うぜ」

「やはり絵馬はなかった」

「半次郎にあらためてあたらせたんだが、見た者はいねえ。商人としての評判も悪くはねえ。断られてもあきらめなかったくれえだ、顔に泥を塗られたようなもんだし、丹波屋を恨んでるにちげえねえはずだ。周囲に恨みの一言でもこぼしてりゃあ、それでしょっぴくことができる。おいらは、かえってそれが怪しいとにらんでるんだが、証がねえことにはどうしようもねえ。知らぬぞんぜぬでとおされたら、それまでだからな」

琢馬が眉根をよせた。

「なんで駿河屋のことを訊くんだい。おめえさん、なにか思いついたな」

真九郎は首肯した。

「考えていることはあります。いくつかたしかめさせてください。まつと惣太郎がたがいの腕を離れないようにむすんで大川に浮いていた。まつが十七で、惣太郎は二十四。ふたりにつながりはなく、惣太郎にはいわくがあるが、まつにはなにもない」

「それでまちげえねえよ」

「まつは十七になったばかりです」

「そのとおりよ。それがどうかしたかい」

「十八日に、勇太から辻斬と付け火のことを聞いたあと、考えてみました。闇がご公儀に挑む挙にでたのは、四神騒動いらいです。なにゆえであろうか、と。土佐守さまを誘きだすためだとします。では、なにゆえいまなのです。せん、上総屋、六助については、鬼心斎は案じてはおらぬと思います。残るは、甚五郎の子分の一件と相対死の一件だけです。そういえば、十五軒の船宿はどうなのでしょうか」

「いまだ尻尾はだしてねえ。上総屋と六助がお縄になったことで、鬼心斎はせんをふくめておいらたちにしてやられたんだと気づいたはずだ。だから、今度も罠じゃねえかと用心してるんだと思う」

「つまり、船宿が二軒だとして、一軒はつかえないわけです。話をもどしますが、惣太郎には闇に狙われてもしかるべき事情がある。しかし、まつにはそれがない。まつはまきぞえになっただけだと、誰しも思う。十七の娘が、大枚をつんで殺されるほど人に恨まれるとは考えにくい。芳膳の亭主にもそのような噂はない」

真九郎は眼で問うた。

琢馬が、うなずき、眉間に皺をきざむ。

「おめえさん、いってえなにが言いてえんだ」

「もうすこしです。けいをはさんだ鉄三郎と惣太郎については、闇は知っていたものとします。実際に、駿河屋へもちかける気でいたのかもしれません。桜井さん、逆だとしたらどうでしょう。狙われたのは惣太郎ではなくまつだった」

「待ってくんな。おめえさん自身がついさっき……」

琢馬が顔をこわばらせた。

「口封じ。おめえさん、まつは口封じに殺されたって言いてえのか」

「もしいま、もう一軒の船宿が押さえられるようなことになれば、闇は足を奪われてしまいます」

「料理茶屋は船宿と縁が深え。まつが縁組の相手も船宿の三男だ。入船町はおいらたちが、薬研堀は半次郎があらためてあたってる。だがな、ふたりは会ったことさえねえ。……待てよ、お旗本に孕まされて身投げした日野屋のはなは、親に内緒で正次郎と会ってたな。まつは文で呼びだされてる。浅草寺の奥山なら、人混みにまぎれ、めだたねえで会える。しかしだなあ……」

「ええ。わたしが迷ったのもそこです。十七の娘が、はたしてどこまで闇のことを知っているのか。こうは考えられませんか。まつは、見るか聞くかした。まつ自身は、それがなにを意味しているのか、知らない」

「けど、気づいたら、そこが闇の船宿だってわかってしまうというわけかい。で、そうなるめえに口封じをし、惣太郎のまきぞえになっただけなんだと思わせようとしたってわけだ」

「まをおき、派手な騒動をおこす。お旗本への辻斬と付け火。町家の男女の相対死に関連があるとは、誰も思いますまい。騒ぎがおおきくなればなるほど、まつ惣太郎の一件を些事としてすみっこへおいやることがかないます」

「なるほど。それだと、今回の判じ絵が読み解けるな。それでお奉行まで始末できればってわけだ。たしかに、奴らのやりようだな」

「桜井さん、まつが闇について口にしたことがないかをお調べ願えませんか」

「そいつは、明日、おいらがやる。……藤二郎、おいらには誰かひとりでいい。おめえは、半次郎とまつを洗いなおしな。薬研堀もだ。半次郎には、あとでおいらから話しとく」

「承知しやした」

琢馬が顔をもどした。

「若え男女が、手が離れねえように紐でむすんで身投げした。どう見たって相対死だ。ふたりのつながりがわからねえのは、おいらたちの調べようがわるいからだ。丹波屋も娘も、ほかの奴らも腹んなかじゃあそう思ってるかもしれねえ。だから、狙われたんは惣太郎で、たのんだんは駿河屋。あやうくひっかかるとこだったぜ。ほかにもなにかあるかい」

「いえ。いまのところはそれだけです」

「おいらはもうひとつある。二十日のことよ。手持ちの浪人どもがまた尽きたんじゃねえのかって考えたんだが、おめえさんはどうだ」

てあります」

「ええ。わたしもそうではあるまいかと思っております。雪江には、用心するよう申し

「そいつを聞いて安心したよ。十世次の政にも、気をつけるよう言ってある」

「申しわけございません」

「気にすることはねえ。和泉屋裏通りを見張らせるために、政にあそこで見世をやらせてるんだ。……藤二郎、お奉行にご報告しなくちゃあなんねえし、半次郎とも長話になる。だから、今日はこれでいい。途中で暗くなる、小田原提灯を貸してくんな」

琢馬が刀に手をのばした。

藤二郎に呼ばれたきくが、たたんだ小田原提灯と蠟燭をもってきた。琢馬がうけとり、懐にいれる。

ふたりに見送られて、路地から裏通りにでた。

菊次を背にしたところで、琢馬が言った。

「もうちょい話しておきてえ。十世次のとこまでいっしょに行くよ」

裏通りから横道を新川方面へおれた。

「おめえさん、奴ら、お旗本だけをこのまま狙いつづけると思うかい」

「いいえ、注意をそらすためならすでにじゅうぶんです。効果をより高めんとするなら、

どこかで狙いを変えるように思えます」

「やはりな」

「ただ……」

「なんでえ。言ってくんねえか」

「このままお旗本を狙いつづけるのであれば、ほかにも意図があるのではないでしょうか。このところ、わたしは、鬼心斎がみずからを滅ぼさんとしているのではないかという気がしてなりません」

　琢馬が顔をむけた。

「このねえだも、そんなことをいってたな。すまねえが、にわかには信じられねえ。これだけのことをしでかしている。てめえだけじゃねえ、一族にも累がおよぶぜ」

　真九郎は首をふった。

「ええ。ですから、わたしも真意をはかりかねています」

　琢馬が黙りこんだ。

　暮れゆく通りを、町家の者たちが足早にゆきかっている。こちらを窺ったり、聞き耳をたてている者はいない。背後から見つめている気配もなかった。

　四日市町の横道と和泉屋裏通りとのかどで、真九郎は琢馬と別れた。

二

二十七日の宵も、辻斬と付け火があった。

春雨のなかで、つれだっていた旗本家の若い当主ふたりが斬られ、一軒の屋敷が燃えた。火はやはり三方からであったが、病で臥せっていた隠居が逃げ遅れて焼死し、助けようとした当主が火傷をおった。

二十八日、陽がおちて半刻（一時間）あまりすぎたころ、桜井琢馬がひとりでたずねてきた。

辻斬と付け火の件を語ったあと、琢馬が苦々しげな表情をうかべた。

「お城で、お先手組に見まわりをさせるさせねえでもめてたそうだ。もっぱら反対したのは、南北のお奉行よ。四神騒動のときでこりてるからな。お先手組が物騒な面でのし歩くと、お江戸の町は火が消えたようになる」

琢馬が吐息をついた。

「明日の晩から、八組が二組ずつにわかれてお城の四方を見まわることにきまった。二年も奴らを追っていていまだにお縄にできねえのは、おいらたちの落度だからな。お奉行も苦慮なさっておられた」

「これで、闇が姿をあらわせば……」

「お奉行はまちげえなくご出馬なさる。腹をくっておられるんだと思う。奴らが罠をしかけるめえになんとかしてえんだが、いまんとこ、闇夜を手探りで歩いてるようなものよ」

「桜井さん、いっきょに局面が打開することだってありえます」

　琢馬が、口端(こうたん)に苦笑をきざんだ。

「そうだな。おいらとしたことが、つまんねえ愚痴(ぐち)を言っちまった。忘れてくんな。あのつぎの日、入船町の芳膳へ行ったよ。亭主の八右衛門(やえもん)は、闇についてとおりいっぺんしか知らなかった。母親のえいを呼んでもらって、まつが口にしたことがねえか訊いたんだが、憶(おぼ)えはねえそうだ。四神騒動があったし、なんたって料理茶屋だ、大勢が出入りしてる。えいも世間なみのことは知ってた。まつもそうじゃねえのかな」

「つまり、大店の娘よりも裏長屋の娘にちかい」

「そういうことになる。芸者も出入りするから、箱入り娘よりは世間ずれしてたはずだ。藤二郎の手下(てか)に、出入りしてた者(もん)を片っ端からあたらせてる。おめえさんが言ってたように、なんか聞いたか見たのかもしれねえ。殺されたんだから、奴らもまつを見たんじやねえかって、おいらは考えてる」

「おっしゃるとおりかもしれません」

「薬研堀の船宿は〝松浪〟って屋号だ。婿にくるはずだった三男の名は、伊助。まつに会ったことはねえって言ってる。半次郎ひとりじゃあたよりねえところもあるが、二十三の若造に藤二郎まで騙せるとは思えねえ」

「しかし、文をもらってでかけた」

「それよ。父親の八右衛門がいい顔をしなかったにもかかわらず、まつは行きたがった。まつは、そいつに会いたかったってことよ。両親はむろん、身のまわりの世話をしてる女中さえ知らねえのに、闇はどうやってそいつのことをさぐりあてたんだい」

「たしかに解せません。どこかちぐはぐです」

「ああ、そうなんだ。年頃の娘が、文をもらっていそいそとでかけた。相手は女じゃねえ。まちげえなく男のはずだ。そうだよな」

「ええ、そう思います。桜井さん、しぼりこんでいきましょう」

「いいだろう。おめえさんがやってくれ。おいらも気づいたことを言う」

「わかりました。ふたりが恋仲だとはかぎりませんが、すくなくともまつのほうはひそかな想いをよせている。そしてその相手は、供をしている女中がおかしいとは思わない人物ではないでしょうか」

「となると、親戚筋って線が考えられるな。つづけてくんな」

「まつがなにかを見たのだとすると、他出のおりですよね。ですが、女中は殺されておりません。そのとき、まつはひとりだったか、まつだけが気づくようなことがらであった」

　琢馬が一重の眼をみひらいた。

「待ってくんな。おめえさん、そいつが闇の一味で、まつは見てはならねえものを見たのに、その場では気づかなかったんだって言いてえのか」

「お話をうかがっていて思いついたにすぎませんが、それで絵解きになるのではないでしょうか」

「闇の一味か。こいつは、驚きだぜ。たしかにおめえさんが言うように、それなら、まつが狙いだったってのはどうあってても隠しておきてえはずだ。よし、これから藤二郎に会って、明日からさっそくかかることにする。残してすまねえが、行くぜ」

　上り口で琢馬を見送った真九郎は、居間まえの廊下にすわった。

　無数の星が、夜空を蒼くそめている。

厨の板戸があき、雪江とうめがうしろをとおりすぎた。ふたりが、客間の行灯を消して廊下にでてきた。

ふたりがすぎて厨の板戸がしまるまで、真九郎は夜空を見あげていた。

店借り(たなが)でない商家は、どこも火事にそなえて蓄財をしている。江戸で暮らすかぎり、火事はやむをえない災難である。

だが、旗本は生活(たずき)が苦しい。火事へのそなえなどできようはずもない。それでも、燃えたからには屋敷を建てなければならない。

真九郎は、指をおってかぞえた。燃やされた屋敷が六軒。斬られたのは、供をふくめて九人になる。

四神騒動のおりは、先手組を総出にしても無駄であった。今回もまたそうであろうことを、幕府要職の面々はじゅうぶんに承知している。先手組をだすことに決したのは、拱手傍観(きょうしゅぼうかん)しているわけにはいかないからだ。

鬼心斎は火に油をそそいでいる。公儀を愚弄し、面目をいちじるしくそこなう。なにゆえにそこまでするのか。けっきょくは、すべてを失ってしまう。その代償をしはらってまでなにかを得ようとしている。

そのはずだ。千丈(せんじょう)の堤も螻蟻(ろうぎ)の穴をもって潰(つい)ゆ、と韓非子(かんぴし)も述べている。万全の構えや策などありえない。

鬼心斎ほどの策士に、それがわからぬわけがない。おのが命まで賭け、いったいなにを得ようとしているのだ。

真九郎は、眉をひそめ、口中で独語した。

——鬼心斎。闇の頭目にふさわしい名ではある。しかし、なにゆえに、みずからを鬼の心と号するのだ。鬼の心……鬼の心……。

いくたびか春の夜風がおとずれたが、答えは夜空のかなたに隠れたままであった。

この年の仲春二月は小の月で二十九日が晦日(みそか)だ。

朝、猪牙舟(ちょきぶね)で下屋敷へむかった。両国(りょうごく)橋をくぐり、神田(かんだ)川をすぎると、川仙(かわせん)の桟橋から徳助(とくすけ)が猪牙舟を漕(こ)ぎよせてきた。

先日の若い子分がのっている。

「旦那、主が、帰(けえ)りはこちらで両国橋までお送りしてえと申しておりやす」

「承知したとつたえてくれ」

「へい。ごめんなすって」

徳助が、船足をおとした。

真九郎はふり返った。

「智造、聞いてのとおりだ。迎えはいらぬ」

「わかりやした」

真九郎は、顔をもどした。

長年船頭をしている智造は、よけいなことは言わないし、訊かない。

昼九ツ（正午）に稽古を終えて山谷堀までくると、屋根船が待っていた。

艫にいる徳助にうなずき、真九郎は舳からのった。

障子をあけて座敷へはいる。

甚五郎がかるく低頭した。

屋根船がゆっくりと桟橋を離れた。

「甚五郎、なにかわかったのか」

「なんとも言えやせん。関係ねえような気がしたんでやすが、いちおう、旦那のお耳にいれておこうと思いやして。若え子分のひとりが、浅草寺で元助が十六、七くれえの娘と立ち話をしてるのを見ておりやす」

真九郎は、身をのりだした。

「いつのことだ」

「はっきりしねえんでやすが、去年のまだ師走にはなってねえころだったと申しておりやす。ちゃんとした店の娘らしいなりをしてたが、供はいなかったそうで。あとで、若(わけ)えのが元助にそのことを言うと、みょうな勘ぐりをするんじゃねえって、えれえ剣幕(けんまく)でどやしつけられたと言っておりやす。最初に聞いたときは、わっちも相対死した料理茶屋の娘じゃねえのかって思ったんでやすが……」

「まつという名だが、ひとりで浅草寺へ行ったのは、今年の藪入(やぶい)りの日だけだ。その娘は、ほんとうにひとりだったのか」

「元助と別れたあと、ひとりで出茶屋に行ったっていいやすから、まちげえねえと思いやす」

「顔を憶えてはおらぬか」

「それが、娘は背中をむけていたそうで。そのまま出茶屋のほうへむかったんで、奴もそこを離れたと言っておりやす」

「元助は、浅草寺へは毎日行っておったのか」

「へい。境内(けいだい)の持ち場を決め、見まわらせておりやす。若(わけ)えのはうしろ姿しか見ておりやせん。奥山で商売(しょうべえ)をしてる者(もん)の娘がきれいななりをしてたんで、元助が声をかけたんじゃねえかって気がしやす。はっきりさせてえのなら、たしかめさせやす」

「それにはおよぶまい。甚五郎、よく報(しら)せてくれた。些細なことでもかまわぬから、遠慮をせずにこれからも教えてくれ。なにがきっかけになるかわからぬからな」

「気をつかっていただき、お礼を申しやす。それよりも旦那、今日は晦日。奴らが、なんで二十日は襲わなかったんか。わっちは気になりやす。くれぐれも用心なさっておくんなせえ」

「かたじけない」

両国橋よこの桟橋で、真九郎は屋根船をおりた。

まつと、元助。浅草寺に、闇の船宿。ふたりをむすぶ糸があるのなら、多くの謎が解ける。しかし、供の女中が嘘をついているのでないかぎり、元助が立ち話をしていた相手はまつではない。

――女中が偽っているのだとしたら。

まつに懇願されたのであれば、ありえなくはない。しかしそれも、まつが生きておればだ。

それに、桜井琢馬や藤二郎が、女中の虚偽を見逃すとも思えない。

元助も、若い子分を怒鳴っている。ふたりが人目を忍ぶ仲なら、浅草寺の境内で立ち話をしたりはしないはずだ。

ふたりになんらかのつながりがあって顔見知りだったとしても、それならなおさら、女中に嘘をつく理由はない。

甚五郎の子分と料理茶屋の娘。ふたりをむすびつけるには、やはり無理がある。まつを呼びだしたのは闇の一味だと解するほうが、はるかに得心がいく。まつを浅草寺からつれだすのもたやすい。

剣に生きる者、しかも命をつけ狙われている身としては、歩きながらの思案はさけるべきである。ひょっとしたらとの思いが脳裡を離れなかったのだ。

真九郎は、周囲への注意をおこたらず、本所亀沢町の団野道場へはいった。

稽古に汗をながし、師をかこんでの酒宴も終え、高弟たちとともに団野道場をあとにした。

竪川への通りのかどで、横川方面へむかう朝霞新五郎と小笠原久蔵のふたりとわかれた。

新五郎は二十八歳で、久蔵は三十八。ふたりとも無役の小普請組御家人である。

ふたりだけになったところで、水野虎之助が言った。

「さきほど、新五郎が、またお先手組の見まわりがはじまったゆえ夜歩きもままならぬとぼやいておったろう」

「ええ」

「旗本へ狙いをさだめた辻斬に付け火。お目付が探索なさっておられるのは承知しているが、なにか聞いておらぬか」

「町方でも、闇の狙いを解しかねているようです」

「そうか。おぬしのほうはあいかわらずか」

「二十日は襲われませんでした」

「ほう。……手持ちの駒が切れたかな」

「そうかもしれませんが、油断させんとの策だとも考えられます」

「なるほど。おぬしも鍛えられておるな」

「おそれいります」

「このようすでは、みなで一献かたむけるのはまださきのことになりそうだ」

「水野さま、いつまでもつづくとは思えません。わたしも、先生をまじえてみなさまとの船宿での歓談を楽しみにしております」

「そうだな。始めがあれば、かならず終わりもある。真九郎、敵よりもおのれとの戦いだ、負けまいぞ」

「はい」

竪川をこえた町家のかどで、真九郎は去っていく虎之助のうしろ姿を見送った。

たしかにおのれとの戦いなのだ。いくたびもみずからに言いきかせてきた。弱さは、ひとつひとつ克服していくしかない。

真九郎は、五間堀にそって右へおれた。つぎの六間堀をわたり、御籾蔵よこの通りを大川へむかう。

新大橋よこにならぶ屋台には、町家の者たちがいた。だが、男だけだ。娘たちの姿がない。

春の宵にしては、人出もすくないように思える。

この日からはじまったばかりだというのに、先手組の見まわりがすでに影をおとしている。屋台は、商う者も客も裏店の住人たちだ。公儀の面目のために、貧しき者たちが苦しむ。怨嗟は、先手組へ、そして命じた公儀へむけられる。

それが、闇の狙いなのだ。

屋台よこの腰掛台へすばやく眼をくばったが、浪人はいない。こちらに注意をはらう者もだ。

新大橋にかかった。月はないが、満天の星がある。中洲のなかほどと川下に屋根船のほのかな灯りがあった。

肩でおおきく息をし、前方へ眼をすえる。まるみをおびた橋の頂上からくだっていく。

新大橋の長さは百十六間（約二〇九メートル）。西岸両脇の桟橋に舟の灯りはない。背後にも人の気配はない。新大橋をわたっているのはおのれだけだ。

しだいに対岸がちかづいてくる。橋の下にもひそんではいない。刺客たちは気配を消せても、船頭のそれでわかる。

武家地は、人通りもなく、夜の底で怯えたように静まりかえっている。

浜町川に架かる川口橋まで四町（約四三六メートル）余。川口橋のてまえにある辻番所からの灯りがあるだけだ。

真九郎は、さっと斜め後方の大川をふり返った。一艘の屋根船が川下から斜めにつっきってくる。新大橋川下の桟橋にむかっている。艫の対岸はちょうど小名木川あたりだ。

闇は、今宵もまた小名木川への帰路をとるものとふんでいたのであろう。

真九郎は、大名屋敷の塀に駆けより、風呂敷包みをおいて小田原提灯の柄をさした。懐からだした紐で襷をかけ、股立をとる。草履もぬぐ。

屋根船が桟橋についた。舳と艫の障子があけられ、刺客がとびだしてくる。襷をかけ、袴の裾をしぼっている。

四人。桟橋で抜刀し、岸にあがった。

鎌倉を鞘走らせ、八相にとる。

敵が、ひらきながら駆けてくる。脚絆（きゃはん）をまき、草鞋（わらじ）をむすんでいる。体軀（たいく）がふくらみ、形相（ぎょうそう）が殺気でゆがむ。

真九郎は走った。

右端が、技倆（ぎりょう）が劣る。右からふたりめとの間合を割る。

「オリャアーッ」

切っ先をはねあげて面にくる。

後（ご）の先（せん）。鎌倉が雷（いかずち）と化して八相から奔（はし）る。敵の白刃を叩（たた）き、反転して頸（くび）を薙（な）ぎにいく。

敵が柄（つか）から左手を離して上体をひらく。鎌倉の切っ先がとどかずにながれる。

右よこから振りかぶった敵がつっこんできた。

「死ねぇーッ」

左足を踏みこんで右回りに躰（からだ）をひねる。鎌倉が疾風（しっぷう）の円弧を描く。雷神から風神。剣風がうなり、敵を逆胴に薙ぐ。そのまま今度は右足を軸に反転。

「ぐえっ」

体勢を崩してまえのめりに倒れかかってきた右端を、刀をまじえた敵がよこっとびにさけた。

鎌倉にすばやく血振りをくれ、青眼にとって右へ返す。

真九郎は大川を背にしている。

敵三人が、地面で呻いている味方をよけながら半弧を描かんとしている。年齢はいずれも三十代後半。

背丈はおなじだが、左が猫背、なかが痩身、右が猪首。

敵の背後に小田原提灯があるだけだ。屋根船はいずこかへ去った。それでも、蒼穹で無数の星がまたたいている。

猫背と猪首がまよこにきた。

鎌倉の切っ先を下段におとす。

三人が、腰を沈め、摺り足になった。

瞬間、真九郎はとびだした。正面の痩身に迫る。

「キエーッ」

眦をけっし、伸びあがるように撃ちこんできた。

鎌倉が奔る。

——キーン。

敵の一撃を弾きあげる。右足を斜めまえに踏みこみ、爪先立ちになって躰をまわす。

左足が地面をとらえる。袈裟懸け。

大上段にとってふりむきかけた痩身の左脇下に鎌倉が消える。肋と心の臓を断った切っ先が胸へ抜ける。

背後から殺気。

左足をおおきくひく。鎌倉が夜気を裂き、唸りをあげて一文字に奔る。

敵の白刃が右肩さきをおちる。

鎌倉が胴を薙ぐ。臍あたりから右脾腹まで、着衣と肉を断つ。

右足を左足のうしろまでひきながら上体をひねる。

「ぐふっ」

柄から両手を離して腹を押さえた猪首が、膝からくずれていく。

右よこに血振りをくれた鎌倉を八相へ。

「トリャーアッ」

振りかぶった猫背が決死の形相でとびこんできた。

ひいた右足を軸に一回転。脇をすぎゆく敵の背を袈裟に斬りさげる。

「うぐっ。き、消えおった」

猫背がつんのめっていく。

真九郎は、残心の構えをといた。

血振りをくれ、懐紙で刀身をていねいにぬぐう。肩でおおきく息をして鎌倉を鞘にもどす。襷をはずし、股立もなおした。

気が漆黒の奈落へ沈みそうになる。

雪江の笑顔を想う。声にだしてつぶやく。

「独りではないのだ。雪江が案じて待っている」

大川へ眼をやる。中洲の突端から屋根船が離れていく。

風呂敷包みのところへもどり、手拭で足袋の底をはらった。

塀ぎわを浜町川へむかう。真九郎は、倒れている者たちへちらっと眼をやった。これほど人を殺めて許されようはずもない。あの世で待つのは地獄の業火だ。たとえそうであっても、それまでは、雪江を護り、ともに生きていく。

――雪江を独りにはせぬ。

その決意が、心のささえであった。

誰何されることなく辻番所のまえをすぎ、川口橋をわたった。

大名屋敷の塀越しに枝をのばした樹木が、星明かりをさえぎっている。

三町（約三二七メートル）ほどさきにある永久橋両岸の桟橋にも灯りは見えない。

だが、そのてまえの入堀にほのかな灯りがある。

入堀の両側も武家地である。灯りが揺らがないのは、舟がよこづけされているからだ。

真九郎は、いそぎ足だった歩調をゆるめた。息をととのえる。さらに刺客が待ちかまえているとはかぎらないが、油断は禁物だ。

橋まで十間（約一八メートル）ほどになったところで、灯りが揺れた。

真九郎は立ちどまった。

灯りが増える。それが橋にちかづいてくる。

二張りの弓張提灯と浪人が三名あらわれた。襷掛けをしている。足もとはしぼっていない。

真九郎は、ちいさく吐息をついた。

刀をまじえるのはうんざりである。だが、背をむけるわけにはいかない。戦いをさければ、留守宅が襲われる。

大名屋敷の塀により、風呂敷包みをおいて小田原提灯をさした。草履をぬいで襷をかけ、股立をとる。

三人が橋をわたった。欄干のよこに弓張提灯をおく。

真九郎は、通りのまんなかにでた。両足を肩幅の自然体にひらく。

敵がゆっくりとちかづいてくる。まだ刀は抜いていない。

胸腔いっぱいに吸いこんだ息を、口をすぼめてはきだす。心を無にする。迫りくる敵を斃す。いまは、それだけだ。

七間（約一二・六メートル）。

三人が抜刀。

さっと鎌倉を抜く。

六間（約一〇・八メートル）。

敵がいっせいに走る。

青眼に構えていた鎌倉を右手にさげ、駆けだす。

たがいの影が交錯。

左手を鎌倉にもっていく。

まんなかが振りかぶって間合を割った。まっ向上段からの斬撃。鎌倉が疾風と化す。右よこから刀を返し、鎬を敵の鎬にぶつけて摺りあげる。返す刀を右からの一撃に叩きつけ、ふたりのあいだに踏みこんで跳ぶ。

宙で躰をひねって反転。

まんなかの左腕一本での横薙ぎがとどかずにながれる。

鎌倉を、宙で八相にもっていく。

両足が地面をとらえた。

「小癪なーッ」

残った川ぞいの敵が一歩早い。とびこみざま胴にきた。

右足を踏みこんで鎌倉をぶつけると同時に上体をひねる。さらに反転。円弧を描いた鎌倉の切っ先が、横薙ぎに着衣と背を裂いて奔る。

「ぎゃあーっ」

右後方からのしかかる黒い影。頭上に剣風。

身をひるがえして左よこへ跳ぶ。柄から左手を離して両腕をひろげる。敵の切っ先が袴の右脚をかすめた。

ながれた刀を返した敵が迫る。

鎌倉を大上段へ。左手で柄をにぎる。

踏みこんだ敵が下方からの袈裟に斬りあげてくる。

左の爪先が地面にふれる。鎌倉が雷光となる。右の爪先が地面に達した。地から這い昇る白刃よりも速く、鎌倉の切っ先が敵の左胸に消え、左腕を両断。

敵の眼から生気が失せた。

後方へ跳ぶ。

左腕から血を噴きださせた敵が、おとした刀の上へかぶさるようにくずおれる。

「こやつめーッ」

よこをまわりこんだ最後の敵が、はねあげた刀で面にきた。

右足を半歩ひく。鎌倉を叩きつけて白刃をはじき、一文字に薙ぐ。水月から肋骨を断って敵の右脇下へ抜ける。

「ぐえっ」

最後の敵が、膝をついた。

真九郎は、残心の構えのまま斜め後方にとびすさった。

眼をとじて肩で二度息をする。血振りをくれ、残った懐紙でていねいにぬぐう。刀身にいくつもの刃毀れがある。

左手に風呂敷包みと小田原提灯をもち、欄干のよこにおかれた弓張提灯の蠟燭を吹き消して橋をわたった。

気が滅入った。おのれの運命とはいえ、はてしがなさすぎる。追いつめるための鬼心斎の策である。わかっていても、沈みこむ気分をどうすることもできない。

永久橋をこえ、つきあたりを右におれる。

左は大名屋敷の塀がつらなり、右は箱崎町だ。二町半（約二七三メートル）ほどさきに湊橋がある。

真九郎は、叫びたくなった。

湊橋の川下は河岸で、土蔵がならんでいる。そこの桟橋からのほのかな灯りが、湊橋の欄干を宵に浮きあがらせている。

たてつづけに三度。おおきく息を吸って吐くのをくり返す。そして、声にだして言った。

「真九郎、気をたしかにもて。ひっきょう、おのれとの戦いなのだ。挫ければ、死あるのみ」

今度はゆっくりと息を吸ってしずかにはき、臍下丹田に気をためていく。

やがて十間（約一八メートル）になろうとするとき、土蔵のかどが明るくなって人影がでてきた。またしても三人。ひとりが弓張提灯をもっている。

真九郎は、この夜三度めのしたくをした。

敵が、土蔵と通りとのかどに弓張提灯をおく。

寝静まった通りを、ひらきながらゆったりとした足どりでちかづいてくる。襷さえかけていない。

真九郎は、左手を鯉口にそえてすすんだ。

敵は、正面が大柄、右が痩身、左が中肉中背だ。三人とも、両肩のあたりで修羅の臭気がゆらいでいる。

五間（約九メートル）。たがいに立ちどまる。

まんなかは、おなじくらいの背丈で、肩幅もある。片頬に嘲弄の嗤いをきざんだ。

「手疵ひとつおわすことができなかったのか。一陣も二陣も、雑魚ばかりであったようだな」

「………」

真九郎は、黙って見かえした。

「まあよい。だが、これまで。見まわりがあると聞く。さっさとかたづけようぞ」

「おう」

「承知」

左右がおうじて、刀を抜いた。

真九郎は、鯉口を切り、鎌倉を抜いて八相にとった。

痩身と中肉中背は、青眼に構えた。大柄は、右手に刀をさげ、悠然と歩いてくる。が、まるで隙がない。幾多の修羅をくぐることで鍛えあげた剣だ。

左右がいくらか歩調を速める。背後をとる気だ。だが、どちらへかかっても、大柄の斬撃をあびる。

両足を自然体にひらいたまま、真九郎は動かない。いや、動けなかった。

大柄とのあいだが、三間（約五・四メートル）。痩身と中肉中背が、よこをすぎつつある。

左手を柄にもっていった大柄が、刀を返した。あいかわらずむぞうさにちかづいてくる。

真九郎は、大柄の足もとに眼をおとした。

二間（約三・六メートル）。

斜め後方から、左右の首筋をふたりの眼差が突き刺している。

大柄の体軀がはじけた。おおきく踏みこみ、白刃が地から大気を裂いて迫る。

左足をひいて反転。

振りかぶった痩身と中肉中背がとびこんでくる。

回転で勢いをつけた鎌倉を中肉中背の一撃にぶつけ、返す刀で痩身の白刃を叩く。反撥を利して、中肉中背の右脇下を斜めに斬りさげて駆けぬける。

剣風が背をかすめる。大柄の逆袈裟だ。

全力で走り、大名屋敷の塀のてまえでさっとふり返る。

背をむけた中肉中背が膝をつき、左手で右脇下を押さえている。その脇を、右手で刀をさげた大柄がとおりすぎる。痩身は、切っ先を擬しておおきくまわりこまんとしている。

大名屋敷を背にした真九郎は、鎌倉に血振りをくれて青眼にとり、左に刀を返した。

大柄が左斜め前方。箱崎町を背にした痩身が、正面から右へとうつっていく。

ゆっくりつめてきた大柄が、立ちどまり、眼をほそめて青眼にとった。やや腰を沈め、摺り足になる。

痩身が右斜め前方にとった。

大柄が、じりっ、じりっと詰め、痩身が合わせる。

ほどなく二間を割る。

真九郎は、正面の地面に眼をおとしたままで微動だにしない。見るのではなく、感取する。そのほうが、速い。

大柄の体軀がふくらみ、殺気がほとばしった。

痩身もとびこんでくる。

大柄が鎌倉を叩きにきた。

反転につぐ反転。左足、右足と踏みこみ、独楽のごとく回転。夜空を突き刺した鎌倉を渾身の力で奔らせ、棟を狙う。刀は棟が弱点だ。叩けばかんたんにおれる。

大柄が刀身を返して受ける。

――キーン。

上体が反り、左肩があがっている。

右腕一本で鎌倉を横薙ぎに奔らせる。

大柄がとびすさってよける。

右足をよこに踏みこみ、左足爪先で地面を蹴って上体をひねる。躰が勢いよくまわる。左手を柄にそえる。背を、痩身の一撃が落下する。

一回転した左足で地面を踏みつけ、鎌倉を一文字に奔らせる。痩身の脾腹を逆胴に背から薙ぐ。鎌倉が抜け、斬りさげた右腕も両断する。

「ぎゃーあっ」

痩身が絶叫を放って右肩からつんのめるようにくずおれる。

右よこにさっと血振りをくれ、鎌倉を青眼にかまえる。

大柄が通りのまんなかにでていく。

真九郎はあわせた。

彼我のあいだが三間（約五・四メートル）。

「きさまっ」

大柄がつぶやき、大上段にとった。

真九郎は、自然体から右足を足裏はんぶんだけひき、下段におとした鎌倉を右に返した。

「トリャーアッ」

「ヤエーッ」

同時にとびこむ。

大上段からの渾身の斬撃。風神の鎌倉が大気を斬る。

――キーン。

弾きあげる。右足を斜めまえに踏みこむ。鎌倉が雷光と化して奔る。大柄の白刃が再度迫る。鎌倉が、逆胴に大柄の腹を薙いでいく。着衣が裂かれ、肉が石榴の実となる。鎌倉が抜ける。左足をひく。白刃が左肩さきをかすめていった。

「む、無念」

形相をゆがめた大柄が、よこをつんのめっていく。

――直心影流、龍尾。

真九郎は、残心の構えをとき、血振りをくれた。懐紙はもう残っていない。手拭で刀身をていねいにぬぐう。いくつも刃毀れがある。

鎌倉を鞘にもどす。

――十人。今宵だけで、またしても十人。いったい、どれほど命を奪えば終わるというのだ。

真九郎は、胸腔一杯に息を吸って、はいた。

三

この年、文化八年（一八一一）は、一年が十三カ月で、二月と三月のあいだに閏二月がはさまる。

江戸時代は、一日が新月で十五日が満月の朔望月である。

月は、ほぼ二九・五日で地球を一周する。それを、大の月は三〇日、小の月は二九日にして調整していた。しかし、大小は、交互ではなく、それぞれ六回ずつともかぎらない。前年の文化七年も文化六年も、大の月が七回あった。

二九・五日を一二倍すると、三五四日になる。地球は、太陽を約三六五と四分の一日で一周している。つまり、一年で約一一日の差がしょうじてしまう。その誤差を解消するために閏月が導入された。一九年に七回閏月を挿入すると、おおむね差がなくなる。

閏月の決めかたは、二十四節気をもちいる。

二十四節気は、中気と節気とが交互に配列されている。一年を二四等分すると、約一五・二日になる。ひと月には、ほぼ一五日おきの中気と節気とがふくまれる。

しかし、一五・二日を二倍すると三〇・四日であり、中気か節気のない月がしょうじることになる。そして、節気ではなく中気がふくまれない月を閏月として前月につづいて閏何月とする。

冬季の中間月である十一月に冬至を固定する二十四節気の決めかたは、かなり複雑である。それでも、この暦法じたいは、紀元前には中国で確立していた。

文化八年は、現在の暦でいうと、一八一一年の三月二十四日から四月二十二日までの三〇日が閏二月であった。つぎは文化十年（一八一三）に閏十一月があり、こちらは二十九日の小の月である。

閏二月朔日の朝、真九郎は刀袋にいれた鎌倉をもって神田鍛冶町の美濃屋へ行った。

でてきて膝をおった主の七左衛門が、話したそうな顔をしていた。真九郎は、招きにうなずき、足袋を手拭ではらって草履をぬいだ。

奥の客間で対座する。

ほどなく、女中ふたりが茶をもってきた。

この日も陽射しがあって暖かいので、客間の障子はあけてある。手入れのいきとどいた庭の片隅に、朱塗りの小さな鳥居と稲荷（いなり）とがある。

女中ふたりが廊下を去っていった。

茶をかるく喫した七左衛門が、茶碗をおいた。

「鷹森（たかもり）さま、おたずねしたき儀がございます」

「お旗本への辻斬と付け火のことかな」

「さようにございます。噂では、闇のしわざだとか。まことでございましょうや」

「町奉行所では、そのように考えている。かの者どもに相違あるまい」

「なにゆえでございましょう。手前にはわかりかねます」

「わたしもだ。町奉行所も、闇の狙いをはかりかねているようだ。出入りさきのお旗本が、災難に遭ったのか」

七左衛門が首をふった。

「さいわいにして、じかにはおられません。ですが、ご親戚のお屋敷が付け火に遭ったおかたがおられます。いつ、どこが襲われるかわかりません。これほどたびたびになりますと、親しく出入りさせていただいておりますお屋敷やお殿さまが危難に遭われてしまうのではないかと案じております」

「そうか。お屋敷が燃えたとなると、さぞたいへんであろう」

「はい、おっしゃるとおりにございます。鷹森さま、このような言いようをお許しください。辻斬でお亡くなりになられたおかたはお気の毒にぞんじます。ご遺族の悲憤もお察しいたします。ですが、家屋敷は残っております。付け火に遭われたお屋敷は、みなさま、着の身着のままで焼けだされたそうにございます。それればかりではありません、蔵も焼かれております」

「蔵まで。それは知らなかった」

「逃げ道を残しながら、家財をはこびだすいとまはあたえない。そして、いっさいを焼きつくす。お旗本は、どちらさまも内証が苦しゅうございます。それでも、ご体面がございますから、屋敷を建てなおさなければなりません。それればかりか、身のまわりのものをふくめて、すべてをととのえなおさねばならないのでございます。あえて焼き殺さずに助ける。酷いやりようにございます」

「たしかにな。みなで焼け死んでおれば、恥辱に耐え、頭をさげて借金を願わずともすむというわけか」

「さようにございます。それと、このようなことがお役にたつかどうかわかりませんが、以前は、みなさま、できるだけ軽いお刀をおもとめでした。それが、家伝の一振りを研ぎにおだしになったり、業物をおもとめでございます」

「さもあろう」

「鷹森さま、このようなことがいつまで続くのでしょうか」

「闇には恐ろしき知恵者がおる。なにかたくらみがあるはずなのだが、いまのところは見当もつかぬ。また耳にすることがあれば、教えてもらえぬか」

「かしこまりました」

真九郎は、左脇においてある刀をとった。

店さきで七左衛門に見送られ、帰路についた。

土蔵まで燃やして無一文にする。顔の見えぬ闇は、恨みようがないし、憤懣のぶつけようもない。矢面に立たされるのは、北町奉行所と小田切土佐守だ。

闇が、土佐守を追いつめ、またしても誘きださんとしているようにもみえる。桜井琢馬は、そのように考えている。

しかし、なににゆえにこれほど執拗なのか。真九郎は、もうひとつ釈然としなかった。

今回の闇のやりようはいちだんと不可解であり、ついつい考えこんでしまう。真九郎は、脳裡の思念をはらった。

かつては、日本橋川にそって日本橋まで行き、大通りを神田鍛冶町にむかっていた。帰路もおなじ道をたどった。

いまは、町家の通りをいくつもおれて近道をしている。江戸の暮らしにもだいぶ慣れてきた。

春の陽射しに、ゆきかう町家の者たちの顔が明るい。朔日は手習所も休みであり、通りで子どもたちが遊んでいる。幼い子らの無邪気な笑い声に、真九郎は笑みがこぼれた。

だが、宵になると、闇が蠢く。公儀の威信を失墜させ、鬼心斎はいったいなにを得ようとしているのか。

またしても考えこみそうになる。

真九郎は首をふった。

行徳河岸から崩橋、湊橋とわたって霊岸島四日市町へもどった。

昼八ツすぎ、居間で雪江とくつろいでいると、宗右衛門がきた。

立ちどまって辞儀をする。

真九郎はうなずき、客間へうつった。

あがってきた宗右衛門が、廊下ちかくに膝をおった。

「鷹森さま、出入りの植木屋に訊きましたところ、今年は陽気がよろしいので月のなかばすぎには桜も見ごろになるのではと申しておりました。三浦(みうら)屋さんともご相談しまして、満開とはいかぬかもしれませんが、鷹森さまがお休みの日ですし、十五日にしようかと考えております。よろしいでしょうか」

「おまかせする」

「朝のうちにでかけてお昼をむこうですませ、隅田(すみだ)堤の桜並木をのんびりと見物したいと思います。手前も、これまでは商いばかりにございました。お弟子筋のみなさまとも親しくさせていただき、鷹森さまには感謝しております」

「わたしのほうこそ、世話になっている」

宗右衛門が、わずかに気色(けしき)ばんだ。

「いくたびも申しあげておりますが、そのようにおっしゃられてはこまります。よろしいですか、ここは鷹森さまにさしあげたのです。ですから、鷹森さまのお住まいであって、お世話いただいているのはむしろ手前のほうでございます。番頭や手代たちも、難癖をつけたり、強請(ゆすり)たかりをはたらく者がこなくなったと喜んでおります。夜は盗人(ぬすっと)の心配をしなくてすみますし、どれほどありがたく思っておりますことか」

「わかったゆえ、もうそれくらいで許してくれ」

宗右衛門がほほえんだ。

「鷹森さまは欲がなさすぎます」

「いや、わたしにだって欲はある」

「ご冗談を。たとえばなんでございます。ふつうには、金銭欲、色欲、権勢欲、名誉欲あたりにございますが、よろしければお聞かせくださりませ、鷹森さまはなにを欲しておられるのでしょうか」

「うーむ。……すぐには思いつかぬが、欲のない者はおるまい」

「まあ、そういうことにしておきます。では、手前はこれにて失礼させていただきます」

「和泉屋さん、いますこしよいかな」

腰をうかしかけた宗右衛門がすわりなおした。

「はい、なにか」

「出入りさきのお旗本で、一連の辻斬や付け火に遭ったお屋敷はないか」

宗右衛門が首をふった。

「いいえ、ございません」

「朝、神田鍛冶町へまいったのだが、美濃屋が屋敷ばかりでなく蔵まで燃やされたお旗本がおられると申しておった」

「蔵をお持ちでしたら、ご大身で、お屋敷もひろうございます。ですから、棟続きではなく、たいがいが庭のはずれあたりにあります。それをわざわざ燃やした」

「着の身着のままで無一文となった。美濃屋によれば、焼き殺すよりも酷いそうだ」

宗右衛門が首肯した。

「ある意味では、たしかにそのとおりにございます。白河の松平さまがご老中をなされておられましたおりの棄捐令以降、御蔵前の札差も用心ぶかくなっております。借金を申しこまれても、なかなか用立ててはもらえぬと思います」

奥州白河藩十一万石の藩主松平定信は、八代将軍吉宗の孫である。老中となった定信は、寛政の改革を断行する。

そのひとつが、借金苦に呻吟する旗本御家人を救済するための札差棄捐令であった。借金を棒引きにされた札差の損害は、百十八万七千両余にのぼる。

口をひらきかけた宗右衛門を、真九郎は手で制した。

格子戸が開閉した。

「おいらだ。いるかい」

「待っててくれ」

　真九郎は、宗右衛門に言って上り口にむかった。

　土間に桜井琢馬がいた。ひとりである。

「ちょいとあがってもいいかい」

「和泉屋がおりますが、よろしいですか」

「ああ、かまわねえ」

「どうぞおあがりください」

　琢馬が、手拭で足袋をはたいた。

「用はすぐにすむ。ご妻女に気をつかわねえよう言ってくんねえか」

「わかりました」

　真九郎は、廊下にでている雪江に首をふった。雪江がうなずき、居間にもどった。

　客間にはいった琢馬が、上り口を背にしてすわった。

　真九郎が座につくと、琢馬が宗右衛門に顔をむけた。

「ちょうどいい。和泉屋、礼(れえ)を言わなきゃあならねえ。先月の二十日、こちらのご妻女が、おれん家(ち)のも誘ってくれたそうだ。お役目があるんで、花見につれてってもやれねえ。ありがとよ」

「ごていねいにおそれいります。桜井さま、よろしければお子さまがたもいかがでしょうか」

「そいつはありがてえ。今夜にでも伝えておくよ」

「いま、鷹森さまにもお話ししておりましたが、十五日にしようと思っております。雨か、ふりそうでしたら、使いを行かせます。ころあいをみはからって手代に駕籠をつけてお迎えに参上させますので、奥さまにおつたえ願えますでしょうか」

「なにからなにまで、すまねえな」

「いいえ」

琢馬が、宗右衛門にうなずいて顔をむけた。

「御番所からなんだ。内与力さまに、内密で会いてえって昨夜言われたもんでな。お奉行は、おいらたちにはなんにもおっしゃってくんねえが、お城でだいぶ風あたりが強くなってるらしい。まだ、あからさまにじゃねえそうだがな」

「やはりそうでしたか。案じておりました」

町奉行職に任じられると、みずからの家臣を三名内与力として任命する。いわば、町奉行の秘書役であった。

「おいらもよ。だが、にっちもさっちもいかねえってわけじゃねえ。ほんのわずかではあるがな。例の十五軒の船宿だが、四軒までしぼりこんだそうだ。むろん、万が一ってこともあるから見張らせてあるが、いま残りすべてでさぐってるってことだ」

「よくそこまで。たいしたものです」

「ああ。おいらもそう思う。まつのほうは、まだなんにもうかんでこねえ。入船町にそれらしき船宿もねえんだ。おいらは、おめえさんの考えでまちげえねえってふんでる。だから、手下をかえておんなしことを調べなおさせてる。眼が変わればちがうもんが見えるかもしれねえからな。闇の奴らがお旗本をこのまま狙いつづけるんなら、あんまし猶予がねえ。なんでもいいから、思いついたことがあったら教えてくれるかい。それをたのみにきたんだ」

「わかりました。わたしももう一度よく考えてみます」

「あてにしてる。一刻も早くなんとかしねえとならねえんだ。お旗本ばかり狙いやがるから、おいらたちは手出しができねえ。まったく頭にくる奴らだぜ」

ふいに、琢馬が苦笑をうかべた。

「どうかしましたか」

「いや。御用聞きのひとりがな、弥右衛門らしきのを見つけた。年齢と人相風体からして今度こそまちげえねえって思ったら、また人違えだったそうだ。江戸にいるはずだよな」

琢馬が眼で問うた。

真九郎はうなずいた。

「そう思います」

「これだけ捜してるのにわかんねえ。まったく、どこにもぐりこんでやがるんだい。まあ、ここで愚痴ったからって、奴がのこのこでてくるわけじゃねえもんな。さて、おいらは行くぜ」

琢馬が刀をもった。

真九郎は、上り口まで送った。

座にもどると、宗右衛門が眉をよせて小首をかしげていた。

「いかがしたのだ」

「鷹森さま、ただいまのお話にでていた弥右衛門とは、闇の一味でございましょうか」

「話してなかったかな」

「はい。うかがっておりません」

真九郎は、弥右衛門についてわかっているかぎりを語った。

宗右衛門は小首をかしげたままであった。

「どこかでその名を耳にしたような……。めずらしい名ではございません。ですが、なぜか気になります。いつ、どなたから聞いたのか……」

宗右衛門が畳に眼をおとした。

しばし眼をこらしていたが、やがてあきらめ顔をむけた。

「申しわけございません」

「無理をせずともよい。ふとしたはずみで想いだすこともあろう」

「はい。手前がぞんじているみなさまがたで、悪事に荷担なさるおかたがおられるとは思えません。お名がおなじだというだけのことにござりましょう。ところで、鷹森さま。手前にたのみごとがあるようおみうけいたしましたが……」

「そうなのだ。おそらくはほかも蔵まで焼かれたのではないかと思う」

「わかりましてございます。明後日(みょうごにち)に酒問屋の寄合がございますので、お訊きしてみます」

「すまぬが、たのむ。闇には忍がいる。大事があってはならぬ。その日と、それからしばらくは、またわたしが寄合の供をしよう」

「ありがとうございます。鷹森さまにごいっしょしていただきますれば、手前も安心です」

「和泉屋さん、火付けが蔵まで焼くとの噂がつたわったとする。ほかのお旗本家はどうするであろうか」

宗右衛門が顔をこわばらせた。

「鷹森さま……」

「おそらくはな。で、和泉屋さんはどう思う、家宝などだいじなものを安全な場所へうつすのではないのか」

「お寺は、火事のおそれはすくのうございますが不用心です。大店の蔵でしたら盗まれるおそれはございませんが、急な火事の心配があります。騒ぎがおさまるまで、知行（領地）の名主なり庄屋なりの蔵にあずけておきます。それがもっともたしかです。闇は、四神騒動だけで数万両の小判を奪ったと聞きおよびます」

「五万六千両だ。わたしが知っているだけでも、闇は十年以上まえからある。年に千両としても六万六千両。ほかの押込み強盗などもくわえると、七万両はくだるまい」

「それをはこびだすために……。この騒動がかたづくまで家財を知行所へはこんでおく。それほどの大金、ほかの荷に隠すでしょうから、一度では無理にございます。いくたびか、あるいはいくつかのお屋敷の荷にわける。いや、もしかしたら、船かもしれません。

これも、遭難を勘定にいれていくたびかにわけるように思えます。どちらにしろ、お役人にもうしぶんのない言いわけがたちます。そうしますと、辻斬は付け火の意図をさとられぬためにでございましょうか」

「そうではあるまい。闇のやりようからして、辻斬にもなんらかの意味があるはずだ」

「さきほど、桜井さまがお奉行さまのことをおっしゃっておられましたが……」

「それもある」

「まだほかにもあると」

「そうは思うのだが、わかりかねておる」

吐息をついて首をふった宗右衛門が、挨拶をして去っていった。

真九郎は、その場を動かず、考えつづけた。

甚五郎の子分ふたりから、付け火と辻斬まで、順をおって想起し、反芻した。たくわえた大量の小判を江戸からはこびだしにかかり、真九郎にもいっきょに刺客をぶつけるようになった。

辻褄はあってるように思える。

しかし、鬼心斎の智謀があれば、千両箱を江戸からひそかにいずこへともなくうつすことなどわけなくできるはずだ。にもかかわらず、あえて騒動をおこしている。そこに、なにか理由（わけ）がある。

そしてなによりも、ふたたび宗右衛門を護らなければならない。

欲のことで、宗右衛門は真九郎をからかって楽しんでいた。娘と倅に命を狙われ、ふたりを刑死させた傷が、ようやく癒（い）えつつあるのだ。

不安にさせ、心に負担をかけぬために、さほど関心がないかのごとくふるまったが、宗右衛門と弥右衛門とはなんらかのつながりがある。

かえって藪蛇（やぶへび）となるのをおそれ、宗右衛門への手出しをひかえてきたのだ。そうであったとするならば、いくつか得心がいく。

真九郎が、弥右衛門が宗右衛門に意趣（いしゅ）をふくんでいるのに気づいた。闇がどれほど逼（ひっ）迫（ぱく）してきているかにもよるが、鬼心斎はいずれさとる。

これまで、思いつきさえしなかった。しかし、闇には忍一味がある。押込み強盗にみせかければ、宗右衛門の命をかんたんに奪えた。にもかかわらずそうしなかったのは、しんそこ怯えさせたうえで殺さんとしたからだ。つまりは、弥右衛門じたいがなんらかの理由で宗右衛門を恨んでいることになる。

和泉屋のまえで人足たちを斬り殺せと命じたのもそうだ。和泉屋の暖簾（のれん）を傷つけようとした。

浮世小路の嵯峨屋治兵衛は、真九郎を罠にはめるための犠牲となった。染吉を助けきれず、勝次と亀吉も死なせてしまった。

――なんとしても護らねばならぬ。

四

翌日は、小雨もようの一日だった。青にうすく灰をながしたような空から、雨がふったりやんだりした。春の小雨は風情がある。

ぼんやりと小雨を眺め、昨日の推測を思いかえしてのち、真九郎は文机にむかって桜井琢馬への文をしたためた。

土蔵にかんする推測をつづったただけで、宗右衛門のことは触れなかった。和泉屋は霊岸島一の大店であり、酒のほかに醬油と味噌もあつかっている。出入りさきとつきあいは、広範囲におよぶ。

無理強いは逆効果だ。宗右衛門が想いだすまで待つしかない。へいぜいの桜井琢馬であれば、それを理解する。しかしいまは、小田切土佐守のことで焦燥にかられている。

墨が乾くまで待って封をし、平助を呼んで菊次へ使いにやった。

翌三日も、朝のうちは申しわけなさそうな霧雨がそよいでいた。夕七ツ（四時）の鐘が鳴るころには、西空の雲間から陽が射した。

それからすこしして、宗右衛門が姿をみせた。

したくはできていた。真九郎はうなずき、漢籍を包んだ袱紗を懐にしまい、居間まえの沓脱石に用意された草履をはいた。

井戸よこの竹で編んだ枝折戸から土蔵のあいだをとおり、和泉屋の土間をぬけて表通りにでた。

桟橋に多吉がのる屋根船が待っていた。がっしりとした体軀で、浪平の船頭ではもっとも腕がよい。

真九郎と宗右衛門が座敷でおちつくと、多吉が棹をつかった。

屋根船がすべるように桟橋を離れる。

寄合は、深川永代寺門前町の料理茶屋である。

大川河口から川幅十六間（約二九メートル）の大島川にはいる。三蔵橋のさきで左にまがり、すこし行って今度は右の二十間川へおれる。そこから五町（約五四五メートル）あまりさきに架かる蓬莱橋右岸の桟橋ちかくに料理茶屋はある。

蓬莱橋からさらに二町（約二一八メートル）ほど行った川の両岸が入船町だ。

屋根船が新川から大川にでたところで、真九郎はにこやかな笑みをたたえている宗右衛門に言った。

「和泉屋さん、あらかじめ注意しなかったわたしの落度だが、行きはかまわぬ。帰りと今後の寄合は、歩きにしてくれ。大川はひろい。火矢を射こまれたら、どうすることもできぬ」

宗右衛門が、表情をひきしめた。

「これは、手前としたことが、申しわけございませんでした。あれいらい、そのようなめに遭ったことがありませんので失念しておりました。お許しください。鷹森さま、ほんとうに襲ってくるのでしょうか」

真九郎は、安心させるように笑みをうかべた。

「あくまで用心のためだ。和泉屋さんが、寄合で付け火に遭ったお旗本屋敷の蔵についてたずねる。かの者どもには忍がいるゆえ、聞き耳をたてておらぬとはかぎらぬ。こちらが付け火のからくりに気づいたと悟るのではないかな」

「おっしゃるとおりにございます」

宗右衛門の顔を悲痛な翳りがよぎった。

「想いださせてしまったようだな。すまぬ」

「いいえ。あれは、手前の不徳がまねいたことにございます」

「昨日、桜井どのへ文をしたため、蔵について報せておいた。だから、いずれ闇が知るところとなると思うておかねばならぬ。案ずるな、今宵はなにごともあるまい。それに、襲えば、こちらの疑念を証しだてることになってしまう。闇はそれほど愚かではない」

「お気づかいいただき、ありがとうございます。鷹森さまがそばにいてくださるかぎり、手前はだいじょうぶにございます」

真九郎は、ふたたびほほえんでうなずいた。

両舷の障子はあけてある。やわらかな夕風が、江戸湊の汐の香をはこんでくる。はるか相模の空は、紅に墨のまじった藤色の夕焼けであった。

斜めに深川へむかっていた屋根船が、暮れなずむ大川から大島川へはいった。

おだやかな日暮れの川は、ゆきかう舟が多い。

屋根船が永代寺門前町の桟橋についた。真九郎はさきに岸にあがった。話しかけた宗右衛門にうなずいた多吉が、真九郎へ辞儀をした。

以前とおなじように、宗右衛門がべつの座敷を用意していた。女将が女中たちをしたがえてやってきた。三の膳までととのえられ、挨拶をした女将が女中たちをうながして退室した。

女将が酌をしたが、真九郎は唇をしめらすだけにした。彩りゆたかな豪華な料理も、吸い物はひかえ、腹八分にとどめた。そして、漢籍をひもといた。

宗右衛門には、安心させるために襲撃はあるまいと言ったが、用心にこしたことはない。

寄合は一刻（二時間）あまりで終わった。夜五ツ（八時）の鐘が鳴ってほどなく、女中に案内されて宗右衛門がきた。

料理茶屋の屋号がはいった小田原提灯を宗右衛門がもち、二十間川ぞいの通りから永代寺と富岡八幡宮（とみがおかはちまんぐう）まえの通りにでて帰路についた。

宗右衛門とはじめて会ったのも、この通りであった。

斜めまえを行く宗右衛門が、通りにでてきた人影にはっとなったり、暗がりに眼をやるたびに、真九郎は、案ずるな、ひそんでいる者はいない、と声をかけた。

襲撃はなかった。見張っている者の眼も感取できず、尾行している気配もなかった。

だが、相手が忍なら、わからない。

宗右衛門がくぐり戸から店にはいって戸がしめられるまで待ち、真九郎はうけとった小田原提灯を左手にさげて脇道から家にもどった。

雪江が、ほっとした表情で出迎えた。

無理もないと、真九郎は思った。

「心配ばかりかけてすまぬ」

雪江がほほえみ、首をふった。

平助が戸締りにかかり、雪江が居間で着替えをてつだった。

「あなた、六ツ半（七時）をすぎたころに、桜井さまがお見えでした」

「なにか申されていたか」

「はい。わたくしが、和泉屋さんと寄合にでかけたと申しますと、怪訝な顔をなさっておられました。明日の七ツ（四時）すぎに、菊次においでいただきたいとのことにございます」

「わかった」

旗本屋敷の土蔵が焼かれたことについて寄合で問屋仲間にたずねるようたのんだので、宗右衛門が襲われる懸念は話した。しかし、弥右衛門とのつながりについては雪江にも語っていない。

四日の夕七ツの鐘を聞いてほどなく、真九郎は菊次へ行った。

客間には三人がそろっていた。

酌をしたきくが客間をでていき、見世との境の板戸をしめた。

喉をうるおした琢馬が杯をおいて、顔をむけた。一重の眼に問いたげないろがうかんでいた。

「おめえさん、和泉屋の寄合についてったそうだな」

「ええ」

真九郎は、宗右衛門に酒問屋仲間に付け火に遭った屋敷の土蔵について訊くようたのんだことを話した。

「帰りに教えてもらいましたが、番町と三斎小路のお屋敷が、やはり蔵も焼かれたそうです。美濃屋が申していたのが別のお屋敷だとすると、三箇所になります」

「美濃屋はこっちであたってみる。だが、これでまちげえねえな」

「いまにして思うのですが、辻斬からはじまり、一日おいて、また辻斬と付け火でした。辻斬のほうが主であるかのごとくよそおった。わたしも、辻斬のほうを重くみておりました」

「おいらだってそうよ」

真九郎はうなずいた。

「それで、忍が聞き耳でもたてていたら和泉屋が狙われかねないと思い、同行しました。

しばらくはつづけるつもりです」

琢馬が、首をかしげた。

「しかしだなあ、つまり、おめえさんが付け火のからくりに気づいたってことを、奴らは知るわけだろう。和泉屋を殺したところで後の祭りじゃねえのか」

さすがにするどいと、真九郎は思った。

「浮世小路の嵯峨屋に染吉。勝次と亀吉のことも、闇は知っているはずです」

「そういうことかい。おめえさんを徹底（てってえ）して追いつめる。やりかねねえな。おめえさんも、気苦労が絶えねえな」

「ご案じなく。あとで後悔せぬため、できるかぎりのことはしたいと思っております」

「わかるぜ。ところで、文をありがとよ。さっそくお奉行にご報告した。ご老中さまに申しあげ、手をうってもらうとおっしゃっておられた。けど、お奉行も嘆息しておられたが、おいらも手遅れだと思う。おめえさんは手をつくしてるが、こっちは後手ばっかりふんでる」

「申しわけございません」

真九郎はちいさく低頭した。

「すまねえ、そんなつもりで言ったんじゃねえんだ。お目付が包み隠さずに教（おせ）えてくれりゃあ、もっと早く手がうてた。もっとも、隠したんじゃなく、蔵なんかどうでもいいって思ったのかもしれねえがな。おめえさんだって、奴ら、とっくにはこびだしたと思ってるんだろう」

「ええ。和泉屋が申しておりましたが、わたしも船をつかったのではないかと思います。小分けにして、下総、上総、安房、相模あたりの塒へはこぶ。あとは、どこへなりと思いのままです」

琢馬が、肩をおとし、吐息とともに言った。

「やはりそうかい。おいらも、似たようなことを考えてた。江戸をずらかる算段をしてるってことだよな。猶予はねえってわけかい」

「桜井さん、気になってることがあります」

琢馬がいきおいこんだ。

「言ってくんねえか。なんだい」

「付け火と辻斬の狙いです」

「だって、おめえさん、そいつは……いってえ、なにが言いてえんだい」

「たとえ十万両であろうが、鬼心斎の智謀をもってすれば、わけなく江戸からはこびだせたはずです」

「だからついでにお奉行も誘きだそうってんだろう。いかにも奴らのやりそうなことじゃねえか。現に、お奉行は苦慮なさっておられる」

「以前であれば、土佐守さまを狙う理由はわかります。しかしいまは、一味の者が三人もお縄になっております」

琢馬が、眼を刃のほそさにした。

「待ってくんな。こういうことかい。国もとの老職が、おめえさんの命に大枚をはらった。だから、おめえさんを狙いつづけてる。だが、お奉行はたのんだ奴がいるわけじゃねえ、てめえらの都合だ。いまさら、手間隙かけて誘きだす意味はねえ。おいらたちにそう思わせておきてえだけだったってわけかい。その裏で、千両箱の山をはこびだした」

「それだけでしたら、付け火だけでもよかったのではないでしょうか」

「なんで辻斬までしてるかってことか。……おめえさん、鬼心斎がてめえの家を潰す気でいるんじゃねえかって言ってたよな。すまねえが、おいらはいまだに信じられねえ」

「わたしも、よもやとは思うのですが、なにゆえこれほど無謀なふるまいをつづけるのか、ほかに解しようがありません」

「奴をお縄にしねえかぎりわからねえな。そのことはおいておくとして、知恵をかしてほしいんだ。芳膳のまつなんだが、まったく埒があかねえ。百本杭で見つかったんが、一月の十八日。ひと月あまりになるってのに、からっきしなんだ。まつを知っていそうな奴は、親類から出入りの大工、鳶、植木屋あたりまで残らずあたらせた。だが、これはと思う奴がうかんでこねえ」

真九郎は、杯に手をのばして諸白を飲み、考えた。

まつの周囲に怪しい男はいない。だが、何者かに文で呼びだされ、浅草寺に会いに行った。浅草寺――。

「なんでえ。思いついたことがあるのかい」

真九郎は顔をあげた。

「桜井さん、まつは以前から浅草寺へ行っていたのですよね」

「ああ。そいつがどうかしたかい」

「なにゆえ浅草寺まで。ちかくに、富岡八幡宮も永代寺もあります」

「そのことかい。めあては奥山よ。裏店の娘なら、両国橋広小路や上野山下をほっつき歩けるが、ちゃんとしたとこの娘となると、そうもいかねえ。参拝にことよせて奥山へ行きたかった。出茶屋のひとつで、若え娘たちに評判の団子を食わせるらしい。……藤二郎、話してやんな」

「へい。……鷹森さま、両国橋広小路や上野山下とちがって、奥山は境内でございやす。しかも、甚五郎の地元で子分たちが眼を光らせてやすから、悪さをする奴もあんましおりやせん」

「雪江と一度行ったことがある。たしかに、着飾った商家の娘らしい姿が眼についたように思う」

藤二郎がうなずいた。

「その出茶屋に行ってめえりやした。客はほとんど女ばかりで。男がこようもんなら、この助兵衛がってな顔をしやす。しゃあねえんで、十手を見せて話を聞きやした。そんときも、年頃の娘がおりやした。そんなわけで、まつのことも憶えておりやせん。女中が言うには、お詣りをすませ、奥山で見せ物を見物して、その出茶屋で一休みしてから帰ってたそうでございやす」

真九郎は、藤二郎から琢馬へ顔をむけた。

「文の相手が男ではなく、おなごだとしたらどうでしょうか」

琢馬が眉間に縦皺をきざんだ。

畳に眼をおとして、顎をなでる。

「男にはそれらしい奴はいねえ。となると、女かもしれねえってわけかい。一味の女がせんひとりとはかぎらねえもんな。野郎にちげえねえって思ってたが、ありうるな」

琢馬が顔をあげた。

「闇の一味なら商家の娘じゃあねえって言いてえところだが、そこん家に遊びに行ってなんか見たのかもしれねえ。それから、習い事の相弟子。近所に住んでて仲がよかったが、引っ越しちまった者。ちょうど藪入りだしな、供の女中にわずらわされずに奥山見物をしようって誘われたのかもしれねえ。ほかに思いつくのがいるかい」

「いいえ。桜井さん、おなごではないかと申しあげたのには理由があります」

真九郎は、甚五郎から聞いた元助と立ち話をしていたという娘のことを語った。

「……娘がひとりだったというので、まつではあるまいと思いました。その娘と元助、そしてまつ。どうでしょう」

「甚五郎の子分殺しと、まつ惣太郎の相対死がむすびつくってわけだ。ようやく見えてきた気がするぜ。……藤二郎」

「へい。明日の朝いちばんでとりかかりやす」

「半次郎、おめえもだ」

「承知しました」

「元助とその娘がどこでつながってるか。芝にいたというころの元助も洗ってもらわなくちゃあならねえ。よし、行くとしようぜ」

菊次のある裏通りから横道にでたところで、真九郎は北町奉行所へむかう三人と別れた。

日暮れをむかえ、和泉屋裏通りかどの十世次は客でにぎわっていた。

暖簾をわけてでてきたとよが、満面の笑みでぺこりと辞儀をした。顔がかがやいている。桜井琢馬が言うように、たしかに女は変わる。とよも、娘のころは表情が硬かったが、いまは見るたびに笑顔が美しくなってきている。

真九郎は立ちどまった。

「おとよ、繁盛してなによりだな」

「はい。ありがとうございます」

真九郎は、うなずき、上体をもどした。とよがふたたび辞儀をして踵（きびす）を返した。

雪江が、宗右衛門がお目にかかりたいと言っていると告げた。

真九郎は、平助を行かせた。

宗右衛門がいそぎ足で庭をまわってきた。いささか困惑げな面持ちであった。真九郎が腰をあげかけると、宗右衛門が言った。

「どうか鷹森さま、そのままで。すぐにすみます」

真九郎はすわりなおした。

宗右衛門が、雪江にかるく低頭してからむきなおった。

「鷹森さま、夜分にわたる他出はかならずお報せするようおっしゃっておられました。じつは、手代がお得意さまのご機嫌をそこねてしまいましたので、お詫びに出向かねばなりません」

「わかった。すぐにでかけるのか」

「いいえ。夕餉がおすみになったころにと思っております」

「場所はどこだ」

「築地のお屋敷でございます。ですが、鷹森さま、表でお待ちいただくことになってしまいます。それでは、あまりにも申しわけございません」

「かまわぬから、呼びにきてくれ」

「ほんとうによろしいのでしょうか」

「和泉屋さん、遠慮するでない」

「ありがとうございます。では、のちほど」

宗右衛門が、両手を膝にあててふかぶかと頭をさげた。

六畳間のかどに宗右衛門が消えるまでうしろ姿に眼をやっていた雪江が、真九郎を見てほほえんだ。

「あなた、和泉屋さんは、さきほども案じ顔にござりました」

「もうあとで悔やみたくはないからな」

「はい」

宗右衛門が呼びにきたのは、暮六ツ半（七時）になろうとするころであった。店の土間で、ぶら提灯と袱紗包みをもった手代が待っていた。顔をこわばらせてはいるが、眼におびえはない。主としての宗右衛門の度量だ。非は相手方にあるなと、真九郎は察した。

手代をさきにして通りにでた。

真九郎の斜め一歩うしろを宗右衛門がついてくる。

二ノ橋で新川をわたり、霊岸島をよこぎって、亀島川に架かる高橋と、すぐよこにある斜めに合流する八丁堀河口の稲荷橋をこえれば築地である。

縦横に掘割がはしる築地は、たいはんが武家地で、海辺と三十間堀と八丁堀にそって町家があるだけだ。なかほどをかこむ掘割の内がわには、広大な西本願寺がある。

稲荷橋から、海にそった町家の通りをすすんだ。

つきあたりを右におれると明石橋がある。わたって掘割ぞいに一町半（約一六四メートル）ほど行って左にまがった通りに、屋敷はあった。

おとないをいれた宗右衛門が、手代をうながしてくぐり戸から門内へ消えた。

真九郎は、門よこの塀にもたれた。

夜空には繊月があり、そこかしこに浮かぶ雲が星を隠しているだけだ。白い塀が夜空の明かりをあつめ、二町（約二一八メートル）たらずの通りが両方ともかどまで見とおすことができる。

真九郎は、甚五郎の子分殺しにはじまった一連のできごとを考えた。

やがて小半刻（三十分）になろうとするころ、きたのとは反対がわのかどが明るくなった。人影につづいて二張りの提灯。二列の人影がつぎつぎに通りをまがってくる。槍もある。先手組の見まわりだ。

真九郎は、塀から離れた。

列が止まり、弓張提灯がかかげられた。

真九郎を認め、いそぎ足でやってくる。四神騒動のおりに、先手組は闇にしてやられ、犠牲をだしている。

頭は、陣笠に胸当、打裂羽織に野袴だ。後続は弓張提灯をもつ者をふくめて、すべて額の汗止めに襷掛けといういでたちである。

二十名ちかい先手組が、かこむように弧を描く。弓張提灯がつきつけられ、頭が一歩まえへでた。

「役儀により、問いただす。何者だ、ここでなにをしておる」

「本所亀沢町にありまする団野道場が師範代、鷹森真九郎と申しまする。ただいま、知り人がこちらのお屋敷をおたずねいたしておりまする。用心のため、同道いたしました」

右端から若侍が小走りにやってきた。

「お頭」

「なんだ」

「まちがいござりませぬ。師範代の鷹森どのにござりまする」

頭がうなずき、若侍がもどっていく。団野道場は門人が大勢いる。顔に見覚えはなかった。

頭が言った。

「お役目ゆえ、失礼つかまつった。ごめん」

鯉口に左手をそえていた者たちから、ほっとした気配がながれた。

真九郎は、頭に一揖（いちゆう）した。

尊大にうなずき、躰のむきを変えた。弓張提灯のふたりがしたがう。最後尾の若侍がかるく低頭してとおりすぎたあとで、真九郎はほほえんだ。

団野道場の師範代とはいえ、浪々の身である。頭の対応がていねいであったのは、屋敷をおとずれている者の身分をおもんぱかってだ。当然、屋敷の当主と同身分の旗本だと思う。

真九郎は、ふたたび塀にもたれて夜空に眼をやった。

それからしばらくして、門のくぐり戸があき、宗右衛門と手代がでてきた。

「鷹森さま、長らくお待たせしてまことに申しわけございません」

「月をながめながら考えごとをしていた。気にするでない。まいろうか」

「はい」

手代がさきになり、帰路についた。

第四章　血涙

一

五日、下屋敷から猪牙舟で帰ってくると、和泉屋まえの河岸で勇太が待っていた。

桜井琢馬に、昨夜も付け火と辻斬があったとつたえるよう申しつかったとのことであった。

「あいわかった」

「旦那、荷物をおもちいたしやす」

「ちかいからよい」

「亀の兄貴が生きてたらどやしつけられやすんで、お願えしやす」

「そうか。すまぬな」

真九郎は、風呂敷包みをわたした。

翌日の夜五ツ（八時）すぎ、桜井琢馬がひとりでたずねてきた。提灯の火を消さずにいる。廊下のかどをまがると、早口で言った。

「夜分にすまねえがつきあってくんな」

声をひそめる。

「お奉行が待っておられる」

「すぐにしたくをします」

居間にもどると、雪江が見あげた。

「いそぎ着替えを」

「はい」

「それと、帰りの小田原提灯を用意してくれ」

雪江がうめを呼んだ。

あわただしくきがえて大小をさし、たたんだ小田原提灯と蠟燭を懐にいれた。雪江が見送りについてきた。

家をでて脇道にはいると、琢馬が眼でそばにくるよううながした。

「危ねえからってお止めしたんだがな、じかにおめえさんへ礼が言いてえっておっしゃるんだ。しかたねえから、できるだけめだたねえのにきがえていただき、宿直(とのい)の黒羽織(ばおり)を借りた。遠目には同心にしか見えねえようにな。おいらとふたりだけだし、そこの桟橋まではなにごともなかった」

　真九郎はなにも言えなかった。闇に気づかれていたら、ふたりともすでに死んでいる。土佐守(とさのかみ)は、それを承知のうえで危険をおかしたのだ。

　和泉屋まえの桟橋に、おおきめの屋根船がつけられていた。

　真九郎は、新(しん)川に眼をはしらせた。ほかに舟の影はない。川岸でうかがっている人影も見あたらなかった。

　桟橋におり、琢馬につづいて艫(とも)からのる。

　琢馬が障子をあけた。真九郎は、左手で腰の刀をはずした。

　座敷のすみ対角に雪洞(ぼんぼり)がおかれ、着流しに黒羽織姿の小田切(おだぎり)土佐守の姿があった。土佐守から見て右の船縁(ふなべり)を背にして琢馬が座についた。

　真九郎は、入室したところで障子をしめていったん平伏し、下座の食膳まえまで膝行(しっこう)した。刀は右脇におく。

　屋根船がしずかに桟橋を離れ、土佐守がおだやかな声で言った。

「見てのとおり、ささやかな酒肴(しゅこう)だ。冷やですまぬが、そなたと一献(いっこん)かたむけたいと思うてな。遠慮なくやってくれ」

「おそれいりまする」

真九郎は、諸白を注いで杯をもち、顔をあげた。

土佐守と会うのは昨年の初秋八月いらいである。そのときも、表情に疲労の翳りがうかがえた。いまは、さらに色濃く刻印され、やつれている。琢馬が焦るのも無理はないと、真九郎は思った。

諸白を飲みほし、杯をおいた。

「桜井から聞いておる。助勢をかたじけなく思う。礼を申す」

「もったいのうござりまする。昨年の暮れは、それがしごときがためにご尽力をたまわり、篤くおん礼を申しあげまする」

真九郎は眼をふせている。それでも、土佐守がほほえむのがわかった。

「町奉行の職は、お膝元を平穏たらしめるにある。女性を騙し、強淫するなど、畜生にも劣る所業。よくぞ懲らしめたと褒めておく。だがな、しばしばではこまるぞ」

最後は笑いをふくんでいた。

「はっ」

真九郎は、膝に両手をおいて低頭した。

「面をあげよ。たずねたきことがある」

真九郎はなおった。

「鬼心斎とか申す者は、女中が種を宿すと町医者のもとへやって流させたという。事情あって、養子をむかえねばならぬからとも考えられる。武門の誉れは、家名をたてるにある。そなたは、かの者がみずからを滅ぼし、家名を断絶せんと欲しておるという。合点がゆかぬゆえ、存念が聞きたい。思うところを忌憚なく申せ」

「かしこまりました。はじめは、ご公儀によほどの遺恨があるのではと愚考いたしておりました。土佐守さまがお命を狙い、四神騒動、そしてこたびの辻斬と付け火、ご公儀に挑んでいるとしか思えませぬ。みずからの身と家名断絶を覚悟のふるまい。いったい、それほどの恨みとはいかようなものかと考え、わからなくなりました。しかしながら、ご公儀がけっして容赦せぬほどみずからを追いつめんとしているのではないかととらえると、得心がまいります。では、かの者の真意は――。土佐守さま、お旗本には、大名家をふくめて分家がいくつもあると聞きおよびまする」

土佐守の表情を、驚きがよぎった。

「本家と分家との確執。本家をまきぞえにせんとしておるわけか。……なるほど、それであれば、わからぬではない。よく話してくれた。さあ、飲むがよい。琢馬もな」

「いただきまする」

真九郎は、諸白を注ぎ、はんぶんほど飲んだ。

琢馬も杯をかたむける。

真九郎は、問われるままに剣の修行について語った。土佐守はくつろいでいるようすであった。

御堀（外堀）に架かる呉服橋よこの桟橋で屋根船をおりた。真九郎は、琢馬とともに北町奉行所の役宅まで土佐守を送った。

呉服橋御門をでて御堀をわたり、ひろい通りを日本橋川のほうへむかったところで、琢馬が笑顔をむけた。

「よこにきてくんねえか」

真九郎は、うなずいてならんだ。

「あんだけおだやかなお顔でくつろいでるお奉行を見るんは、ひさしぶりだ。ありがとよ。それにしても、おめえさん、いつからあんなこと考えてたんだい」

責める口調ではなかった。

「なにかおこたえせねばと、咄嗟に思いついたにすぎません」

「窮余の思案ってわけかい。それならいっそう、お奉行に会ってもらったかいがあったってもんだ。あれなら、おいらも納得がいく。これまでは雲をつかむようなもんだった。ご大身で分家。おめえさんが言ってたように、本家はどこぞの大名にちげえねえ。だいぶしぼれてきたぜ」

「そうであればよいのですが……」

「いや、いい思いつきだ。まちげえあるめえよ」

琢馬は信じたがっている。たしかに絵解きにはなる。しかし、屋根船で脳裡にうかんだときとことなり、いまはもうひとつ確信がもてなかった。

日本橋川にそった通りにはいった。

琢馬が、弓張提灯をもつ左腕をまえへのばした。

「見てみな。春の宵だってのに、人っ子ひとり歩いてねえ。食いもんの見世だって客がこなきゃあ早仕舞する。油代がもったいねえからな」

「四日はどこであったのでしょうか」

「そうか、話してなかったな。辻斬が小石川で、付け火が浅草の鳥越稲荷のちかくだそうだ。辻斬はたまたまかもしれねえ。だが、付け火はわざとお先手組がとおりすぎたあとでやったにちげえねえ。また総出ってことになんなきゃあいいがな。そうでなくったってこのざまだ、お先手組に我が物顔でのし歩かれた日にゃあ、夜鷹蕎麦までおびえてでてこなくなる。……おおきな声じゃ言えねえが、みなで蕎麦を食って、お役目だって一文もはらわずに行っちまったそうだ。そんな噂がつたわるのは速え」

「またしても怨嗟はご公儀へむけられる」

「四神のときがそうだったもんな。だから、お奉行は反対なさったんだが、二年もたってのに尻尾すらおさえられねえんだから強くは言えねえ」

琢馬が吐息をついた。

「桜井さん、これほどおおっぴらにしかけています。どこかでかならずや馬脚を露すに相違ありません」

顔をむけた琢馬が、にこっとほほえんだ。

「そうだな。すまねえ」

日本橋をすぎ、川ぞいから町家の通りをすすんだ。まっすぐ行って、楓川に架かる海賊橋をわたれば八丁堀島だ。

琢馬が左へとおれる丁字路で、真九郎は懐からだした小田原提灯に火をもらった。

八日は、宗右衛門の寄合がある。場所は薬研堀の料理茶屋だ。

夕七ツ半（五時）ごろ、真九郎は迎えにきた宗右衛門とでかけた。

脇道から浜町の表通りを行って右にまがり、湊橋をわたる。永久橋で箱崎川をこえ、川口橋から浜町川ぞいの通りを行く。

霊岸島に越してきてしばらくは、この道で団野道場から帰っていた。雪江とふたりで江戸にでてきて七カ月余は、浜町川の高砂橋と栄橋とのあいだを左へ二町（約二一八メートル）ほど行った日本橋長谷川町の裏長屋に住んでいた。江戸で最初に憶えた両国橋からの道筋である。

川口橋から五町半（約六〇〇メートル）あまり行ったところで右におれ、あとはかどをいくつもまがって薬研堀へでた。

薬研堀をはさんで武家地と町家とがある。南岸は武家屋敷がしずかにたたずみ、北岸は華やかな花柳の町だ。堀ぞいに植えられた柳のあいだにならぶ朱塗りの常夜灯にはすでに灯がともされ、芸者や着流しに羽織姿の表店の商人たちがゆきかっている。

真九郎は、常夜灯のひとつに眼をやった。そのよこで、染吉と出会った。着物の裾がよごれるのもかまわずに、真九郎の左腕の血をぬぐい、手拭で縛ってくれた。

脳裡にうかんだ染吉に、真九郎は心のなかでほほえみかけた。

この日の寄合も、一刻（二時間）ほどで終わった。

宗右衛門が、料理茶屋からもらった小田原提灯をもってさきになり、来た道をもどった。

浜町川ぞいの通りにでたところで、真九郎はかすかに眉を曇らせた。浜町河岸に屋根船の影がある。大川にむけられた舳（みよし）両脇の柱にしか灯（あか）りがない。座敷を暗くしているのは、なかの人影を障子に映さないためだ。

真九郎は迷った。

宗右衛門が狙いなら、川ぞいを逆に行って小川（おがわ）橋をわたり、町家をぬけて日本橋川をこえ、八丁堀から霊岸島へと帰ればよい。あるいは、このまま浜町河岸へむかい、組合（くみあい）橋のてまえで左へおれて新大橋をめざすこともできる。途中の辻番所に宗右衛門をたのんでもよい。辻斬が横行しているいま、辻番は町人だけでなく武士もつめている。

しかし、真九郎が狙いなら、敵は留守宅へ直行して雪江を襲う。

川口橋までは、大名屋敷の塀と門とがあるだけだ。

宗右衛門を護（まも）りきれるか。

真九郎は、躊躇（ちゅうちょ）し、迷いを断った。

おだやかに話しかける。

「和泉屋さん、そのまま聞いてもらいたい」

「なにごとにございましょう」

「浜町河岸に屋根船が見えるであろう」

「はい」

「よいな、船頭がこちらを見てるゆえ驚いてはならぬ。おそらく、待ち伏せだ」

宗右衛門が、ぴくりと肩をこわばらせた。

「わ、わかりましてございます」

「すこしずつ塀のほうへよっていく。だが、よりすぎてはならぬ。浜町河岸のさきに橋がある。わたしが、行けと叫んだら、橋へ一目散に走るのだ。わたしがたもとで敵を防ぐ」

「て、手前は、た、鷹森さまを信じております」

「うむ。かならず護るゆえ案ずるな。おおきく息を吸い、ゆっくりとはくがよい。さすれば、気がおちつく」

通りのまんなかから、しだいに左の塀がわへよっていった。

「これくらいでよい。よりすぎては怪しまれる」

宗右衛門がちいさくうなずいた。

「屋根船を見てはならぬぞ」

ふたたび、うなずく。

「和泉屋さん、あれいらい、いくたびとなく刀をまじえてきておる。めったなことで後れはとらぬ」

「はい。わかっております」

屋根船がしだいにちかづいてくる。船頭は川面に顔をむけたままだ。それがかえって、こちらに注意をはらっているのを告げている。

夜空には、無数の星と上弦の月がある。

一晩に三度襲われていらい、胴太貫を腰にしている。肥後の国の刀工たちが、室町末期から戦国期にかけて拵えた実戦むきの重厚な刀だ。

ほどなく桟橋の端に達しようというのに、いまだに動きがない。ふいをつく策なのだ。

艫に達した。

屋根船が、わずかにゆれた。

するどい声で命じる。

「行け」

宗右衛門が駆けだすのと、舳と艫の障子が音をたててあけられるのが同時であった。とびだしてきた浪人たちがつぎつぎと刀を抜く。

真九郎は、左手で鯉口を切って柄に右手をそえ、舳のほうへ走った。

桟橋にとびおりた浪人たちが川岸へあがってくる。

舳から四人、艫から三人。

胴太貫の肥後を鞘走らせ、構えきれていない一番手の敵を下方からの袈裟に斬りあげる。

「ぎゃあーッ」

苦痛に顔をゆがめた敵が、のけぞって石段へおちていく。

真九郎は、見ていない。川下へ駆けだす。懸命に駆けてはいるが、宗右衛門はいまだすぐそこだ。年齢のうえに着物の裾がじゃまで、思うように走れない。

数歩の間隔まで追いつき、通りのまんなかでふり返って仁王立ちになる。

合流した敵六名が、通りいっぱいにひろがって迫ってくる。敵の狙いは宗右衛門だ。

「オリャーッ」

「トリャーアッ」

悪鬼の形相で振りかぶったふたりが、正面から突っこんできた。

右よこにさげていた肥後を奔らせ、左手を柄にそえる。左の一撃を弾きあげ、右の鎬を叩く。返す刀で、左を袈裟に斬る。右が、逆胴にきた。切っ先を地にむけて肥後をぶつける。

おおきく右足を踏みこんで反転。三人めの敵の背を袈裟に斬りさげる。

「ぐえっ」

両端の敵が駆けぬけつつある。右手で小柄(こづか)をとり、川端を駆ける敵に打つ。

左から剣風。

よこにちいさく跳ぶ。

左脾腹(ひばら)を敵の切っ先がかすめる。

右から斬撃(ざんげき)。

肥後を叩きつけ、走る。

左腿(もも)から小柄を抜いて投げ捨てた川端の敵がふりむく。宗右衛門はいまだ橋に達していない。塀ぎわを駆けぬけた敵が迫りつつある。

右手ににぎっていた肥後を左手にうつして脇差を抜き、打つ。

脇差が敵の背に刺さる。

「ぎえーっ」

走りながら肥後を右肩にかつぎ、川端の敵にむかう。川端の敵が決死の形相で、大上段に振りかぶった。

「死ねぇーッ」

渾身（こんしん）の斬撃。

見切る。

左足を斜めまえに踏みこんで右足をひく。柄頭（つかがしら）のさきを、敵の白刃が落下。右肩から肥後に円弧を描かせ、敵の右腕ごと胸を斜めに裂く。

「うぐっ」

残ったふたりが追ってくる。

さっと血振りをくれた肥後を右手にさげ、川下へ駆ける。ようやくたどりついた宗右衛門が、右の欄干につかまりながらまるみをおびた橋をのぼりつつある。

いっきに駆けてたもとでふり返り、八相にとる。

追ってきた敵ふたりが、四間（約七・二メートル）ほど残して止まった。

ふたりとも、青眼に構えた。だが、肩でおおきく息をしている。年齢（とし）は、ふたりとも四十前後。五尺四寸（約一六二センチメートル）余のほぼおなじ背丈で、右が細面、左が狐眼（きつねめ）だ。

敵の呼吸がととのわないうちにしかけたほうが利がある。が、片方に宗右衛門を襲われかねない。

真九郎は、ゆっくりと息を吸って、はいた。

敵の肩の上下が、しだいにちいさくなり、おさまった。

ふたりがたがいを見かわし、うなずいた。青眼の切っ先を油断なく真九郎に擬して、左右にひらきながらちかづいてくる。

敵の策は読める。片方が挑み、もう片方が橋を駆けあがって宗右衛門を斬る。

どこの橋も、ハの字になった勾配のうえに架けられている。荷舟の通過を考慮してだ。

真九郎は、さらに二歩さがった。左の狐眼が舌打ちした。

彼我の距離、三間（約五・四メートル）。

ふたりが、やや腰をおとして摺り足になる。

睨めあげ、じりっ、じりっと迫ってくる。

直心影流の高八相、自然体のままで、真九郎は微動だにしない。

残ったふたりが、もっとも遣える。ほどなく二間（約三・六メートル）を割らんとしているのに、いまだ殺気を発していない。

川上からきた夜風が、とおりすぎていく。宗右衛門のもつ小田原提灯を背にうけた真九郎の影がかすかに揺れた。

ふたりの体軀が同時にはじけた。

「オリャーアッ」

「トオーッ」

霧月。風神と雷神の舞。

大気を裂いて面に迫りくる左右の白刃を神速の疾さで弾き、右足を左足のまえにおおきく踏みこんで上体をひねりながら狐眼の左脇下を断つ。

左足をひく。

肥後が唸りを曳いて一文字に奔る。

細面の逆胴よりもさきに、右脾腹をしたたかに薙ぐ。

「ぐふっ」

細面が膝からくずおれる。

おおきく一歩、細面から離れ、肥後に血振りをくれて懐紙をだす。刀身をていねいにぬぐい、鞘にもどした。

橋の頂で、宗右衛門がこちらを見ていた。

「そこで待っててくれ」

宗右衛門がうなずいた。

放り投げられた脇差のむこうで、敵のひとりが両膝をつき、両手で上体をささえていた。右手は柄におかれている。

真九郎は、慎重にちかづき、敵から眼を離すことなくかがんで脇差の柄をにぎった。

立ちあがって二歩さがる。

血振りをくれ、残った懐紙でていねいにぬぐって鞘にもどした。

敵がわずかに顔をあげた。

「もはや、助からぬ。たのむ、とどめを」

「かの町人を斬るよう言われたのだな」

「そうだ。……ついでに、おぬしも」

真九郎は、低い声で言った。

「おのが始末は、みずからつけるがよかろう」

「約定(やくじょう)したではないか」

「してはおらぬ」

真九郎は、踵(きびす)を返した。

「待てっ。……待ってくれ。たのむ」

狐眼は、心の臓を断った。細面が、つっぷして呻(うめ)いている。右手をのばせばとどくところに、刀がある。

真九郎は、狐眼のちかくで血溜(ちだま)りをとびこえた。

橋をのぼっていく。宗右衛門の表情が硬い。真九郎は、ほほえんだ。

「和泉屋さん、だいじないか」

「はい。鷹森さま、ありがとうございます。また、助けていただきました」

宗右衛門が、真九郎の背後にちらっと眼をやった。

「いそぎまいろう。お先手組に出会うと、ことがめんどうになる」

来た道を足早にたどり、霊岸島新堀に架かる湊橋から塩町の菊次へむかった。

二

翌朝、刀袋にいれた胴太貫の肥後と脇差を、平助に神田鍛冶町の美濃屋へとどけさせた。

夕七ツ（四時）になろうとするころ、桜井琢馬がひとりでたずねてきた。

「桜井さん、どうぞおあがりください」

琢馬が声をひそめた。

「大事な話がある。ちょいと湊稲荷までつきあってもらえねえかい」

「したくしてまいります」

「いや、その恰好でいい。見張ってる奴があるかもしれねえ。そぞろ歩きのついでに足をのばしてえんだ。あそこなら、見とおしがいいから誰にも聞かれずにすむ。尾けてくるのがいたら、おめえさんが気づくだろう」

「わかりました。刀をとってきます」

琢馬は表で待っていた。真九郎は、うしろ手に格子戸をしめた。

脇道から新川ぞいの通りにでた。

琢馬が、青空に眼をやった。

「いい陽気になってきやがったな」

声があかるい。

「まったくです」

真九郎もあわせた。

湊稲荷は、八丁堀河口の稲荷橋をわたった左よこにある。埋めたてがすすむ以前は、付近が鉄炮洲と呼ばれていたことから、鉄炮洲稲荷ともいう。霊岸島に住むようになってほどなく、雪江ときたことがあった。

石川島とのあいだに、菱垣廻船や樽廻船が帆をやすめている。

琢馬が石垣に腰をおろし、よこをしめした。

真九郎は、躰ひとつぶんほどあけた。

「おめえさんの胸にしまっておいてもらいてえ」

「承知しました」

「お奉行がご老中さまに申しあげ、お目付がひそかに探索にあたることになったそうだ。このこたあ、ごく限られた者だけしか知らねえらしい。が、おいらはあの場にいたし、考えたんはおめえさんだ。お奉行に、伝えておくようさきほど申しつかった」

「わざわざおそれいります」

「なあに。昨夜は七名だったたな。おめえさんならわかるだろう、奴ら、和泉屋も狙ったのかい」

「橋のたもとから三人めが、和泉屋のついでにわたしも斬ることになっていたと申しておりました」

「そうかい。和泉屋は、また狙われだしたわけかい。ん――」

　琢馬が、眉をひそめ、見つめる。

「こうなってわかっててまきこんだ。なんだか、おめえさんらしくねえな」

「じつは、隠していたことがあります」

「なんでえ」

「闇の弥右衛門は、和泉屋となんらかのかかわりがあります」

琢馬の顔がけわしくなり、怒気を発した。

「なんだとッ。なんで黙ってた」

真九郎は、射るがごとき眼差をうけとめた。

刃となっていた琢馬の眼から、怒りの炎が消える。

「すまねえ。おめえさんのこった、理由があるはずだ。聞かせてくんねえか」

真九郎は、琢馬が去ったあとのことを語った。

「……このところ、桜井さんはかなり焦っておいでのようです」

「そういうことかい。おめえさん、おいらが和泉屋を問いつめると思ったんだな。……やったかもしれねえ。その場で想いだせねえんなら、おめえさんが言うように待つしかねえ。おいら、気が短えほうじゃねえんだがな、いらつくぜ」

「申しわけございません」

琢馬が苦笑した。

「おめえさんのことじゃねえよ。ようやく、鬼心斎と弥右衛門両方へのとっかかりができた。だが、鬼心斎はお目付で、弥右衛門は和泉屋の頭んなかだ。こっちはなんもできねえ」

「まつのほうは、どうなっておりますか」

「あっちも苦労してるよ。これが野郎なら、どやしつけるか、自身番にきてもらおうかって脅せばすむ。女、ことに年頃の娘となると、そうもいかねえ。みょうな噂がたつと、嫁入りにさしつかえる。じれってえが、しゃあねえ」

手柄よりも、町家の者たちを思う。桜井琢馬の、定町廻りとしての矜持であり、やさしさである。

真九郎はほほえんだ。

「どうかしたかい」

「いいえ。以前は、闇についてほとんどわかっていませんでした。いまは、いろんなことがわかってきております」

琢馬が、眉をつりあげ、それから莞爾とほほえんだ。

「そのとおりだな。和泉屋が想いだしてくれりゃあ、いっきに鬼心斎までお縄にできる。和泉屋のこたあ、おめえさんにまかせた。おいらは口だしゃしねえよ。さて、行くとするか」

相模の空から夕陽がふりそそぐなかを、四日市町へむかった。

新川をわたったところで、真九郎は琢馬と別れた。

翌十日は団野道場へ行く。

多数での襲撃にそなえて肥後より一寸（約三センチメートル）短い二尺四寸（約七二センチメートル）の備前を腰にしていたが、刺客はあらわれなかった。

真九郎は、塩町の菊次へよった。琢馬が、怪訝な表情で首をかしげた。真九郎も、おなじ思いであった。

十三日は空一面を雲が覆い、宵になって小雨がおちてきた。

その闇夜を、青山の旗本屋敷からあがった紅蓮の炎が焦がし、麻布の通りでは旗本と供三人の血を雨が流した。

翌日の夜、ひとりできた桜井琢馬が、すぐにすむからと上り框に腰をおろした。肩がおち、表情には苦渋のいろがあった。

城中で、小田切土佐守を非難する声が公然とあがりはじめたという。土佐守がこぼしたのではない。南町奉行所からつたわってきたのだ。琢馬も、日暮れに一膳飯屋で会った南の定町廻りから告げられた。

つぎつぎと旗本が斬り殺され、屋敷が焼かれている。公儀の威信をそこなうこといちじるしい。しかも、いつおのが身にふりかかからないともかぎらない。不安が、鉾となって土佐守にむけられている。

先手組もいつまで抑えられるかわからない。そのうち、また総出ってことになるだろうよと、琢馬は自嘲ぎみに言って帰った。

真九郎は、居間まえの廊下にすわって、庭をはさんだ土蔵の白壁を見つめた。

もし推測どおりだとするなら、鬼心斎はちかいうちにおのれが何者かを公儀に知らしめる。おそらくは、身を隠して――。それがために、よほどに贅沢（ぜいたく）しても生涯こまらぬだけの金子（きんす）をたくわえた。

そうでなければ、今回のやりようは無謀の極みにすぎなくなる。

満月が夜空を蒼（あお）くそめ、無数の星がまたたいている。

ふと、真九郎は、鬼心斎が配下の者をしたがえて異国へわたるつもりではないかと思った。それならば、公儀の手がおよぶことはない。誰しも、おのが命は惜しい。

しばし考えた。

ありうる。

十五日は快晴であった。

朝餉（あさげ）のあと、真九郎は茶を喫するのもそこそこにきがえさせられ、客間へおいはらわれた。いまでは、いずこもおなじなのであろうとあきらめている。

客間の障子を左右にひらき、廊下ちかくに書見台をだして漢籍をひらいた。読むつもりであったのだが、すぐに漢籍から庭へ眼をうつした。

八日の薬研堀は味噌(みそ)問屋の寄合であった。和泉屋を見張らなくとも、ほかの問屋をさぐれば寄合があるのはわかる。

刺客の浪人は、宗右衛門が狙いで真九郎はついでだと言っていた。はたしてほんとうにそうか。捕らえられての白状を想定し、こちらを惑わすための策ではないのか。

鬼心斎ならやりかねない。

十日のために用意していた浪人たちを八日につかった。あえてこれまでのやりようをかえて、真九郎ばかりか宗右衛門も狙っているかのごとくみせた。そのように解釈すれば、得心がいく。

それに、真九郎は宗右衛門と弥右衛門とのあいだになんらかのつながりがあるのに気づいたが、鬼心斎はそのことを知らない。

鬼心斎が本気で懸念しているのであれば、忍一味に寝床を襲わせてとっくに宗右衛門を始末している。これまでそうしなかったのは、宗右衛門にわかるはずがないと安堵(あんど)しきっているからだ。

宗右衛門は相手をたてる。めったなことで他人(ひと)を傷つけたりはしない。だが、その気はなくとも、ふとしたはずみで恨みをかうことはある。

源太と元助の殺害。これは、闇の船宿に気づいたからだ。そうでなければ、十五軒の船宿の一件がわからなくなる。まつと惣太郎の相対死。これも船宿がらみのように思える。

付け火と辻斬の真の狙いは、いまだ判然としない。そして、宗右衛門と、十日おきではなくなった刺客の襲撃。

四本の糸が、もつれ、からまり、容易にほどけそうにもない。

真九郎は、吐息をつき、首をふった。

雪江のしたくは、つねよりもさらに手間どった。朝四ツ（十時）には、和泉屋まえの桟橋で待つ屋根船にのることになっている。

庭のすみにある梅の影に、真九郎は眼をやった。陽射しの角度からして、そろそろ四ツの鐘が鳴るころだ。

書見台をかたづけ、気をもんでいると、ようやく居間の障子があいた。

客間にあらわれた雪江は、いちだんと美しかった。手間隙かけて、いかようにでも化ける。心中の感心と讃嘆をほほえみでつつんで褒めた。

雪江がうれしげに頬をそめた。

朝四ツの捨て鐘とともに家をでた。

和泉屋まえの桟橋には、舳を大川へむけておおきな屋根船が三艘舫われていた。一艘めに雪江と多代と内儀たち、二艘めには弟子の娘たちや子ら、三艘めに真九郎と主たちがのる。

これまでも、つねに女たちの舟をさきにした。三艘めの船頭が多吉なのも、用心のためだ。

真九郎と雪江が最後であった。

屋根船が桟橋を離れた。三艘めは、舳の障子をあけてある。真九郎は背にしているが、左の船縁がわの端には宗右衛門が、右の端には三浦屋善兵衛がいる。ふたりとも、なにゆえ女と娘たちの舟をさきに行かせるかをじゅうぶんに承知している。

真九郎がくるまえに、浜町河岸のことを話していたようだ。雪江の弟子筋には酒問屋が和泉屋をふくめて六軒もある。宗右衛門は、酒問屋の寄合で付け火に遭った旗本屋敷について訊いている。宗右衛門が語らずとも、どこからともなく噂として洩れつたわってくるものだ。

幾名かが、宗右衛門に見舞を述べた。公儀をはばかって読売（かわら版）も売られていない。しかし、主たちは十三日の付け火と辻斬も知っていた。

今回は、甚五郎と内儀のみつと娘のはるも招いてあった。

宗右衛門がなにゆえいつも川仙をはずすのか訊くので、真九郎は浅草の甚五郎なのだと打ち明けた。宗右衛門は驚いたが、すぐに、お呼びするのは浅草の親分ではなく、川仙のご亭主とご内儀と娘御にございますと言った。

その甚五郎は、艫を背にして浪平と仕出屋の百膳の亭主とならび、肩をおとして背をまるめぎみにし、みごとに船宿亭主の仁兵衛になりきっていた。

大川四橋をくぐって隅田川をさかのぼり、向島の竹屋ノ渡についた。

小梅村の水戸徳川家蔵屋敷よこから木母寺にいたる隅田堤には、桜並木が植えととのえられている。

八分咲きの桜のしたでは、勤番藩士、妻子をともなった武家、町家の老若男女が花見を楽しんでいた。

桜井琢馬が、藤二郎の手先を何名か配すると言っていた。一行は七十人余。真九郎ひとりでは、とても護りきれるものではない。

堤をおりたところにある料理茶屋のひろい庭に緋毛氈が敷かれていた。

庭や堤の桜を眺め、緋毛氈でくつろいだ。

昼九ツ（正午）の鐘が鳴り、料理茶屋の男衆がはこんできた食膳を、女中たちがととのえていった。

春のやわらかな陽射しのなかで、談笑し、手入れのゆきとどいた庭を見てまわった。

桜並木を見にいく娘たちに、真九郎はすこし離れてついていった。雪江が弟子をとりはじめたころは、娘たちの華やかさにとまどったものだが、それにも慣れた。

夕七ツ（四時）の鐘が鳴り、料理茶屋をあとにした。

翌々日の十七日、昼八ツ（二時）の鐘が鳴ってほどなく、寺田平十郎が前触れもなくたずねてきた。

神田駿河台に屋敷がある四百五十石の寺田家は、雪江の母親の実家だ。ながいこと無役の小普請組であったが、一昨年の晩秋九月から、平十郎が小姓組に御番入をした。小姓組は両番と呼ばれ、書院番とならぶ番方（武官）の花形である。

真九郎は、客間の上り口がわへ案内した。平十郎は旗本であり、真九郎は陪臣ですらない。身分のうえからは、平十郎が上座につくべきだが御番入できたのは真九郎のおかげだからとうべなわなかった。真九郎への口のききかたもていねいであった。

たがいに座につくと、左脇に刀をおいた平十郎が顔をむけた。

「鷹森さま、使いもたてずに申しわけありません」

「雪江とは従兄妹ではありませんか。遠慮なくいつでもおたずねください」

「恐縮です。今日は非番ですから、昨夜は同輩を招いて酒盛りをしたのですが、鷹森さまならなにかごぞんじではないかと、おたずねしました」

「付け火と辻斬の件ですね」

「そのとおりです」

廊下を衣擦れがちかづいてきた。

うめをしたがえて茶をもってきた雪江が、平十郎に挨拶をして退室した。

真九郎は、平十郎が茶碗をおくまで待った。

「せっかくおいでいただいたのに申しわけないのですが、わたしもほとんど知らないのです。お目付が、町方にはなにも洩らしてくださらないそうです。親しくさせていただいている北町奉行所の定町廻りとわたしは、闇のしわざであろうと考えております」

「やはりそうなのですね」

「ええ」

真九郎は、付け火にかんする推測を語った。

「……金子はとっくにはこびだしたでしょうから、いまだにつづけている理由と、辻斬がなにを意図しているのかが、まるでわかりません。定町廻りのかたは、北町奉行の土佐守さまを追いつめ、誘きだすためだと思っております。土佐守さまは、これまでも闇に狙われておりますので」

平十郎の表情を、驚愕がよぎった。

「知りませんでした。お城では、土佐守さまを、悪しざまに言ったり、無能呼ばわりするかたもおられます」

「町方は懸命に探索しております。闇についても、わずかですが判明したことがあります。これはご内聞にお願いしたいのですが、一味の者が三人お縄になっております」

「では」

真九郎は首をふった。

「闇の頭目は恐ろしき知恵者です。北町奉行所も、それがために苦慮しております」

「一味の者がお縄になっているにもかかわらず、頭目が誰かさえわからないのですか」

「ええ。闇の仕組みを、じつにうまく考えてあります」

「信じられません」

「わかります。ですが、ほんとうにそうなのです」

「ここだけの話にしてください。探索に長けた町方でさえそれほど手こずっているなら、お目付ではとても……」

平十郎が語尾をにごした。

真九郎は首肯（しゅこう）した。

「四神騒動のおりも、お先手組が総出となりましたが、闇にいいようにあしらわれただけでした」

「聞いております」

「平十郎どのは一刀流をお遣いになりますゆえ大事ないでしょうが、火はどうしようもありません。付け火をしておるは、おそらくは闇の忍一味です。じゅうぶんにお気をつけください」

「忍までおるのですか。それで得心がいきました。同輩のかたがたにも用心するようつたえたいのですが、よろしいでしょうか」

「かまわないと思います。しかし、あまりおおっぴらにすると、闇に狙われかねません」

「心しておきます」

それからほどなく、平十郎が辞去した。

真九郎は、上り口まで送った。

盆に茶碗をのせて厨（くりや）へむかううめを見て、真九郎はふと思いたち、呼びとめた。

うめが、ふり返り、膝をおってよこに盆をおいた。

「旦那さま、ご用でしょうか」

にこやかな笑顔で見あげた。

「うむ。ちとたずねたきことがある。それをかたづけたら、居間にきてくれ」

「かしこまりました」

うめが辞儀をして盆をもった。

居間にはいってすわると、雪江が小首をかしげた。

「わたくしは遠慮しましょうか」

「いや、かまわぬ。聞いていて気づいたことがあれば教えてくれぬか」

「はい」

もどってきたうめが廊下に膝をおった。十六歳で、殺された芳膳の娘まつよりひとつ年下なだけだ。

どう話すかは考えておいた。

「おうめ、おまえの思うままを教えてほしい。よいな」

「わかりました」

「深川の洲崎ちかくの料理茶屋に十七歳の娘がいる。これが、しばしば浅草寺へお詣りに行く。洲崎から浅草寺は遠いゆえ、吾妻橋までは舟だ。奥山の出茶屋においしい団子があるので、見せ物とその団子がめあてらしい。どう思う」

「よっぽどお団子が好きなんですね」

「おうめならどうする」

「旦那さま、わたしがそのお嬢さまだったらということでしょうか」

「そうだ」

うめの顔がぱっとかがやいた。

「わたしでしたら、お嫁にいくまえに、あちらこちら見物して、いろんなおいしいものを食べに行きます」

「なるほどな。そのうち、おうめもどこぞでおいしいものを馳走しよう。もうよいぞ」

うめの両頬にえくぼができた。

「ありがとうございます」

辞儀をして、厨へもどった。

真九郎は、雪江を見た。

「うめにはあのように申しておられましたが、相対死した娘のことにございますね」

「そうだ」

「わたくしも、うめが申すとおりと思います。嫁ぎますと、気ままはゆるされません。それに、たまにいただくからおいしいのであって、しばしばでは飽いてしまいます。その娘が浅草寺へかよっておったは、なにやら事情(わけ)があるように思えます」

「そうかもしれぬな」

真九郎は、庭へ眼をやった。

奥山見物も団子も口実なら、まつはなにをしに浅草寺へ行ったのだ。

まつは死んでいる。しかも、殺されたとしか思えない不可解な死だ。供の女中が知っているのなら、隠す道理がない。つねに供をしている者さえ気づかぬなにか。

真九郎は眉根をよせた。

謎はふかまるばかりであった。

三

この日も、宗右衛門は夕刻から寄合がある。

真九郎が断ってはどうだと言うと、ごいっしょ願えるのであればまいりたくぞんじますとこたえた。

二年まえに命を狙われつづけたときも、宗右衛門は逃げ隠れしなかった。ある意味では、意固地である。だが、武芸の心得はむろんのこと、身に寸鉄すら帯びていない。その気概に、真九郎は、頭がさがり、気がひきしまる思いであった。

陽が西にかたむきはじめたころ、宗右衛門が迎えにきた。

真九郎は、胴太貫の肥後を腰にさした。

この日は醤油問屋の寄合で、場所は深川の門前仲町であった。永代橋をわたり、永代寺と富岡八幡宮へいたる表通りをすすんだ。

表通りにあるおおきな一ノ鳥居から半町（約五五メートル）たらずの左に堀留がある。その入堀にめんした通りに、料理茶屋や船宿などがならんでいる。入堀のてまえが門前仲町で、対岸が門前山本町だ。

別座敷でひとりになった真九郎は、箸をつかいながらまつの浅草寺行きについて思案した。

なにも思いつかなかった。そうでなくとも、女のことにはうとい。年頃の娘がなにを思うのか、真九郎にはさっぱりであった。

はじめて会ったころから生涯の夫と心にきめていたと雪江に打ち明けられたときも、真九郎は内心でいぶかしんだ。そのころ、真九郎は二十二で、雪江は十五歳にすぎなかった。

真九郎は次男であり、脇坂（わきさか）家には嫡男である雪江の兄の小祐太（こゆうた）がいた。だから、雪江の問いたげな眼に、おなじ思いだったとこたえはしたが、夫婦（めおと）になれるはずなどなかった。しかも、相手は十五の娘であり、真九郎は思いつきさえしなかった。

あれから、七年の歳月がながれた。

さまざまなことがありすぎた。ことにこの二年余は、途中で恐ろしくなって数えるのをやめたほど人の命を奪ってきた。今宵もまた、そうなるかもしれない。あるいは、おのれの命運がつきるかも――。

ふたたびまつのことに思いをめぐらせようとして、真九郎はちいさく吐息をつき、懐から漢籍をだした。

夜五ツ（八時）の鐘が鳴ってしばらくして、宗右衛門がきた。

宗右衛門が小田原提灯をもち、堀ぞいの通りから表通りへおれた。

表通りの店は、暮六ツ（六時）で店仕舞いをする。灯りは、ところどころにぽつんとある食の見世からのものだけだ。

真九郎は、宗右衛門を右よこにならばせ、通りのまんなかをすすんだ。

「鷹森さまは、今宵もあるとお考えでしょうか」

「なんとも言えぬが、あると思っておいたほうがよい。心の備えになるからな。和泉屋さん、わたしは思慮がいたらなかったようだ。今宵もあらわれるのであれば、すでにきまっておる寄合を断ってはならぬ」

「おっしゃるようにいたしますが、なにゆえでございましょうか」

「闇には忍一味がおる。でかけぬとあれば、寝込みを襲いかねぬ」

わずかなまがあった。

「わかりましてございます。みねを巻き添えにするわけにはまいりません」

宗右衛門が力強くこたえた。

一ノ鳥居をすぎた。

夜空には、右がわがすぼまった朧月と雲間の星がある。雲の白さがわかるほどに、蒼穹は明るい。

春の宵。料理茶屋からの帰路。命を狙われているのでなければ、のんびりと月を愛でながら歩くこともできる。

いつかは、そんな日がおとずれるはずだ。

右手で宗右衛門を制する。

通りの右、七間（約一二・六メートル）ほどさきに、西念寺への参道がある。てまえが縄暖簾(のれん)だ。そのかどで、なにかがうごいた。ちょうど顔の高さである。

真九郎は、宗右衛門にうなずき、すばやくあたりに眼をやった。

左が大店(おおだな)で、庇(ひさし)のしたにおおきな天水桶(てんすいおけ)がある。

「和泉屋さん、あれへ」

真九郎は、天水桶と土蔵造りの壁との隙間を指さした。

宗右衛門が小走りにむかう。

縄暖簾のかどに油断なく眼をくばり、真九郎はついていった。

壁に背をつけた宗右衛門が、天水桶との隙間に身をよせた。顔がこわばっている。

「そこを動いてはならぬ」

「はい」

草履(ぞうり)をぬいで天水桶の陰からでた真九郎は、手早く紐(ひも)で襷(たすき)をかけ、股立(ももだち)をとった。

参道から抜刀した人影がばらばらと走りでてきた。

真九郎は、鯉口を切り、胴太貫の肥後を抜いた。

西念寺には、染吉、勝次(かつじ)、亀吉(かめきち)の墓がある。その境内(けいだい)で刀を抜くとは——。

許さぬ。

八相にとる。

右肩上に天を突く胴太貫、左よこに天水桶。

敵は八名。左右にひろがり、いっきにおしよせてきた。たちまち間隔がなくなっていく。左端のふたりが間合を割った。

「オリャーッ」

「キエーッ」

振りかぶって斬りこんできた。

見切る。

右足をよこに踏みこみ、左足をひく。

肥後が雷光と化して奔(はし)り、敵の左腕ごと肋(あばら)と心の臓を断つ。そのまま、右の爪先を軸に左回りに上体をひねる。

風神となり、唸る肥後が、右よこから斬撃をみまわんとする三番手の胴を薙ぐ。

地面をとらえたばかりの左足をひく。一番手の袈裟を弾きあげ、円弧を描いた肥後が一文字に着衣と肉を裂く。

ひいた左爪先を軸に左に回転。

まっ向上段から斬りおろした四番手の上体がながれていく。回転で加速をつけた重厚な胴太貫が、背から心の臓ごと肋を断ち、左腕を両断する。

右よこしたに血振りをくれるなり、真九郎は跳んだ。

倒れている敵をこえる。

「もらったーあッ」

五番手が袈裟にきた。

右よこしたから渾身の力で肥後を叩きつける。

敵の斬撃が、左肩さきをかすめゆく。

まわりこんだ残り三名が宗右衛門に迫りつつある。

左足が地面についた。三歩で宗右衛門を背後にかばい、青眼の切っ先を、まんなか、右、左とふる。

踏みこみかけた三名が、青眼に構えなおした。

五番手が、左端についた。青眼にとった四つの切っ先。こちらは扇の要（かなめ）だ。一度にかかられたら、かわしきれない。かといって、とびこめば宗右衛門を敵の白刃にさらすことになる。

このとき、縄暖簾の腰高障子が、夜陰の静寂（しじま）をやぶった。

敵が気を奪われ、眼がながれる。

摩利支天（まりしてん）がご加護。

右端の八番手と七番手のあいだにとびこむ。七番手がとびすさり、振りかぶらんとする八番手の白刃に鎬をぶつけて斬りさげる。

「ぎえっ」

右腕を両断し、右胸を裂いた肥後をひく。

宗右衛門に迫らんとする六番手に、左足をよこにおおきく踏みこみ、左腕一本での横薙ぎをみまう。

敵が肥後に白刃を叩きつけた。撥(は)ねかえってきた肥後の柄に右手をそえて右足を踏みこむ。六番手がむきなおって振りかぶるよりもはやく、疾風(しっぷう)と化した肥後が、左脇下から肋と心の臓を斬り裂く。

左足を軸に反転。宗右衛門へむかわんとしている七番手に肥後の切っ先を擬す。

七番手が受けの青眼にとる。

斃(たお)した六番手を、五番手がまわりこみつつある。

真九郎は、二歩で宗右衛門のまえにもどった。

一番手から五番手までで真九郎を、残り三名で宗右衛門を斬るてはずだったようだ。

七番手が半歩さがる。

その隙に、真九郎はさっと血振りをくれ、肥後を八相にとった。

ならんだふたりが、腰をおとし、摺り足になる。左が五番手、右が七番手。似たような中肉中背の体軀だ。いずれも三十代なかば。決死の形相で迫ってくる。

真九郎は、ゆっくりと息を吸い、しずかにはいて呼吸をととのえた。

ふたりが二間（約三・六メートル）を割る。

瞬間、真九郎はとびこんだ。

突きにきた七番手の鎬を叩き、返す刀で袈裟にくる五番手の白刃を弾く。斜めうしろに右足をひき、左回りに反転、さらに反転。

七番手の逆胴がとどききれずにながれる。

回転した勢いで右足を踏みこみ、肥後を袈裟に奔らせる。敵の左脇下から二の腕にそって斜めに斬りさげる。

心の臓を裂かれた七番手の眼が生気を失い、五番手とのあいだに突っ伏す。

「おのれッ」

五番手の眼に憎悪の炎が燃える。

睨みかえす。

五番手が顎をしゃくった。

「承知」

低い声でこたえる。

たがいに青眼にとり、睨みあったまま通りのまんなかへでる。三間（約五・四メートル）のまをおいて対峙（たいじ）。

五番手が、右足を半歩ひき、脇構えにとる。

真九郎は、両足を肩幅の自然体（じねんたい）にひらき、肥後を八相にもっていった。

腰をおとした五番手が、摺り足になる。

真九郎は動かない。奇策もありうる。構えに惑わされぬよう、敵の足もとに眼をおとす。

二間（約三・六メートル）。

「死ねぇーえッ」

同時に踏みこむ。

地から白刃が大気を裂いて奔り迫る。が、肥後のほうが疾い。左襟に切っ先が消え、左腕を両断して右脾腹まで斬りさげる。

切っ先が抜ける。

真九郎は、とびすさった。

左腕から血が噴きだし、五番手が斜めまえに丸太のごとく倒れた。

真九郎は、首をめぐらした。宗右衛門に迫る者はいない。残心の構えをとき、血振りをくれる。懐紙で刀身をていねいにぬぐい、肥後を鞘にもどした。

呻いている者をおおきくまわって宗右衛門のもとへ行った。

顔が蒼ざめている。

「和泉屋さん、大事ないか」

「は、はい。手前は、だいじょうぶにございます」

「では、まいろう。自身番により、藤二郎に報せねばならぬ」

宗右衛門がうなずいた。

真九郎は、襷をはずして股立もなおした。

壁よりにすこしもどり、通りをよこぎった。

縄暖簾からでてきていた町家の者たちが、畏怖と呆然とを面体にはりつかせて見送った。

西念寺から二町（約二一八メートル）たらずさきの八幡橋てまえに自身番屋がある。

いぶかしげに宗右衛門から真九郎に眼をうつした町役人が愕然となった。無理もない。

小袖も袴も返り血が散っている。

宗右衛門が、腰をかがめた。

「霊岸島の和泉屋と申します。西念寺ちかくで浪人らに襲われました。八丁堀の桜井さまと、菊次の藤二郎親分がごぞんじのことですので、手前のほうでこのままお報せをしにまいりたいのですが、よろしいでしょうか」

町役人が、宗右衛門がもつ小田原提灯をちらっと見て、安堵の表情をうかべた。

「けっこうでございます。そうしていただければ助かります」

小田原提灯には料理茶屋の屋号が記されている。

「では、そうさせていただきます。夜分にお騒がせいたしました」

宗右衛門が、ふたたび辞儀をした。

おなじ夜、四ツ谷で付け火が、本所南割下水の通りで辻斬があった。そして翌十八日、ついに先手組の総出がきまった。

真九郎が桜井琢馬に呼ばれたのは十九日であった。夕七ツ（四時）すぎに勇太が迎えにきた。

付け火と辻斬について語ったあと、琢馬がいまいましげに言った。

「ここまで虚仮にされちゃあ、どうしようもねえ。それにしても、奴ら、いってえなにを考えてやがるんだ」

真九郎は、残っていた諸白を飲み、杯をおいた。

「桜井さん、鬼心斎は異国へわたるつもりかもしれません」

琢馬が眉をひそめた。

「異国――。どういうことだい」

真九郎は、理由を述べた。

「どこの何者かを、てめえからばらしてくれるってわけかい。意趣をはらし、異国へずらかろうって魂胆か。それがために、大枚をあつめた。なるほどな、筋はとおる。となると、異国の船をてくばりしなくちゃあなんねえ。長崎だな」

「わたしもそのように思います。ただ、鬼心斎のことです、名をあかすにしろ、尋常な手段をとるとは思えません」

「そのこたあ、あとでお奉行にお話ししとく。昨夜お聞きしたんだが、見張ってる船宿は二軒にまでしぼれたそうだ。あっちはもうすこしなんだが、こっちはからっきしよ」

「うめがおもしろいことを申しておりました」

「おめえさんとこの下働きだな」

真九郎は首肯した。

「十六で、まつとはひとつ違いです」

「おんなし年頃の娘に訊いてみたってわけかい。そいつは、いいとこに気づいたな。それで」

真九郎は、雪江の言いぶんも話した。

「おいらは願掛けくれえしか思いつかねえが、おめえさんはどうだい」

「考えてみましたが、まるで見当がつきません」

「半次郎はどうだい」

「わたしに、年頃の娘の心がわかるわけがありません」

「わからねえのを威張る奴があるかい。……藤二郎」

「奥山にゃ、娘たちをあつめるために色男をおいてるとこもありやす。そいつ見たさだったんじゃあねえんでやしょうか」

「そんなら……あの女中の名はなんてったっけ」

「ときでやす」

「二十歳はすぎてたよな」

「二十一になりやす」

「そいつと眼をあわせりゃ、まつはぽっとなるよな。そばについてるんだ、黙ってたって見てたら気づくんじゃねえのかい」

「申しわけありやせん。あっしにはそれくれえしか思いつきやせん」

琢馬が、首をひねって顎に手をもっていった。

「考(かん)え(げ)てみりゃあ、うめが言うとおりだよな。嫁に行っちまえば、かってに出歩くわけにはいかねえ。旨(うめ)えもんなら、あっちこっちにある。ここの天麩羅(てんぷら)だってそうだ。七五(しちご)郎(ろう)はこせえるのがうめえから、おれん家(ち)のも二十日を楽しみにしてる」

七五郎は、きくの弟で、かつては料理茶屋の板場で修業をしていた。毎月二十日、琢馬妻女の多代と雪江はきくをまじえて菊次で中食(ちゅうじき)をとっている。

琢馬がつぶやいた。

「浅草寺に、いってえなにがあるってんだい。誰がまつを呼びだした。こんだけさぐってるのにわかんねえ。どういうことだい」

「桜井さん」

「なんでえ」

琢馬が顎から手を離した。

「なにか見おとしていることがあるはずです。ひとつずつたしかめなおしてみたいのですが、よろしいですか」

「かまわねえ。やってくんな」

「一月十八日の朝、まつと惣太郎とがにぎりあった手をむすび、百本杭にかかって浮いているのが見つかった。しかし、ふたりにつながりはなく、相対死にみせかけているが殺しにまちがいない」

「ああ。つづけてくんな」

「まつは、数日まえに文をうけとった。十七日は藪入りで、いつもなら供をする女中のときはいなかった。だから、まつはひとりででかけた」

「その藪入りで想いだしたんだが、ときは今度の出代りで暇をもらうそうだ。もっぱらまつの世話をしてたんだし、四十九日もすんでる。歳も歳だしな、嫁に行くにゃあ遅えくれえだ」

奉公は、三月五日から翌年の三月四日までだ。それを出代りと言った。

「生れはどこでしょう」

「藤二郎」

「へい。浅草の花川戸町に、両親と十五の弟が住んでおりやす」

真九郎は、藤二郎から琢馬に顔をもどした。

「ときが嘘をついているということはありえないでしょうか」

琢馬が、いぶかしげに眼をほそめた。

「こいつらが話を聞いてるし、おいらもいっぺん会った。おめえさん、なんでそんなことを言うんだい」

「元助と立ち話をしていた娘のことが気になるのです」

琢馬が、わずかに首をかしげた。

「そいつはどうかな。おいらも、甚五郎が言うとおりだと思うぜ。出茶屋に勤めてるか、見せ物をしてる者の娘じゃねえのか。裏店のはねっけえりなら、ありえなくはねえ。まつと甚五郎の子分。ちょいと考えにくいな。でえいち、ときがなんで嘘をつくんだい。まつは死んじまってるし、てめえも暇をもらう。まあ、おいらたちが、ときにしてやられてるんだとしよう。こんだけ手間どらせてるんだ、ばれりゃあお叱りくれえじゃすまねえぜ。ときに、なんの得があるんだい」

「ええ、そうなのです。あるいはと思ったものですから」

「わかるよ。おいらも、藁にも縋るって思いなんだ。おめえさんが言うように、なんか見おとしてるにちげえねえ。おいらも、もういっぺん考えてみるよ。おめえさんのほうはもういいかい」

「ええ」

「明日は二十日だ。おいらはここにいるつもりだが、おめえさんの考えが聞きてえ」

「闇が、狙いがわたしであって、宗右衛門はついでだと思わせたいのであれば、襲ってはこぬはずです」

琢馬がにこやかな顔になった。

「おめえさんがなにを言いてえのかわかるよ。このところ、手数をかけてる。博徒の用心棒を諸国からかきあつめたって、限りはある。ちがうかい」

「おっしゃるとおりです」

「さて、お奉行にさっきのことをご報告しなくちゃあなんねえ。行くとするか」

北町奉行所へむかう三人と、真九郎は塩町の裏通りから横道へでたところで別れた。

翌二十日、真九郎は、団野道場からの帰路を御籾蔵まえから大川ぞいにとった。先手組をさけたかったからだ。永代橋をわたって霊岸島へ帰りつくまで、先手組にも出会わず、刺客たちの襲撃もなかった。

四

二十六日、中食を終えて茶を喫していると、桜井琢馬がひとりできた。

「ちょいといいかい」

「どうぞおあがりください」

「いや、そこの大神宮までつきあってもらえねえか」

真九郎はうなずいた。

「刀をとってまいります」

新川にめんした大神宮は、四日市町と西どなりの霊巌島町とにはさまれている。桜も終わり、陽射しは日ごとに明るさと強さを増しつつある。

鳥居をくぐった境内では、裏長屋の子らが遊び、おかみたちもいた。社殿よこの離れたところに松の巨木をかこむ石垣がある。

琢馬が腰から刀をはずして腰かけ、かたわらをしめした。

「おめえさんも掛けてくんねえか」

真九郎は、うなずいて腰をおろし、刀を右よこにおいた。

「こねえだ会った翌々日だから、二十一日だ。おりをみて、おめえさんに伝えておくよう御奉行に申しつかった。ただし、他言無用ってことだ」

「承知いたしました」

「長崎奉行さまへは急飛脚をたて、鬼心斎はわからねえが用人と弥右衛門の人相はわかってるから、東海道と中山道の関所と御船手の御番所へ早急に人相書きを手配するそうだ」

「わざわざおそれいります」

「おめえさんが思いついてくれたからだよ、気にすんねえ。それとな、こいつは昨夜言われたんだが、十七日にあったきり辻斬も付け火もねえ。お先手組は、総出のおかげだって言ってるらしい。おめえさんの考えを聞いてくれってたのまれた」

「和泉屋のつぎの寄合は、来月の七日です」

「十七日からちょうど二十日。今度の晦日がどうなるかだな。それまでこのままなんもなく、刺客もあらわれねえとなると……。だが、おいらたちにそう思わせようとしてるだけで、なんかたくらんでるのかもしれねえな。こねえだも言ったように、浪人どもが尽きたのかもしれねえ」

「それはどうでしょうか」

琢馬が顔をむけた。

「なんでだい」

「辻斬です。遣い手にやらせているのでは」

「それはおいらも考えてる。ひとりじゃねえかもしれねえって言いてえんだろう」

真九郎は、首肯した。

琢馬が、肩で息をした。

「死骸は、おいらたちのほうが見慣れてる。亡骸をあらためさせてくれりゃあ、わかるんだがな」

「お察しします」

「しゃあねえよ。できることをやるしかねえ。で、まつのほうは、またいちから調べなおしてる。辻斬をやめたんなら、手駒ができたってことだ。忍一味もある。用心してくんな」

真九郎は眉根をよせた。

「桜井さん、いま、思いついたのですが、ご大身お旗本どうしの親類関係とは考えられないでしょうか」

「本家と分家じゃなく、親類か。つまり、こういうことかい。辻斬と付け火のどこかが、そのお屋敷ってわけか。ありえなくはねえな。千両箱はすでにはこびだした。奴らも江戸をふける。てえげえの者は、そう考えるよな。だから、裏をかいてご府内か近場の塒にひそむ。やりそうなこった。それなら、名のらずともすむしな。ひょっとしたら、死んだと思わせる芝居をうつかもしんねえ。……お奉行にお話ししてみる。ありがとよ。またなんか思いついたら、菊次に使いをくんねえか」

「わかりました」

「じゃあ、おいらは行くぜ」

琢馬が去ってしばらく、真九郎は春の青空を見ていた。

晴天の日がつづいた。

晦日も、かぞえるほどの白い綿雲が浮いているだけの快晴であった。

真九郎は、下谷御徒町の上屋敷から両国橋をわたって本所亀沢町の団野道場へ行った。

夜五ツ（八時）すぎに道場をでて、水野虎之助と竪川へむかった。

「真九郎、たのみがある」

「わたしにできますことでしたら、なんなりとおっしゃってください」

「明日の昼、屋敷へきてもらえぬか。相談したきことがある」

「おうかがいします」

「待っておる」

竪川をわたった町家のかどで、虎之助と挨拶して別れた。

――今宵、もし刺客があらわれなければ。

それが、脳裡を占めていた。

鬼心斎は、なにごとかたくらんでいる。あきらめ、手をひくはずがない。

二十日とおなじように、五間(ごけん)堀から六間(ろっけん)堀、御籾蔵のよこから大川にでて、永代橋へ足をむけた。いくたびも待ちうけられていた箱崎でもなにごともなく、豊海(とよみ)橋から霊岸島へ帰った。

菊次にいた琢馬の表情を、焦燥がかすめた。

お膝元をこれほど騒がせている闇一味を万が一にもとり逃がしてしまうと、小田切土佐守がその責めをおうことになる。

真九郎は、鬼心斎がおのれを斃(たお)すのをあきらめるはずがないと考えているが、なにも言わずに辞去した。

晩春三月朔日(ついたち)。

この日も、うららかな陽射しがふりそそぎ、そよ風が吹いていた。

中食をすませて茶を喫した真九郎は、朝のうちに用意させておいた角樽(つのだる)をもって家をでた。

昨夜の帰路をたどる。

本所林町(はやしちょう)一丁目のかどを右におれた。林町は五丁目まである。その五丁目のはずれを右にまがり、二つめの四つ辻の二軒てまえ左が、水野虎之助の屋敷である。六間堀の北之橋からまっすぐ東へむかえば近道だが、武家地は目印がない。

虎之助の屋敷はすぐにわかった。片側に番所のある長屋門があいていた。虎之助の厚意である。虎之助は旗本で、真九郎は浪々の身にすぎない。門がしまっていれば、傍らのくぐり戸からはいることになる。

水野家は二百二十石である。二百石の旗本で、おおむね二百から三百坪の屋敷地を拝領していた。

武家屋敷の玄関にはかならず式台がある。真九郎は、そのまえに立っておとないをこうた。

すぐに、着流しの虎之助が自身ででてきた。小普請組であり、登城することもないので、雇い人は下働きくらいである。

「真九郎、よくきてくれた。したくしてくるゆえ、待っていてくれ」

「水野さま、つまらぬものですが、持参しました」

真九郎は、式台に角樽をおいた。

「そうか。ありがたくちょうだいしよう」

虎之助が、角樽をもって奥へむかった。いつになく、表情が硬い。そういえばと、真九郎は想いだした。昨夜もそうであった。

真九郎は、式台のよこにうつった。屋敷のよこからあらわれた老下男が、式台のまえにもってきた草履をならべ、辞儀をして去った。

ほどなく、虎之助が式台におりてきて草履をはいた。

「まいろうか」

「お供します」

門をでた虎之助は、竪川に背をむけた。真九郎は、三歩右斜めうしろにしたがった。

四つ辻になっているとなり屋敷のかどを左にまがった。四町（約四三六メートル）ほどで横川に達した。そのまま菊川橋をこえて、掘割にそった道をまっすぐにすすむ。

一町半（約一六四メートル）あまりを右へまがる。

屋敷をでていらい、虎之助はどこへむかっているのかさえ言おうとしない。真九郎は、黙ってついていった。

二町半（約二七三メートル）ほど行った四つ辻で、左へ足をむける。そこから、一町（約一〇九メートル）あまりの左にある参道へおれ、鳥居をくぐる。

本殿の西、横川の方角に竹の枝折垣をはさんで池があった。ひろい境内に、松や楓などが枝をひろげている。

池ちかくまですすんだ虎之助が、立ちどまってふり返った。

表情は硬いままであった。

「いろいろと考え、ここにした。摩利支天社だ。真九郎、立ち合ってくれ」

真九郎は愕然となった。

「水野さま、なにをおっしゃいます」

虎之助の眼を、悲痛のいろがよぎった。

「やむをえぬのだ。たのむ、立ち合ってくれ」

真九郎は、衝撃から脱しきれずにいた。

「お断りいたしまする。水野さまとわたしが、なにゆえに刀をまじえなければならぬのでしょうか」

懐から袱紗包みをだした虎之助が、池に枝をのばしている松の根元においてもどってきた。

「あれに、おぬしと先生と妻への書状が包んである。わたしが敗れたのであれば、妻のぶんも先生へとどけてもらいたい」

「水野さま、承伏いたしかねまする」

「おぬしを討ちはたせば、ご妻女への詫び状をしたため、割腹する」

「なにゆえにござります。理由をお聞かせくださりませ」

虎之助の口端を自嘲がかすめた。

「嗤ってくれ。おぬしを討てば、倅の御番入がかなう」

真九郎は、さとった。鬼心斎が卑劣きわまる策を弄したのだ。

「水野さま、闇のしわざにございます。お話しいたします。お聞きください」

虎之助がゆっくりと首をふった。

「真九郎、手遅れだ。おぬしが言うとおりであろう。だが、すでに約定してしまった。武士に二言なし」

虎之助が、懐に手をいれる。

「おやめください。お願いにございます」

虎之助が紐をだして襷をかける。股立をとり、草履をぬぐ。

「おぬしもしたくをしろ」

「できませぬ」

「君命とあらば、たとえ親兄弟であろうが討たねばならぬが武士の定め。たがいに剣に生きる者。この期におよんでの拒絶は見苦しいぞ」

「なんとおっしゃられようと、水野さまと刀をまじえるなど、わたしにできようはずがございません」

「申しでを受けたは、倅のためばかりではない。おぬしの疾さに、わたしの剣はおよぶのか。試してみたい。剣に生きる者の性だ。真九郎、うけてくれ」

真九郎は首をふった。

ふいに抜刀した虎之助が殺気を放った。

とっさに鯉口を切って抜いた大和を、青眼にとっていた。

「抜いたな。刀を抜けば、生か死。したくをしろ」

「水野さま……」

「くどい」

真九郎は、奥歯を嚙みしめてかたく眼をとじ、胸腔いっぱいに吸いこんだ息をはきだした。

顔がふるえた。

その場に正座して、大和をよこにおき、紐をだして襷をかけた。手拭をおって額に汗止めをする。立ちあがって股立をとり、草履をぬいだ。

「礼を申す。真九郎、いざ、勝負」

真九郎は、懇願の眼差で虎之助を見た。

しかし、峻厳な剣士の眼にはねかえされただけであった。刀を青眼に構え、表情はなにもしめさず、冷厳とたたずんでいる。

真九郎が、雪江とふたりで江戸へでてきたのは三年まえの初秋七月下旬であった。それいらい、月に三度の高弟どうしの研鑽で、いくたびとなく竹刀をまじえてきた。たがいの剣と技倆は知悉している。

虎之助の剣は、懐がふかく、風格がある。

真九郎は、大和を青眼に構えた。なにも思わず、考えず、心を無にする。さもなくば、不覚をとる。

虎之助が西、真九郎は東。南の空から陽射しがたがいの横顔にそそいでいる。

青眼の切っ先をわずかに右に返した虎之助が、摺り足になる。得意の構えだ。真九郎は、自然体に足をひらき、大和をややひいて受けの青眼にとり、眼を虎之助の足もとへおとした。

見るのではなく感取する。しかしそれよりも、顔を見ると心が乱れる。寸毫の迷いでも、死につながる。

虎之助が迫る。ほどなく、二間（約三・六メートル）。真九郎は、ゆっくりと息を吸って、はき、臍下丹田に気をためる。

二間――。

さらに詰めてくる。

やがて、たがいの切っ先がふれあわんばかりになる。

くる。

大和の鎬を叩いて小手にきた。

弾く。

たがいの手の内は知りつくしている。面、胴、小手、袈裟、逆胴、逆袈裟、下段からの袈裟懸け。直心影流の右転左転、面影、鉄破、松風、早船。間合からでることなく、左へ、右へ動き、たがいの体がいれかわる。

くりだされる技を、真九郎は受けに徹してかわした。それでも、切っ先がかすめた左右の腕から血がにじむ。

虎之助がとびすさった。

真九郎も、二歩さがって青眼にとった。

虎之助の息は乱れていない。真九郎は、額に汗を浮かべていた。受けに徹したがゆえに、息も乱れている。

「なにゆえしかけてこぬ。得意技を封じる。真九郎、愚弄いたすか」

「水野さま、なにとぞ……」

「聞かぬ。それほどに死にたくば、冥土へ送ってくれようぞ」

真九郎は、大和を八相にもっていった。

切っ先がぴたりと青空を突き刺す。

頬に笑みをきざんだ虎之助が、表情を消して青眼の切っ先を返した。

虎之助が、ふたたび摺り足になる。

自然体にひらいた右足を、真九郎は足裏のはんぶんだけひいた。そして、眼をおとす。

あとは微動だにしない。

虎之助が、じょじょに間合を詰めてきた。

二間を割る。

同時に踏みこむ。八相から、大和が袈裟に奔る。虎之助が、鎬をぶつけて刀を上段にもっていく。

右よこに振りおろした大和を燕返しに撥ねあげる。

まっ向上段からの一撃を弾きあげ、大和の切っ先を左に奔らせる。得意技の龍尾。

龍尾の逆胴に逆袈裟をみまわんと、虎之助が右肩から斜めに斬りおろす。

が、雷光と化した大和を反転させずに、頭上へ。左回りに独楽の勢いで反転につぐ反転。八相にとった大和が、虎之助の左脇下へ斜めにふかくはいる。

真九郎は、眼をとじた。大和が抜ける。そのまま振りおろし、うなだれる。

どさり。

虎之助が音をたてた。

奥歯をかみしめる。

どれほどそうしていたろうか、小鳥のさえずりが、真九郎を晩春の暖かな陽溜りに呼びもどした。

眼をあける。

虎之助は、右下に刀を振りおろした体勢でつっ伏していた。

懐紙をだした。

付着した血が、乾き、こびりついていた。何度もこすり、鞘にもどす。襷をはずし、股立もなおした。手拭で足袋(たび)の裏をはらって草履をはき、松の根元におかれた袱紗包みを懐にしまった。

明るい陽射しと、春の青空が、まぶしかった。

躰が重く、それでいて宙に浮いているかのようであった。

いつのまにか、摩利支天社をでて、町家の通りを歩いていた。つぎに気がつくと、菊川橋をわたってまっすぐに行きかけていた。

背後をふり返り、左右を見て、ようやく団野道場へ行かねばならぬのだと想いだした。

竪川へむかう。

新辻橋をこえて、大川方向へ歩く。天秤棒をかついで駆け足でやってきた魚の振売りが、避け、舌打ちしてとおりすぎた。

眼に映ってはいても、見てはいない。影がとおりすぎただけだ。

玄関の式台へあがりかけ、足に眼をおとし、足袋がよごれているのに気づいた。足袋をぬぎ、左右の袂におとした。

師の居間へ行き、廊下で膝をおる。

「先生」

わずかなまがあった。

「真九郎か。はいるがよい」

「はい」

障子をあけ、一歩なかへはいってすわり、障子をしめる。

膝に両手をおいて、畳に眼をおとした。師の顔を見ることができなかった。

じっと見ていた師の眼差が消え、おだやかな声が言った。

「なにがあったのだ」

想いだした。懐に手をいれて袱紗包みをとりだし、腰をかがめて畳においた。

師がやってきてすわり、袱紗包みを手にしてもどった。

「真九郎ッ」

力強い語調が貫いた。

真九郎は、はっとなって顔をあげた。

団野源之進（げんのしん）が、きびしい眼で見つめていた。膝のまえに、たたんだ袱紗と二通の書状があり、一通を両膝に拳をおいてひらきもっていた。

「気をたしかにもて」

「先生、申しわけございませぬ」

「尋常に立ち合ったのであろう、なにゆえ詫びる」

真九郎はうなだれた。

「変わらぬな」

源之進が吐息とともに言った。

「その心根のやさしさが、おぬしの弱さだ。いまなら、誰にでも斬れる」

「…………」

こたえられなかった。

「場所はいずこだ」

「摩利支天社にございます。横川の菊川橋からすこし行ったところにあります」

「あそこならぞんじておる」

「ご妻女さまへの書状も先生へお預けするよう申しつかりました」

「あいわかった。真九郎、しっかりせい。面をあげよ」

真九郎はしたがった。

「あとの始末はわたしがやる。ここには嫡男が御番入のためとしか書かれてないが、闇がからんでおるのであろう。だが、ご直参を斬ったのだ、どうなるかわからぬ。もどって沙汰を待つのだ。立花(たちばな)家の道場へは、わたしがかよう。これがなにごともなくすみ、おちついたら、くわしく聞かせてくれ。わたしがたずねるか、使いをやる。わかったな」

「ご迷惑をおかけいたします」

真九郎は、膝に手をおいて低頭した。

なおると、源之進が書状の一通をもってきた。

「これはおぬし宛だ。帰って気を鎮(しず)め、読むがよい」

真九郎は、両手でうけとった。

「望んだわけではないのはわかっておる。だが、これがおぬしの道だ。さあ、もう行(ゆ)け。わたしも、虎之助の屋敷へまいる」

真九郎は、低頭して退室した。

いつものように御籾蔵まえにでて、大川ぞいをたどった。だが、なにも憶えていない。気がつくと、菊次の裏通りにきていた。

真九郎は、ふかく息を吸ってはいた。

菊次よこの路地へはいり、格子戸をあけた。

「ごめん」

板戸をあけて顔をのぞかせたきくが、柳眉(りゅうび)をひそめ、土間をやってきた。

「鷹森さま、いったいどうなすったんです」

「すまぬが、いそぎ桜井どのにお会いしたいのだ。帰って待っておるので、おこしいただくようつたえてもらいたい」

「わかりました。すぐに勇太を行かせます」

問いたげなきくに曖昧にうなずき、真九郎は路地にでた。

出迎えた雪江も、あなたと言ったきり言葉がつづかなかった。

真九郎は、黙ってあがった。

大小を寝所の刀掛けにおき、居間にすわる。

雪江が、斜めまえに膝をおった。

真九郎はつぶやいた。

「水野さまに立合をいどまれた。お断りしたのだが、ご承知なさってはくださらなかった。いくらおたのみしても……」

ふいに悲しみがおしよせた。

真九郎は、眼をとじ、顔を伏せた。肩が震える。あふれでた涙が、袴をぬらした。

乾ききっていた心に想い出がよみがえる。研鑽をつんだ日々。師をかこんでの酒宴。帰り道でのはげまし。師もさそって船宿へ行き、みなで一献かたむけるはずであった。

雪江が、そっと立ちあがり、でていった。

——なにゆえ、ここまで酷い仕打ちを。

とめどもなく涙がこぼれおちた。

涙を流したことで、真九郎はおのれをとりもどした。

雪江が、手拭をしぼって両腕の血をぬぐい、疵口に焼酎をかけて膏薬を塗り、晒でまいた。

真九郎は、顔を洗ってきがえ、水野虎之助の書状の封を切った。二通あった。一通が真九郎宛で、残る一通は目付宛になっていた。

虎之助は、最初に寛恕をこうていた。

代々の小普請組で、団野道場の師範代となったいまもお役につくことがかなわない。齢三十七になったおのれは、すでにあきらめている。

一男一女の子があるが、今年十二になる倅もまた終生無役の小普請組ですごすのかと不憫に思っていた。

ところが、二十三日に小普請組支配さまからじきじきのお呼びだしがあった。なにも聞かずに、鷹森真九郎を斬れとの仰せだった。さすれば、元服した倅の御番入を刀にかけて約定するとのことであった。

小半刻（三十分）の猶予をやるので、返答をとのことであった。断るならほかの者にたのむとおっしゃり、座敷をでていかれた。ほかの者が、小笠原久蔵か朝霞新五郎であるのはたずねるまでもない。

わたしは迷った。

ご支配さまのお名は、高木丹後守さまだ。貴公が、小普請組支配さまとかかわりがあるとは思えぬ。さすれば、闇がらみに相違ない。闇が、丹後守さまの弱みをさぐり、われら三名の誰かに貴公を斬らせろと脅したのだ。

わたしに白羽の矢がたったのは、道場からの帰りに途中まで同道しているからであろう。断れば、久蔵か新五郎におなじ苦しみをあたえることになる。

心底（しんてい）を隠すのはよそう。水野家にとっては、千載一遇（せんざいいちぐう）の好機だ。倅の御番入がかなう。

どうか、親の愚かさを嗤（わら）ってくれ。

これを読んでいるであろう貴公の心中に思いをいたすと、わたしがなしたことは万死に値する。


真九郎、恕（ゆる）してくれ、と文はむすばれていた。

文を雪江にわたして、真九郎はにじんでいる涙を指でぬぐった。

目付に宛てては、立合にいたったいきさつと、寛大な処置を願っていた。

雪江が、眉をくもらせ、哀（かな）しげな眼をむけた。

「お気の毒に。どれほどお苦しかったことでしょう」

真九郎はうなずいた。

桜井琢馬がきたのは、夕七ツ半（五時）をすぎたころであった。

廊下をまがったとたんに、琢馬が言った。

「きくが、あんなおめえさんは見たことねえって心配（しんぺえ）してた。いってえ、なにがあったんだ」

「桜井さん、どうぞおあがりください」

「そうか、そうだな」

琢馬が、袂からだした手拭で足袋の埃をはらった。

さっさと客間にはいり、廊下を背にしてすわった。

真九郎は上座についた。

琢馬がうながした。

「さあ、聞こうか」

「団野道場の兄弟子に、水野虎之助さまとおっしゃる二百二十石のお旗本がおられます。まずは、これをお読みください」

真九郎は、懐からだした二通の書状をもって立ちあがり、琢馬にわたしてもどった。

読みはじめた琢馬の顔に、驚愕がはりついた。二通ともいそいで眼をとおし、今度はじっくりと読む。

雪江とうめが、茶をもってきた。

琢馬が、書状から顔をあげた。

眼にいたわりがあった。

「おめえさん……いや、よそう、おめえさんにしかわからねえ。教えてくんな、場所はどこだい」

「本所の摩利支天社です」

「あそこかい。わかった」

「団野先生が、水野さまのお屋敷へまいられました。お目付に報せがいっていると思います」

「このお目付宛の書状はおいらがあずからせてもらうが、いいな」

「どうぞ」

「すぐにお奉行にお会いしてくる。穢え策をつかいやがって、反吐がでるぜ」

琢馬が、茶碗をもち、息を吹きかけてわずかに飲んだ。

茶碗をおいて柔和な眼をむける。

「心配しなさんな、お奉行がなんとかしてくださる。見送りはいらねえ。じゃあな」

足早にでていく琢馬のうしろ姿を見送り、真九郎はそのまま庭に眼をやった。

雪江が、盆をもったうめをしたがえて客間にきた。

琢馬の茶碗をかたづけたうめの影が障子から消えるのを眼でおっていた雪江が、顔をもどして右斜めまえにすわった。

「あなた、わたくしは、お側を離れませぬ。どこまでもごいっしょします」

喧嘩両成敗は天下の法度だ。琢馬の言にかかわらず、覚悟はしておくべきである。

真九郎は、かすかにほほえんだ。

「これまで耐えてこられたのも、雪江がいてくれたからだ」

眼をうるませた雪江が、涙をみせまいと、客間をでていった。

空から青さが薄れていき、日暮れのけはいが遠慮がちにやってきた。しだいに薄暗くなり、夕餉のしたくをととのえた雪江が呼びにくるまで、真九郎はぼんやりしていた。

第五章　霧月、闇を斬る

一

翌二日の未明、真九郎は庭で一心に胴太貫をふるった。心身ともに鍛えることで、こらえ、のりこえていくしかない。

井戸端で汗を流して湯殿できがえ、雪江と朝餉を食していると、表の格子戸があいた。

「おいらだ、まだいるかい」

真九郎は、箸をおき、厨の板戸をあけた平助を手で制して上り口へむかった。

土間に、桜井琢馬と成尾半次郎がいた。

琢馬が性急に言った。

「半次郎に呼びに行かせるから舟にしてもらえねえか。相談してえことがある」

「立花家の道場へは、わたしの身がどうなるかきまるまで先生がかよってくださいます」

「そいつぁ好都合だ。そんなら、ちょいと菊次までつきあってくんねえか。おいらたち、腹ぺこなんだ。おめえさんは」

「ただいま食しておりました」

「じゃあ、すまねえが、おいらたちと菊次で食ってもらいてえ。いそぐんだ」

「わかりました。刀をとってまいります」

箸をおいて待っていた雪江が、問いたげに見あげた。

「いそぎの話があるらしい。菊次でいっしょにいただくので、あとでわたしのものはさげてくれ」

「はい」

小脇差を寝所の刀掛けにおき、大小を腰にする。ともに食をとる暮らしにすっかり慣れてしまっている。真九郎は、申しわけない気分になった。

「見送りはいらぬ。途中ですまぬな」

雪江が、ほほえみ、首をふった。

琢馬と半次郎は、表で待っていた。

真九郎は、うしろ手に格子戸をしめた。

琢馬がよこにくるようにうながし、歩きだした。

顔をむけ、小声で言った。

「おいらたち、昨夜から御番所に泊まりこんでる。あとで話すが、鬼心斎が何者か、わかった」

琢馬のいそぎ足は、真九郎にとって小走りにちかい。琢馬の斜め一歩うしろを、半次郎がついてくる。

菊次は暖簾がかけられ、まえの通りには打ち水がしてあった。

江戸は独り者が多いので、食の見世はたいがい朝からやっている。遅くまであけている縄暖簾でさえそうだ。

背丈のある琢馬が、暖簾をわけて拝むようにはいっていく。

真九郎は、半次郎にさきをゆずった。

厨からきくが顔をのぞかせ、笑みをうかべてやってきた。

「桜井の旦那、成尾さま、おはようございます。鷹森さまも」

「おきく、おいらも半次郎も腹ぺこなんだ。この旦那も朝飯の途中できてもらった。なんか食わせてくんな。それと、藤二郎を呼んでくれ」

「あい。すぐにご用意します」

仕切りのない畳敷きで、職人や振売りたちが食膳をまえにしていた。ご飯と味噌汁に香の物だけだ。

土間の反対に六畳が三間ある。まんなかの障子を、琢馬があけた。奥から藤二郎がきた。琢馬が、右手の人差し指で両隣の座敷と路地をしめして六畳間にあがった。

琢馬が明かりとりの窓を、半次郎が左の壁を背にしている。遅れてはいってきた藤二郎が障子をしめた。

琢馬が、顔をむける。

「まずは、小普請組ご支配のことから話さなくちゃあならねえだろうな」

「お願いします」

三千石未満の無役の旗本と御家人は、小普請組に編入され、禄高におうじて小普請金を納めなければならない。幕府の小普請に人足を負担していたのが、元禄（一六八八～一七〇四）のころから金納に変更された。その支配頭が、小普請組支配である。

真九郎が知っているのは、それくらいであった。

小普請組支配の役高は三千石で、十名いる。幕府の役職に欠員がしょうじたさいに推薦するのがおもな任である。

高木丹後守一左衛門は、三千三百石で、四十九歳。水野虎之助は配下の小普請組ではないが、支配どうしでどうにでも融通がきく。つまりは、丹後守が刀にかけてもと約定したのであれば、水野虎之助が嫡男の御番入はきまったも同然だ。

真九郎は、琢馬から障子に眼をうつした。

琢馬が口をつぐむ。

きくが、声をかけて障子をあけた。

女中たちが食膳をもってきた。藤二郎のまえには、きくが茶碗をおいた。食膳には、ご飯と味噌汁のほかに、刺身、酢の物、香の物がのっていた。

きくがでて、女中のひとりが障子をしめた。

なおしばらく待ち、琢馬が声をおとした。

「おめえさんからもらった書状もあったしな、お目付に問いただされ、丹後守は観念したようだ。驚くべきことがわかった。丹後守には、届けのでてねえ双子の弟がいる。名は大次郎、そいつが鬼心斎よ」

先月の十九日、丹後守は生まれてこのかた一度も会ったことのない弟に唐突に呼びだされた。きたのは、用人の渡辺又兵衛であった。厄介者のぶんざいで当主を呼びつけるとは不快きわまりないふるまいだが、家の大事と聞かされてはついていかざるをえなかった。

忍びでという指図も業腹であった。しぶしぶながら、丹後守は又兵衛が用意した駕籠にのった。

神田川をこえた昌平橋よこの桟橋につけた屋根船で、大次郎は待っていた。

無礼を叱責するつもりであった丹後守は、対座したとたんに血を分けた双子の弟を憎んだ。傲岸不遜な態度もさることながら、肥満を気にしているおのれにくらべ、弟は若々しく、体軀もひきしまっていた。

艫にまわった又兵衛が大次郎の斜めうしろにひかえ、屋根船が桟橋を離れた。

丹後守は、用向きを聞こうかと冷淡に言った。そしてすぐさま、蒼白となった。あまりの衝撃に、愕然をとおりこして茫然自失におちいった。

なんと、世間を騒がせている旗本への辻斬と付け火をやらせているのが、じつの弟だというのだ。しかも、噂に聞く闇の頭目であった。

いまは鬼心斎と名のっていると告げた弟は、侮蔑をこめた眼で丹後守を見つめ、楽しげであった。

ことが発覚すれば、破滅である。

鬼心斎が、頬に冷笑をきざみ、言った。

——生まれてはじめて、兄上のご尊顔を拝したてまつることがかないました。もはや思い残すことはござりませぬ。もとの桟橋に駕籠を待たせておりますゆえ、兄上をお送りし、それがしはこのまま町奉行所へまいってもようござりまする。

丹後守は、屈した。

畳に両手をつき、懇願した。

——やめてくれ。たのむ。どうすればよいのだ。

鬼心斎は、すぐにはこたえなかった。嘲弄に唇をゆがめ、じっと見くだしていた。

おのれの命運は想いだすことさえなかった弟の意のままである。丹後守は、屈辱に耐え、待った。

ようやく、鬼心斎が鷹森真九郎のことを語った。団野道場の高弟である水野虎之助か小笠原久蔵であれば、かの者を始末できる。

策をさずけた鬼心斎が、鷹森真九郎を亡き者にしてくれれば、江戸を去って二度ともどってこないと言った。

駕籠におさまり、丹後守は懸命に思案した。この苦境を脱するすべはないか。訴えでることも検討した。

しかし、辻斬と付け火は憎悪をあつめている。それがおのれにまでむけられる。訴えでた功を勘案しても、改易はまぬがれそうになかった。

ほかに策はない。丹後守は、水野虎之助を呼びつけた。

「……ということよ。先代が拝領した屋敷が、亀戸村にある。竪川のさき、南十間川から、おおよそ十二町（約一三〇八メートル）行った小梅五之橋町のはずれだ。鬼心斎は、そこで育ち、いまも暮らしてる。一連の辻斬と付け火は、兄を追いつめるためだったってわけよ」

琢馬が一呼吸おいた。

一重の眼を、困惑がよぎる。

「まあ、そんなわけだから、おめえさんにお咎めはねえ。……奴らにゃあ、忍一味と辻斬とがいる」

琢馬が、安堵の吐息をついた。

「桜井さん、ご案じなく。わたしでよければ、お供いたします」

「すまねえ、恩にきる」

半次郎に眼をやる。

食し終えていた半次郎が、唇をひきむすんでうなずき、かたわらの刀をとった。

半次郎が土間で会釈をして去り、藤二郎が障子をしめた。

「さあ、冷めちまったかもしれねえが、おいらたちも食おうぜ」

藤二郎が、わずかに身をのりだした。

「桜井の旦那、温けえのにかえさせやしょうか」

「かまわねえよ。……いいだろう」

「むろんです」

真九郎は、こたえて箸をもった。

琢馬が、食べながら語った。

昨夜、月番老中の屋敷に、丹後守の吟味にあたった目付と北町奉行の小田切土佐守とがあつまった。

鬼心斎が屋敷にとどまっているとは考えにくいが、早急に屋敷を探索し、残っている者もひっ捕らえなければならない。

だが、懸念すべきは、屋敷にしかけられているかもしれない罠だ。これまでの闇のやりようからして、じゅうぶんにありうる。

目付が、辻斬について語った。いずれもみごとな一太刀であり、かなりの遣い手だと思わねばならない。断言はできないが、ふたり、もしくは三人のしわざだ。

さらに、闇には忍一味までいる。

鷹森真九郎は、これまでおのれにさしむけられた刺客ばかりでなく、土佐守どのを狙った者どももことごとくしりぞけてきている。今年になってからでも、十人の刺客に二度も襲われたと聞く。

兄弟子と刀をまじえたばかりであり、その苦衷は察するにあまりあるが、いかがでござろうか、と目付が土佐守にたずねた。

琢馬から真九郎のようすを耳にしている土佐守は、ためらった。

それを見た老中が、弓、鉄炮でいくえにも屋敷をかこむのはたやすいが、たかが凶賊、とつぶやいた。

土佐守は、承知し、役宅へもどってすぐに琢馬を呼んだ。

琢馬は、猪牙舟で説得するつもりであった。ひきうけてくれるなら、いっしょに団野道場へむかい、源之進に事情を話して立花家へはほかの者を行かせるよう北町奉行の依頼をつたえる。

真九郎の返事がどっちであっても、半次郎が役宅で待つ土佐守へ報せに走ることになっていた。

「……ご老中さまのお屋敷できまったことは、まだある」

鬼心斎、用人の渡辺又兵衛、伊勢屋を名のる弥右衛門の人相書を要所へ手配する。長崎定詰の福岡、佐賀、熊本、対馬、平戸、小倉の諸大名へも下知をおこなう。とくに、長崎警備が任である福岡の黒田家と佐賀の鍋島家には、闇の一味がことごとく捕縛されるまで格別の警戒をおこたらぬよう厳命する。

「……お奉行から、おめえさんには話しておくように申しつかった。ほかに思いつくことがなんかあるかい」

真九郎は首をふった。

「いいえ」

「お奉行もおっしゃってたが、おいらとしても、いまのおめえさんにこんなことはたのみたくねえんだ。ほんとにすまねえ」

「桜井さん、どうかお気づかいなく」

琢馬がほほえんだ。

「食ったら、おめえさんはもどってしたくをしておいてくんねえか。おいらは、ここで半次郎を待つっ」

「わかりました」

それからほどなく、真九郎は菊次をあとにした。

雪江にことのしだいを告げた真九郎は、大和を刀袋にいれ、平助を呼んで神田鍛冶町の美濃屋へとどけさせた。

朝五ツ半（九時）をすぎたあたりに、勇太が迎えにきた。

真九郎は、きがえて待っていた。刀は、差料のなかではもっとも切れ味のするどい筑後にした。寛文年間（一六六一～七三）の刀工鬼塚吉国の作である。

和泉屋まえの桟橋につけた屋根船に、桜井琢馬と成尾半次郎と藤二郎がいた。勇太が艫にのり、屋根船が桟橋を離れた。

琢馬が、てくばりを説明した。

北町奉行所の捕方が四周をぐるりとかこみ、屋敷内へは目付と配下の徒目付と小人目付がはいる。真九郎は、目付を護ってほしいとのことであった。

屋根船が新川から大川へでた。

船縁の障子をすぎる永代橋の影を見ていた真九郎は、琢馬へ眼を転じた。

「桜井さん、お待ちしているあいだに考えてみました。江戸のことはよくぞんじませぬが、国もとでは、双子は畜生腹と呼ばれ、忌み嫌われます」

「江戸でもそうよ。犬や猫とおんなしだと言いてえんだろうが、乳は二つある。なのに、なんで双子がよくねえのか、おいらにはよくわからねえがな」

「高木家の先代が、里子にもださず届けでもしなかったは、兄の影にするつもりであったように思われます」

　琢馬が首肯した。

「ああ。丹後守は子だくさんだそうだ。兄が嫁をとり、子をなすまえに死にゃあ、世にでることもできた。三千三百石のご大身で、別屋敷まで拝領してる。ぼんくらなら、あてがわれた女中を相手にしておもしろおかしく生涯を終えたかもしれねえ。だが、あんだけの知恵者だ、てめえの身のうえが我慢ならなかった。丹後守が、すこしでも気にかけてくれてりゃあ、ちがったろうがな。こんだけご公儀の面目を潰してる。丹後守と元服してる子息は切腹、お家は改易、残りの男児は遠島。そんなところじゃねえのか。親も恨んでたにちげえねえ」

「ええ。さもなくば、ご公儀に挑んで家を破滅においこむような愚挙はさけたはずです。みずからをなにゆえ鬼の心と号するのであろうかと思っておりましたが、これで得心がいきました」

「おいらも気づいたことがある」

「なんでしょう」

「闇の船宿よ」

　真九郎は、眉をひそめて琢馬を見つめ、眼をみひらいた。

「気づきませんでした」

「あたりめえすぎて、おいらも見おとしちまった。どんなに腕がよくたって、口のかるい奴や性質のよくねえ者は、船宿の船頭にはなれねえ。評判をおとし、つぶれちまうからな。おいらも、船宿はもっぱら足につかってるもんだとばっかり思ってた。逢引、不義密通、密談。どれも屋根船がつかわれる。噂話もあるしな」

「たしかに。容易に人の弱みを知りえます。あとは、忍一味にさぐらせる」

「鬼心斎のこった、船宿だけじゃなく、ほかにもあるにちげえねえ。よく考えてあるよ。まったく、てえした知恵者だぜ」

「おのれがこの世にあるを証したかった」

「たぶんな。だがな、不平があるんは、なにも奴ひとりじゃあねえ。裏店に行きゃあ、毎日の御飯を稼ぐために、みな、精一杯生きてる。てめえに甘ったれてるのよ」

舳が、おおきく右へむいていく。新大橋の影はまだすぎていない。小名木川から、横川か南十間川をへて竪川へでるようだ。

「おめえさん、どう思う。鬼心斎は、ずらかっちまったろうか」

「いいえ。ご府内ちかくにひそんでいるように思います」

「理由を聞かせてくれるかい」

「わたしです。なにゆえかはわかりかねますが、鬼心斎はわたしを斃さぬかぎり江戸を離れぬように思います」

　琢馬が顎に手をやった。

「そうかもしれねえな。おいらも、おめえさんへのやりようはまるで見当がつかねえ」

　顎から手を離して、眉根をよせた。

「もうひとつある。おおきな声じゃ言えねえが、奴がその気になりゃあ、江戸を火の海にするんだってかんたんなはずだ」

「こういうことではないでしょうか。金子で人の恨みをはらしてきた。四神騒動も、高利をむさぼっていた座頭たちです。今回も、狙われたはお旗本のみで、町家の者に累がおよんだわけではありません」

「てめえの評判か」

「ええ。このような言いようをお許しください。お膝元で公然と名のり、ご公儀をさんざん愚弄した。闇と鬼心斎の名は、いつまでも残ります」

「この世にいねえことになってるてめえの名を、永久にとどめようってわけかい。信じられねえくれえに知恵があるくせに、くだらねえ望みをいだきやがる。そんだけ奴の性根がゆがんでるってことよ」

真九郎は、うなずいた。

やがて、舳の障子を照らしていた陽射しが右舷になった。横川にはいったようだ。竪川までは四町半（約四九一メートル）ほどである。

陽射しが、また舳にきた。

橋をひとつくぐった。南十間川をすぎると、江戸のはずれで橋もない。渡場があるだけだ。

しばらくして、船足がおち、しずかに桟橋についた。

琢馬が言った。

「おっつけやってくるはずだ。腹ごしらえをしとこうぜ。藤二郎」

「へい」

藤二郎が、すみから風呂敷包みをもってきてほどいた。

三段重ねの重箱と、湯飲み、瓢箪と竹の吸筒（水筒）、箸が包まれていた。

藤二郎が、重箱の蓋ににぎりと料理とをわけ、艫の障子をあけた。

「勇太、おめえらも食っときな」

「すいやせん」

ぺこりと辞儀をした勇太が、重箱の蓋と竹筒と湯飲みをうけとった。

藤二郎が、重箱を琢馬のまえにならべた。

「よってくんねえか。藤二郎、おめえもな」

藤二郎が湯飲みをくばった。

「酒ってわけにもめえりやせんので、白湯(さゆ)をいれさせてありやす」

にぎりは食べやすいおおきさだった。真九郎は、にぎりを二個と卵焼きをもらった。

料理は残った。藤二郎が重箱をすみにもどしてほどなく、艫で勇太が言った。

「親分、めえりやした」

「よし」

琢馬が刀を手にとる。

半次郎につづいて、真九郎も舳からでた。

町家はずれの河岸だった。横道をはさんで武家屋敷の塀がある。

河岸にあがった。藤二郎と勇太がつづく。

通りを、騎馬を先頭に大勢がやってくる。槍(やり)持ちを従えた馬上の武士は裃(かみしも)姿であった。そのうしろに、鉢巻(はちまき)に襷掛(たすきが)けをした徒目付と小人目付。そして、陣笠(じんがさ)、胸当(むねあて)、打裂(ぶっさき)羽織(ばおり)、野袴(のばかま)姿の与力と北町奉行所の捕方の順だ。

木戸をとおりすぎた目付が、かすかに顎をひいた。真九郎は、答礼し、馬の斜めうしろにつこうとした。

このとき、屋敷で騒ぎがおこった。

女たちの悲鳴。黒い煙。くぐり戸あたりから人影。

馬上の目付が命じた。

「行け。ひとりも逃がしてはならぬ」

配下の徒目付と小人目付が走る。捕方もつづく。屋敷と庭すみにある土蔵から、もうもうと黒い煙がのぼりはじめた。火のまわりが速すぎる。焔硝と灯油だ。

「桜井ッ、町家の者どもをちかづけてはならぬ」

与力が命じ、駆けだした。

琢馬が、捕方後尾の小者たちをとどめた。

馬がいななき、馬の口取りが抑えた。

「まいるぞ」

目付の声に、馬の口取りが、黒煙と火の臭いに昂奮している馬を抑えつつ、通りから横道へおれた。

槍持ちと草履取りがしたがう。懐からだした紐ですばやく襷掛けをし、股立もとった真九郎は、馬のまうしろへついた。この位置なら、左右いずれからの奇襲にも応戦できる。

馬上の目付が、ふり返って真九郎をたしかめ、上体をなおした。

そのとき、木戸よこの自身番屋の屋根で半鐘が叩かれた。屋根に梯子がかけられ、半鐘が吊りさげられている。

おびえた馬が、首をはげしく上下に振る。馬の口取りが懸命に抑える。

鳴りつづける半鐘。火のはじける音。黒煙。門前では捕物。刀を抜いている者はいない。ほとんどが、女中と下働きの者や小者たちだ。

馬が門前についた。目付が下馬する。真九郎は、いそぎ足ですすみ、目付の斜めうしろについた。

門扉が左右におおきくひらかれていた。

紅蓮の炎が屋敷を舐め、屋根にとどかんとしている。玄関まえの石畳に、俯せになった白髪頭の侍がいた。腹と首の周囲に血溜りができている。

その斜めうしろに、胸に懐剣を突き刺してよこたわっている年老いた女性がいる。

炎は勢いを増し、黒煙に白煙がまじって青空へたちのぼっていく。

なにも残さず、すべてを焼きつくす。しかもそれを、捕縛にきた目付にあえて見せつける。ここでもまた、公儀を愚弄せんとしている。思案し、先手を打つ。鬼心斎の智謀は、とどまるところを知らない。

庭のすみでは、土蔵が内がわから燃え、高窓から煙と炎が噴きだしている。

四神が座頭から奪った千両箱の山が、大身旗本屋敷の土蔵に隠されていては見つけられようはずがない。江戸のはずれであり、河岸もちかい。

鬼心斎はなにからなにまで考えつくしている。

真九郎は、燃えさかる炎から、敷石に眼をおとした。

割腹して果てたのは用人の渡辺又兵衛であろう。胸を刺して自害しているのは、妻女。

門前の騒ぎはおさまっている。捕らえた者たちがなにも知らないからこそ、鬼心斎は殺(あや)めさせなかったのだ。

目付は、凝然(ぎょうぜん)と立ちつくしたままであった。

二

つぎの日はなにごともなくすぎていった。

雪江がなにかと気づかってくれているのに、真九郎は思いいたった。そばを離れようとしないし、厨へ行っても、すぐにようすを見にくる。

滂沱としてあふれる涙を見られてしまった。情けなくはあるが、その弱さがおのれの真の姿なのだ。うけいれ、むきあい、鍛錬するしかない。

夕刻、北町奉行所へむかう桜井琢馬が、成尾半次郎と藤二郎をともなってたちよった。

今宵から先手組の見まわりがとりやめになったと、嬉しげな顔で告げた。

四神騒動のおりに、真九郎も先手組の見まわりにでくわして、その傍若無人な対応に閉口したことがあった。先手組の闊歩は、屋台を商う者や、そこでの一杯と語らいを楽しみにしている者たちに難儀をしいているだけだ。

真九郎は、わざわざ報せにきてくれたことに礼を述べた。

翌四日の昼八ツ半（三時）ごろ、師の団野源之進がおとずれた。

真九郎は、源之進を客間の上座に案内して、廊下ちかくで庭を背にした。

「先生、こたびはご迷惑をおかけいたしました。お礼の言葉もございません」

畳に両手をついて低頭し、なおった。

「お咎めはなかったようだな」

「はい。懇意にしていただいております北町奉行所の定町廻りより、そのようにうかがいました」

「それはよかった。虎之助のご妻女も納得してくれた。けっして遺恨をいだいてはならぬと、倅に申し聞かせるむね約定していただいた」

「ありがとうございまする」

今度は膝に手をおいて低頭した。

挑まれた立合ではある。しかし、嫡男が親の敵というのであれば、討たれるつもりであった。

真九郎の覚悟を、雪江は見抜いたのかもしれない。

うめをしたがえて茶をもってきた雪江が、源之進のまえにおいて挨拶をした。

ふたりが廊下を去っていった。

茶を喫した源之進が、茶碗をおいた。

「虎之助の代稽古は、ひと月の猶予をいただいた。ほかの大名家からものまれておるので、こころあたりをふたり、江戸へ呼ぶことにした。おぬしのことゆえ案じておるであろうから、まずはそのことから申しておく。……じつは、昨日、使いをやって久蔵と新五郎にきてもらった。ふたりともわかってくれた。だがな、頭でわかるのと、心のもちようとはちがう。おぬしもぞんじておるように、虎之助は門人たちに慕われておった」

「覚悟いたしております。先生のご指示にしたがいます」

「そうではない。久蔵も新五郎も、おぬしを案じておった。みながおちつくまで、道場へくるのをひかえてもらいたいだけだ。わかってくれるか」

「おっしゃるようにいたします」

「まさか、このようなことになろうとはな。どうすればよいか、わたしも考えておこう。その顔色なら、明日から立花家へかよえるな」

「はい」

源之進がうなずいた。

「ならば、真九郎、なにゆえかような仕儀にいたったのか、知っておることを話してもらえぬか」

「先生、闇の探索にかかわりますゆえ、そのおつもりでお聞き願えますでしょうか」

「あいわかった」

真九郎は、旗本への付け火と辻斬から闇の頭目が高木丹後守の双子の弟であることまでを語った。

話し終えると、源之進が茶碗に手をのばし、茶をゆっくりと喫した。

「あの辻斬と付け火には、そのような裏があったのか。にしても、闇の頭目は、なにゆえそこまでいたすのだ。おぬしに遺恨でもあるとしか思えぬのだが……」

「わたしも解しかねております」

「そうか。……さて、馳走になった。ご妻女によしなにつたえてくれ。晦日の給金は、とどけさせる。そのおり、道場のようすもつたえよう」

源之進が、かたわらの刀をもった。

真九郎は上り口まで送った。

格子戸を開閉して去っていく源之進に、真九郎は低頭した。

廊下をまがると、厨から雪江と盆をもったうめがでてきた。雪江が、真九郎のまえで立ちどまり、会釈したうめが脇をとおりすぎて客間へはいっていった。

「あなた、さきほど手代がまいりました。和泉屋さんがお目にかかりたいそうにございます。ただいま、平助を行かせました」

「では、ここで待つとしよう」

真九郎は、庭に躰をむけた。

雪江がならぶ。

「だいぶ暖かくなってまいりました」

「そうだな。……先生に、とうぶんは道場へ行くのを遠慮するよう申しつかった」

いったん顔を伏せた雪江が、気づかわしげな眼差をむけた。

「みなさまとお会いできなくなり、寂しくはございませんか」

「やむをえまい。だが、よきめんもある。雪江に心配をかけずともすむ。これからは、なにがあるかわからぬゆえ、じゅうぶんに用心をな」

「こころえました」

宗右衛門が庭さきをまわってきた。

真九郎は、宗右衛門へ笑みをうかべ、客間へはいった。

膝をおるのもそこそこに、宗右衛門が言った。

「鷹森さま、想いだしました」

「弥右衛門のことか」

「そのとおりにございます。憶えておられますでしょうか、手前のところも、父の代までは札差をいたしておりました」

「憶えておる」

「浅草の御蔵前片町に、そのころからの古い馴染がございます。ひさしぶりにお目にかかり、昔語りなどをいたしました。帰りの屋根船のなかで、ふいに想いだしてございます」

「くわしく聞かせてくれ」

宗右衛門が、うなずき、語った。

札差仲間の奢りに嫌気がさしていた和泉屋の先代は、札差の株を借金証文ごと売り、霊岸島四日市町で売りにでていた酒問屋を地所ごと買った。安永八年（一七七九）のことである。宗右衛門は二十三歳であった。

和泉屋から札差の株を買ったのが、日本橋本町三丁目で薬種問屋をいとなんでいた大坂屋であった。

そして、ちょうど十年後の寛政元年（一七八九）九月にだされた幕府の棄捐令によって札差は大打撃をこうむった。

「……父は、その二年まえに亡くなっておりました。棄捐令の翌年かそのつぎの年に、大坂屋さんは首をくくって果てられたとお聞きしました。手前がまいるのもどうかと思い、陰ながらご冥福をお祈りいたしました。大坂屋さんのお名は、手前はぞんじません。その年か翌年、大坂屋さんは株を売り、店仕舞いをしたそうにございます。それから数年後、今日お会いした勝田屋さんが、柳橋の通りで大坂屋さんのご子息をお見かけして声をかけたとのことでした。すこしして、勝田屋さんにお目にかかったおりに、その話がでました」

「大坂屋の倅が、弥右衛門というわけか」

「さようにございます。お気の毒に思い、しばらくはその名が気にかかっておりました」

「なるほどな。たしかに、闇の弥右衛門かもしれぬ。あとで桜井どのにお話ししてみよう」

真九郎はほほえみかけた。

「よく想いだしてくれた」

宗右衛門が、眉をくもらせた。

「鷹森さま、手前は、人違いであるを願っております」

「和泉屋さん、父御(ててご)のせいではない。棄捐令は、たしかにおおきな痛手ではあったろう。だが、それで無一文になったわけではあるまい。自害をしたのは、ほかにも事情があるように思える。桜井どのがお調べになったら、和泉屋さんにもつたえよう」

「お願いいたします。手前は、これにて失礼させていただきます」

真九郎は、廊下で去っていく宗右衛門のうしろ姿を見送った。

宗右衛門にはあのように言ったが、真九郎は伊勢屋を名のっている闇の弥右衛門に相違あるまいと思った。そうであるなら、いくつかのことに得心がいく。

真九郎は平助を呼んだ。

板戸をあけて厨からでてきた平助が、廊下に膝をおる。

「おきくに、いそぎ桜井どのにお会いしたいとつたえてきてくれ」

「かしこまりました」

平助が、辞儀をして厨へ去った。

真九郎は、ふたたび庭に躰をむけ、その場にすわった。

盥（たらい）が坂道を転がりだすように、いっきょに動きはじめた。肝腎なのは、ここからだ。ほんのわずかでも誤（あやま）れば、鬼心斎も弥右衛門も姿を消し、二度とあらわれない。

夕七ツ（四時）の鐘が鳴り終わるまえに、表の格子戸が音をたて、勇太がおおきな声で呼んだ。

真九郎はほほえんだ。人によって格子戸の音がことなる。たいはけたたましく、亀吉（かめきち）はあかるかった。勇太はほがらかである。

雪江が小首をかしげた。

「どうかなさいましたか」

「いや、なんでもない」

真九郎は、左よこにおいてあった刀をとり、立ちあがって腰にさした。

雪江が見送りについてきた。

土間からでると、表で待っていた勇太が、雪江へ辞儀をして格子戸をしめた。

一歩斜めうしろをついてくる勇太を、真九郎はふり返った。

「早かったな」

「へい。旦那がおいそぎだって言いやすんで、ひとっ走りして桜井の旦那にお報せし、そのまんま駆けもどってめえりやした。桜井の旦那も、おっつけ菊次につくと思いやす」

真九郎はうなずき、顔をもどした。

和泉屋裏通りのかどで、十世次(とよじ)から暖簾をわけてでてきたとよが、にこやかな笑顔で挨拶した。

真九郎は、笑みを返した。

毎日、陽は下総(しもうさ)の国から昇り、東から南まわりに旅をして西へいたり、相模(さがみ)の国の稜線(りょうせん)に沈む。

人々の平穏な暮らしに、闇は悲しみの波紋をひろげるばかりだ。水野虎之助の妻子、辻斬に遭った旗本の身内。悲哀をこれ以上許さぬためにも、闇は滅ぼさねばならない。

塩町(しおちょう)の裏通りへまがると、反対から桜井琢馬と成尾半次郎と藤二郎とが、いそぎ足でやってきた。

菊次よこの路地入口で、真九郎は待った。

裏通りのかどに、逆さにした樽(たる)がおかれている。闇の一味に盗み聞きをされてからは、たいがいは勇太が腰かけて見張りをする。

真九郎はささやいた。

「いよっ」

琢馬が、柔和(にゅうわ)な眼をほそめた。

「和泉屋」

眼が刃(やいば)になる。琢馬、半次郎、真九郎、藤二郎の順で路地へはいった。

きくと女中たちが食膳をはこんできた。

酌をうけた琢馬が諸白(もろはく)を飲みほし、手酌で注(つ)いでさらに飲んだ。最後に藤二郎へ酌をしたきくが客間をでていき、見世との境にある板戸をしめた。

なごやかだった琢馬が、表情をぬぐった。

「聞かしてもらおうか」

「お話しするまえに、お許しをいただかなければなりません」

真九郎は、団野源之進の来宅を話し、それから宗右衛門に聞いた内容を語った。

黙って耳をかたむけていた琢馬が、諸白を注いで二度にわけて飲み、杯をもどした。

「おいら、おめえさんが江戸へでてこざるをえなかったんは、神仏のおぼしめしって気がしてきたぜ。あの夜、おめえさんが和泉屋を助けなけりゃあ、闇がいるってのを知るのにもっと手間どったにちげえねえ。いずれ闇のことはわかっても、あんとき和泉屋が殺されてたら、弥右衛門が何者かってのはわからなかったろうよ」

「わたしも、不思議な縁を感じております」

「こいつは、よくよく思案して、じっくりとかからなくちゃあなんねえ。今宵、お奉行とご相談する。それとな、お目付がわかったことをお話ししてくれるようになったそうだ。お奉行も、駿河台へ行ったおりは、おめえさんが駕籠脇にいるんで心強かったとおっしゃってた」

用人の渡辺又兵衛は五十八歳。親子二代で鬼心斎につくしている。又兵衛とともに自害したのは、妻女ではなく妹の幾代で、年齢は誰も知らない。

幾代は、奥の差配をしていた。奥の女中たちは数年奉公している者もいるが、表は、若党、中間、小者、下働きのすべてが長い者でも二年で交代させられていた。

長くいるほど見聞がふえる。いまさらながら、真九郎はその徹底ぶりに感心した。

弥右衛門は、人を雇って手広くいろんな商いをやらせている裕福な伊勢屋としてとおっていた。

「お殿さまには、一生かかってもかえしきれぬほどの恩義がございます」

弥右衛門はつねづねそう語り、じっさいにさまざまな品を持参したりはこばせたりするので、奉公人は誰も疑っていなかった。

あの日、見知らぬ町人が、又兵衛をたずねてきた。ほんの一言二言で、町人は去った。すぐに、又兵衛と幾代によって、家人すべてが玄関まえにあつめられた。そして、給金と心ばかりの謝礼だと言って、ひとりひとりにあわただしく紙包みがわたされた。

わけがわからず、いったいなにごとかとざわめいていると、又兵衛が蠟燭を玄関よこの床下にもっていった。すると、火が走り、たちまち燃えだした。

あまりのできごとに、みなは呆然となった。

又兵衛は、もどってくると幾代とともに石畳にすわり、ふたりとも表情ひとつ変えず、なにも言わずに自害した。

女中のひとりがあげた悲鳴で我にかえり、いっせいに門へとむかった。

「……というわけよ。帰りの船で話したとおり、てえしたことはわからねえ」

「用人の渡辺又兵衛と、妹の幾代の自害が気になります」

琢馬が、銚子にのばしかけた手をもどし、眉をひそめた。

「どういうことだい」

「親子二代にわたってつくしてきています。ふたりの自害は、はたして鬼心斎の意に添うものでしたのでしょうか。朔日（ついたち）のうちに奉公人には暇をやってふたりも姿を消し、忍が火を放つ。なにゆえ、そうしなかったのか。わたしは、屋根船で丹後守と面談したおり、又兵衛は鬼心斎の心底（しんてい）をさとったのではないかと思います」

「すまねえ、もうちょいくわしく話してくんな」

「申しわけございません。おそらく、闇一味は、鬼心斎と又兵衛のみが武士で、あとは忍と町人だと思われます。お縄になれば、死はまぬがれません」

「だから、異国へわたる。おめえさんがそう言っていたじゃねえか」

「ええ。配下の者にはそう信じさせる。いや、じっさいに異国へ逃がそうとするでしょう。ご公儀は、当然のごとく鬼心斎もいっしょだと考えます。しかし、みずからは残る。その心底を、又兵衛や弥右衛門にも隠している」

「なぜだい」

「そこまではわかりかねます。ただ、鬼心斎は、染吉（そめきち）がおのが子を産んでいるのを承知していると思います。忍一味は、染吉の住まいを知っておりました」

「なるほどな。忍から矢吉（やきち）の歳（とし）を聞けば、てめえの倅だってわかる」

「又兵衛か弥右衛門が告げたのかもしれません。ですがいっぽうで、鬼心斎は、懐妊（かいにん）した女中を町医者のもとへやって流させております」

「藤二郎のとこに、倅の矢吉がいる。家名は断絶しても、てめえの血筋はのこるってわけだ。死ぬつもりなのか、倅と身をひそめてえのか。どっちにしろ、異国へ逃げる気はねえ。それを知った又兵衛は、妹とともに死をえらんだってことかい」

「ええ」

「おめえさんは、だから鬼心斎はご府内か近在にいるにちげえねえって考えたんだな」

真九郎は首肯した。

「おのれにつくしたふたりの自害を容認した。わたしが水野さまに敗れたならば、鬼心斎は落胆したのではあるまいかという気がします。どうあろうが、正体をあかし、高木家を滅ぼす。そして、日陰者であったおのが名を永久にきざむ。なにゆえかはわかりかねます。しかし、鬼心斎はわたしと決着をつけるまではとどまっているように思います」

「となると、今度こそなにをしてくるかわからねえ。くれぐれも用心してくんな。ほかになんもねえんなら、おめえさんはもういいぜ。おいらたちは、もうすこししたら行く」

真九郎は、琢馬と半次郎にかるく会釈して、刀をとった。

三

五日、隠密廻りがついに闇の船宿をつきとめた。

六日の昼、勇太が桜井琢馬の文をとどけにきた。深川蛤町の船宿で、隠密廻りの手の者が、掘割をはさんだ黒江町からひきつづき見張っているとのみしるされていた。

目当ては、鬼心斎と弥右衛門だ。船宿の亭主が、弥右衛門の居所を知っているかもしれない。だが、弥右衛門と亭主とのあいだに符丁をもつ支配がいるのであれば、たどりつくまえに鬼心斎ともども行方をくらましてしまう。

捕縛するよりも、このまま見張りつづけているほうが上策だ。いずれは、かならず動く。

船宿からつなぎをつけるか、むこうからやってくるか。その者の住処をつきとめ、そこも見張る。

そうやってひそかに探索の糸をむすんでいけば、弥右衛門と鬼心斎へといたる。そこで、一網打尽にする。

三廻りと呼ばれる隠密廻りと臨時廻りと定町廻りは、与力の配下ではなく町奉行に直属している。同心のなかでも優れた者が定町廻りとなり、そしてとくに探索に秀でた者が隠密廻りへ、残りは臨時廻りとなっていく。

目先の功を焦ったのであれば、船宿に踏みこんでいる。北町奉行所のみならず公儀の威信がかかっているだけに、小田切土佐守と三廻りが慎重にことをはこんでいる証であった。

七日は、神田柳橋で宗右衛門の寄合がある。

日暮れに、箱崎川から浜町川にそって行き、武家地のあいだをぬって両国橋西広小路にでた。柳橋をこえ、神田川を川上へおれた平右衛門町のなかほどにあるおおきな料理茶屋へはいると、ちょうど暮六ツ（六時）の捨て鐘が鳴りはじめた。

柳橋まえの通りをはさんだ大川にかけての角地の平右衛門町に、甚五郎の川仙がある。

夜五ツ（八時）の鐘が鳴ってほどなく、宗右衛門が別座敷に迎えにきた。

神田川ぞいの花柳の町も、両国橋西広小路も、春の宵を楽しむ者たちでにぎわっていた。町家の娘たちの姿も見える。先手組の見まわりがなくなったからだ。

武家地は身を隠すところがないので遠回りになるが町家を帰ると、宗右衛門にはつたえてあった。

広小路から町家の通りにはいると、人影がまばらになった。一歩まえで料理茶屋でもらった小田原提灯をもつ宗右衛門の肩がいくらかこわばった。

夜空には、上弦の月と満天の星がある。それでも、陰の暗がりは人をおびやかす。

——心の闇。

真九郎は、心中でつぶやき、ちらっと宗右衛門に眼をやった。話しかけたほうが気がまぎれる。通りのまんなかを歩いているし、聞かれる気づかいはない。

「なあ、和泉屋さん」

「なんにございましょう」

「過日の弥右衛門だが、和泉屋さんを恨んでおるだろうか」

「手前も、ずっとそれを考えておりました。筋違いと言ってしまえばそれまでにございますが、父が株を売りにださなければ、大坂屋さんは本町で薬種問屋をそのままいとなんでいたかもしれません」

「おのれの不幸やあやまちを他人のせいにする。それで、みずからを責めずともすみ、なぐさめにもなる」

「おっしゃるとおりにございます。いくつになっても、人の世はわかりかねます。思いもよらぬことで人の恨みをかってしまったり、よかれと思ってなしたことでかえってふかく傷つけてしまったりもします。ままならぬものにございます」

「妬(ねた)みは、人の弱さだからな。してはならぬとわかっていながらあえてそれをなし、みずからを苦しめる。あるいは、相手が悪いのだと、みずからに言いつくろう。おのれのなかにあるのに、心とは、はかりがたい」

宗右衛門がうなずいた。

肩からこわばりがとれている。

過日の花見のことなどを話しながら歩いた。

浜町川をこえ、さらにいくつか通りのかどをおれ、小網町(こあみちょう)一丁目横町(よこちょう)から思案橋(しあん)のまえをすぎ、日本橋川へでた。

そこからゆるやかな〝く〟の字にまがっている日本橋川にそって小網町二丁目と三丁目がつづく。三丁目のさきが箱崎川に架かる崩橋(くずれ)である。

多少遠回りをしようが、けっきょくは箱崎（永久島(えいきゅうじま)）をへて霊岸島へ帰らねばならない。闇は、いくたびとなく箱崎で襲ってきた。

日本橋川の河岸にならんだ土蔵の白壁が、月と星の明かりにほの白く浮いている。町家の夜は早く、大店(おおだな)が軒をつらねる表通りには食の見世もない。

通りを行くのは、真九郎と宗右衛門のふたりだけであった。

小網町二丁目と三丁目の境に、鎧(よろい)ノ渡(わたし)がある。渡をすぎてほどなく、真九郎はすばやく右斜めまえの宗右衛門を制し、大店の天水桶をしめした。

宗右衛門がうなずき、小走りにむかう。

真九郎は、左手を鯉口にそえ、土蔵のあいだに眼をすえたまま宗右衛門のあとについていった。

人影がでてきた。三名。みごとに気配を消していた。屋根船の灯りがなければ、さらにちかづくまでわからなかった。

襷をかけている暇はない。

草履を天水桶へむかってぬぎとばす。

たがいのあいだを二間（約三・六メートル）余にひらいて、ゆっくりとちかづいてくる。三人の両肩で、すさみきった臭気がゆらいでいる。

真九郎は、二歩まえへでて、たしかめた。

「辻斬は、そのほうらがしわざであろう」

「直心影流宗家の師範代と聞いた。腑抜けな旗本どもより手応えがあればよいがな」

右端がこたえ、三人が同時に抜刀。

鯉口を切り、備前を抜く。

三人が悠然と迫ってくる。いずれも中肉中背で、右端が左の頤に刀疵があり、まんなかが細面、左端が狐眼だ。

備前を八相へもっていく。

左斜めうしろに天水桶がある。桶と土蔵造りの壁との隙間に、宗右衛門がぴたりと身をよせ、すこしでも助けになろうと小田原提灯をかざしている。

三間（約五・四メートル）。

敵が摺り足になる。狐眼が脇構え、細面が青眼、刀疵が青眼から下段におろした刀身を左へ返す。

背後の小田原提灯に、三人の眼で冷たい炎が燃えている。

二間（約三・六メートル）。

細面が止まる。狐眼と刀疵がなおもすすむ。狐眼が止まり、刀疵の眼差がながれる。

その瞬間、真九郎は上体をひねって刀疵との間合を割った。下段左から、白刃が右脾腹に襲いくる。が、八相から奔る備前のほうがはるかに疾い。

刀疵が、右手を柄から離し、右肩をひらく。白刃の切っ先が伸びる。

左足をひく。立てた爪先を軸に左回りに躰をひねる。敵の切っ先がとどききれずにながれゆく。

おおきく疾風の円弧を描いた備前で、細面の上段からの一撃を弾きあげ、逆胴をみまう。

細面がとびすさる。

返す刀を狐眼の脇構えからの斬撃に叩きつけ、備前に唸りをしょうじさせて逆袈裟。

狐眼が左拳をつきあげ、額のうえで刀を寝かす。

体重を残しての一撃。敵の鎬を叩いた備前を撥ねあげて弧を描く。袈裟懸け。がらあきの左脇下から右脾腹へと斬りさげる。

心の臓を裂かれた狐眼から生気が失せる。

右足をおおきくひき、左から右へ備前を一文字に奔らせる。切っ先から血が散り、上段に振りかぶってとびこまんとしていた刀疵が思いとどまる。

「こやつッ」

一歩ひいた刀疵が青眼にとりなおした。

真九郎は、左足をゆっくりとひいて自然体にとり、備前を八相へもっていった。

細面がすすみでて、刀疵とならぶ。

彼我の距離、二間半（約四・五メートル）。

ふたりとも真剣な眼差だ。構えも、攻めより護りに重きをおいてひきぎみにとっている。

真九郎は、右足を足裏のはんぶんだけひき、ふたりをむすぶ線のまんなかに眼をおとした。両肩を微動だにさせず、ちいさく息を吸って、はく。

腰をおとしたふたりが摺り足でちかづいてくる。

心を無にして、臍下丹田（せいかたんでん）に気をためる。うしろで、宗右衛門がもつ小田原提灯がかすかに上下している。

二間（約三・六メートル）。

ふたりが止まる。

敵ふたりの体軀が、ふくらんでいく。切っ先がぴくりと撥ね、殺気がはじけた。

「トリャーアッ」

「死ねーぇッ」

振りかぶってとびこんできた。細面の一撃のほうがわずかに疾い。

霧月（むげつ）――。

右足をよこにだして、左回りに反転につぐ反転。消えた真九郎を、ふたりの斬撃が襲う。下段で刀を右へ返して奔らせんとする刀疵の左脇下を、八相からの備前が疾風と化して斜めに裂く。

刀疵が右肩からくずおれる。

「おのれッ」

細面が、決死の形相で眼をも刃となし、撓れた刀疵の足もとをまわる。

真九郎は、右よこしたにさっと血振りをくれた備前を青眼にとった。

気を鎮めんがために、細面が肩でおおきく息をしている。だが、刃となった眼の炎は消しきれない。

細面が大上段にとった。

眦をけっする。

「トリャーアッ」

伸びあがるようにとびこんできての渾身の一撃。右よこしたに振った備前を燕返しに奔らせる。

――キーン。

右足を斜めよこに踏みこみ、敵の胸を一文字に薙ぐ。逆胴に奔る切っ先が、着衣と肋を断ち、心の臓を裂く。

龍尾――。

眼の炎が、消えた。

左足をひき、躰をよこにする。

どさり。

最後の敵が、斃れた。

残心の構えをとき、備前に血振りをくれる。懐紙をだして刀身をていねいにぬぐって鞘にもどした。

天水桶の隙間から宗右衛門がでてきた。

「鷹森さま、この者たちがお旗本への辻斬を」

声に震えはない。

真九郎はうなずいた。

「そのようだ。藤二郎へ報せねばならぬ。いそぎまいろう」

「はい」

真九郎は、手拭で足袋裏をぬぐって草履をはいた。

翌日、そろそろ夜五ツ（八時）の鐘が鳴ろうとするころ、桜井琢馬がきた。

「おいらだ」

真九郎は、厨からでてきた平助に客間に灯をいれるように言い、上り口へむかった。

藤二郎もいっしょであった。

「夜分にすまねえ。いいかい」

「むろんです。どうぞおあがりください」

案内した真九郎が上座につくのを待って、琢馬が口をひらいた。

「御番所からなんだ。半次郎は帰した。昨夜、奴らの死骸は藤二郎に自身番へはこばせ、おいらは御番所へ走った。お奉行より、急を要する報せは夜中であってもかまわぬと申しつかってる。今朝、お目付がお改めになり、首は小塚原に晒される。奴らが辻斬だってよくたしかめてくれたって、みなさま、たいそうお喜びだそうだ。お目付から、くれぐれも礼を言ってくれってたのまれたっておっしゃってた。お奉行のあんな晴れがましいお顔を見たのは、ひさしぶりだ。おいらからも、礼を言わせてもらいてえ。ありがとよ」

「桜井さん、襲ってきたので、斬ったまでです。そのようにおっしゃられては、かえって恐縮します」

「おめえさんにとってはそうなんだろうが、ほかの者にとってはちがう。けど、よく奴らが辻斬だってわかったな」

「すさみきり、驕っておりました。もしやと思い、問うてみたのです」

「そうかい。助かったぜ。なんにしても、辻斬の一件はこれで落着したんだからな」

廊下を雪江とうめがやってきた。

「夜分にご雑作をおかけいたす」

真九郎のまえに食膳をおき、膝をむけた雪江に、琢馬が言った。

「いいえ。ごゆるりとどうぞ」

いったんさがったうめが、藤二郎の食膳をはこんできた。

うめがでていった。

琢馬が、二杯めの杯をおいた。

「そのこととはべつに、おめえさんにたのみがあるんだ」

「なんでしょう」

「まつのことが、いまだに埒があかねえ。でな、昨日、おいらも浅草寺へ行ってみた。例の旨え団子を食わせるって出茶屋だが、たしかに娘から大年増、四十すぎまで、客は女ばっかしだった」

琢馬は、まえをとおりすぎ、すこしさきまで行ってひき返した。なにかひっかかるものがあったが、そのときは思いつかなかった。奥山を見てまわり、三度その出茶屋のまえをすぎ、離れたところにある出茶屋の緋毛氈をしいた腰掛台にかけて、ときおり、さりげなく眼をやっていた。

奥山には、出茶屋がたくさんある。にもかかわらず、そこだけ繁盛している。場所がよいってわけでもない。

何度めかに眼をやったとき、琢馬は看板娘がいないのに気づいた。客は女ばかりで、ちかくには供の女中たちが立って待っている。それで気づかなかったのだった。

たいがいの出茶屋は、客よせに看板娘をおいている。しかし、そこは四十代なかばすぎの主と、四十前後の女房らしい女のふたりだけでやっていた。

看板娘は、どこでも見目のいいのを雇ってる。男たちが花につどう蜜蜂のごとく鼻の下をのばしてやってくるからだ。だから、そんな看板娘がいなければ、女たちはきやすいにはちがいない。それが気になったのだろうかと考えながら、琢馬はなおしばらくいた。

町家の娘の四人づれが去り、ほどなくそこへ供の女中をしたがえた武家の嫁と姑と思われるふたりがきて腰かけた。

ほかの腰掛台では、三十代から四十代の商家の内儀らしき三人づれが長話をしていた。

「……そんとき、ふと、女の噂話ってのに思いいたったのよ。男が屋根船、女は出茶屋。めえに出合茶屋を見張ってたこともあったろう」

真九郎は首肯した。

「ええ、そうでした」

「看板娘を雇わなきゃあ、そのぶん安くすむ。おんなし団子で、そこのもんだけがかくべつ旨えのはなぜだい。一串四文で価はいっしょだ。……藤二郎、わかるかい」

「ほかより甘くしてあるんじゃねえんでやんしょうか。女は甘えもんにめがありやせんから」

「おいらもそう思う。それで数がさばけりゃあ、けっきょくはほかより儲けることになる。ところがだな、主も嬶も、そんな勘定のできそうな面はしてねえ。指図をうけてるにちげえねえって思うんだ」

「わかりました。明日、甚五郎に理由を話してたのんでみます」

「もし出茶屋が闇の下っ端なら、まつはあの出茶屋で見るか聞くかしたんじゃねえのか」

「ええ。なにをしに浅草寺へ行っていたかはべつとして、殺された説明にはなります」

「主と嬶は、いつでもお縄にできる。指図してるのが何者か、そいつが知りてえ」

「甚五郎が留守ならば言付けを残しておき、明日じゅうか明後日までにはかならずつたえます。桜井さん、わたしにも、お教え願いたいことがあるのですが」

「なんでえ」

「闇の船宿は、いかにして判明したのでしょうか」

「そのことかい。ほかの十四軒が消え、そこが残ったってわけよ」

人別帳を調べれば、奉公人をふくめて身元が判明する。しかし、いかに口止めしようが洩れないとはかぎらない。だから、地道にさぐっていくしかなかった。

二軒残ったうちの一軒は、主が上方のでであった。闇は上方にもある。しかし、大坂町奉行所からたしかな身元を報せてよこした。

最後の一軒は、主が上州の者らしいということしかわかっていない。

「……船宿の者すべてが闇だとは考えにくい。たぶん、亭主と女将、船頭の何名かだな。なんかわかったら、話しにくるよ。藤二郎、尻をあげるとしようぜ」

弓張提灯をもった藤二郎がさきになり、脇道を浜町のほうへ去っていった。

つぎの日、真九郎は下屋敷からの帰りに川仙によった。智造が猪牙舟の舳を桟橋へむけると、岸の腰掛台にいた若い者が、庭を走っていった。

真九郎は、刀袋にいれた大和をもって桟橋から岸にあがった。

母屋から足早にやってきた甚五郎が、刀袋に眼をやり、かるく辞儀をした。

「旦那、おあがりになっておくんなせえ」

茶をもった女中ふたりとともにきた内儀のみつが、挨拶をして退室した。

「ぞんじておるやもしれぬが、摩利支天社で兄弟子と立ち合った」

甚五郎がうなずいた。

「お察しいたしやす」

真九郎は、右よこの刀袋を茶碗のまえにおいた。

「その刀だ。江戸ではなく、どこか遠くの寺社へ奉納してくれぬか」

「わかりやした。おあずかりいたしやす」

「もうひとつたのみがある」

真九郎は、桜井琢馬の依頼をつたえた。

「承知いたしやした。まかせておくんなせえ。わかりしでえお報せいたしやす」

甚五郎に桟橋まで見送られ、真九郎は猪牙舟にのった。

中食のあとで琢馬への文をしたため、平助に菊次へとどけさせた。

翌十日は、先月までなら弁当をもって下谷御徒町の上屋敷から団野道場へむかっていた。真九郎は、一抹の寂しさを胸に霊岸島へ帰った。

昼八ツ（二時）をすぎてほどなく、庭さきをまわって桜井琢馬と宗右衛門があらわれた。

そろってくるのは、はじめてだ。ふたりともにこやかな顔をしている。真九郎は、なにごとかといぶかしみながら居間から廊下へでた。

客間にはいった琢馬が上り口を背にし、宗右衛門が廊下ちかくにすわった。

真九郎が上座につくと、琢馬が笑みをうかべた。

「おめえさん、花月のおやじを憶えてるだろう」

「ええ」

花月は、箱崎町一丁目にあるさびれた船宿だ。

「たまに顔をだしてたんだが、おやじが地所ごと売って、根岸か谷中、小梅あたりにひっこみてえって言うんだ。で、和泉屋と相談したんだが、おめえさん、道場をやらねえかい」

真九郎は、眼をみはった。

「わたしが、あそこで道場をですか。思ってもみませんでした」

「そうじゃねえんだ。……和泉屋、おめえから話してやんな」

宗右衛門が、琢馬にかるく低頭してから顔をむけた。

「奥さまのお稽古もございますし、鷹森さまに霊岸島を去られてはこまります。将来のことになりますが、手前は、もう一軒和泉屋を建てて、おちよに婿をむかえようかと考えておりました。箱崎町でしたらすぐそこですし、ちょうどよい機会にございます。庭さきから横道までの蔵をばらさせ、むこうで建てなおさせます。そうしましたら、ここに道場を構えることができます。いかがでございましょうか」

「先生とご相談してみないことには、なんとも言えぬ。お許しがいただけるのであれば、何年かかろうがかならず返済するので、そのおりはお願いする」

　宗右衛門が、憤然（ふんぜん）とした顔になった。

「なにをおっしゃいます。ほかのお弟子筋が申しでましても、びた一文ちょうだいするわけにはまいりません。ここは和泉屋の地所。手前が、立派な道場をお建てし、つかっていただきます」

「それはこまる。そこまで迷惑をかけるわけにはいかぬ」

「いいえ、こればっかりはお譲りするわけにはまいりません。鷹森さまがお建てになりますと、ほかのお弟子筋から祝い金がでます。和泉屋宗右衛門、暖簾にかけても、そのようなことを認めるわけにはまいりません。……桜井さま、あとをお願いします。手前は、さっそくにも花月へ行ってまいります」

「ああ、まかせておきな」

　宗右衛門が、低頭すると、嬉しげな顔で腰をあげた。客間まえの沓脱石（くつぬぎいし）でふたたび辞儀をし、はずむような足どりで去っていった。

真九郎は、庭から琢馬へ眼を転じた。

「たいへんな物入りなのに、なにが嬉しいのでしょうか」

琢馬がまじまじと見つめる。

「おいら、ときどき、おめえさんがわからなくなる。考えてもみな。てめえの地所に、門と玄関つきの屋敷が建てられるんだぜ。どんだけ金があったって、町人に許されることじゃねえ。刀をさせねえのとおんなしよ」

「それはわかりますが……」

琢馬がさえぎった。

「なあ、そこまで世話にはなりたくねえっていうおめえさんの気持ちも、わからねえわけじゃねえ。だがな、和泉屋だって世間に知られた大店だ、立場ってもんがある。それに、おめえさんには返しきれねえほどの恩義もある。八丁堀の者は、これから剣術を学ばせる子はおめえさんの道場へかよわせる。ほっといたって、そうなる。むろん、おれん家のもだ。和泉屋の面目と評判を考えてやんなよ。好きにやらせるんだな」

真九郎はおれた。

「わかりました」

琢馬が帰ったあと、真九郎は師への書状をしたためて平助を使いにやった。

四

翌日、下屋敷からもどってくると、団野道場から内弟子の少年が師の書状をとどけにきていたとのことであった。

真九郎は、さっそくにもひらき、一驚(いっきょう)した。

七日の朝、琢馬が団野道場へ源之進をたずねて、真九郎が道場をひらくことについて相談したのだという。琢馬は、団野道場から浅草寺へ行ったのだ。

源之進に異存はない。それどころか、よいことだと思う。しかし、真九郎が代稽古でかよっている立花家の意向も聞かねばならない。それをたしかめたうえでお報せする。

琢馬が辞去したあと、源之進は書状をしたためて内弟子の少年を下谷御徒町の立花家上屋敷へ使いにやった。

源之進が、用人の松原右京(まつばらうきょう)に会ったのは、九日の昼であった。

当家のご師範はもはや鷹森どのをおいては考えられぬ。これまでどおりに当家道場へかよわれるというのであれば、異存はござらぬ。

これが、右京の返事であった。真九郎はまだ知らぬことゆえ、当人からなにか言ってくるまではご内聞にとたのみ、源之進は道場へもどった。そして、文をしたため、八丁堀の琢馬の屋敷へもたせた。

道場をひらいても、やっていけるだけの弟子があつまるにはしばらくかかるであろう。それまでは、立花家へかよってはどうか。立花家からは、六月に三十両、暮れに三十五両いただいておる。真九郎が道場をひらく決意をしたのであれば、この六月からは本人にわたすよう松原どのにお願いしてある。

立花家の剣術指南は、団野道場ではなく鷹森道場ということになる。わたしからの祝儀だ。道場をもつよき機会かもしれぬ。できうるかぎりの援助はしよう。

師からの書状を、真九郎は雪江にわたした。

昼八ツ半（三時）になろうとするころ、表の格子戸が開閉したが、おとないの声がない。川仙の徳助である。

真九郎は、平助を制して上り口へむかった。

徳助が、むすび文をさしだした。真九郎は、うけとってひろげた。

甚五郎が屋根船できていた。

「刀をとってくる」

大小を腰にして表にでると、待っていた徳助が格子戸をしめた。

真九郎は、舳からのり、障子をあけて座敷にはいった。

屋根船が桟橋を離れた。

甚五郎がかるく低頭する。

「旦那、話はすぐにすみやす。あの出茶屋をやってるんは、幸六にすえって名の夫婦でござんす。歳は四十六とちょうど四十。住まいは駒形堂よこの駒形町の裏長屋で、いつなりとも子分にご案内させやす。ふたり暮らしで子はありやせん。奥山で出茶屋をはじめるめえは、江戸橋広小路で団子を売ってたそうにござんす」

「身よりはおらぬわけか」

甚五郎がうなずき、片頬にかすかに皮肉をこめた笑みをきざんだ。

「旦那、八丁堀が睨んだとおりで。幸六とすえが、吾妻橋よこの桟橋から屋根船にのるんを見た子分がふたりおりやす」

「甚五郎、恩にきる」

「旦那、気にしねえでおくんなせえ。わっちは、闇の辻斬だったたっていうこねえだの三名が元助と源太を殺ったんじゃねえかって思っておりやす。そうじゃねえんなら、これまでに旦那がお斬りになった浪人どものなかにおるはずで。子分の仇を討っていただきやした。お礼を申しあげなきゃなんねえのは、わっちのほうでござんす」

「そこまでは考えつかなかったが、そのほうが申すとおりかもしれぬな」

「お言いつけですから、手はだしやせん。わっちにできることでしたら、なんなりとおっしゃっておくんなせえ」

甚五郎が、辞儀をしてふり返った。

「徳助、船をもどしな」

棹（さお）をつかって新川をゆっくりとすすんでいた屋根船が、舳をめぐらせた。

家にもどった真九郎は、平助を菊次へ使いにやった。

夕七ツ（四時）を小半刻（三十分）ほどすぎたころ、勇太が迎えにきた。

菊次の客間で、真九郎が路地を背にしたいつもの座につくと、きくが食膳をはこんできた。

琢馬がにこやかな笑みをうかべた。

「おきくのおかげで、まつの一件に見とおしがつくかもしれねえんだ」

酌をして銚子をおいたきくが、琢馬に顔をむけた。

「桜井の旦那、おからかいにならないでくださいな。あたしは、うちの人に思いつきを言ったにすぎません」

「その思いつきってのが、大事（でえじ）なのよ」

きくが琢馬に辞儀をし、立ちあがってでていった。

土間の板戸がしまり、琢馬が言った。

「まずは、おめえさんの話から聞こうか」

「お話しするまえに、団野先生から書状をちょうだいいたしました。桜井さん、お骨折りをいただき、お礼を申します」

「なあに。ちょいと思いついたんでな。浅草寺へ行くついでによったたってわけよ」

真九郎は、ほほえみ、そして甚五郎の報せを語った。

琢馬が、不敵な笑みをうかべ、顎をなでた。

「屋根船かい。これでまちげえねえな。奴らの狙いは、やっぱりまつだったってことだ」

「そのように思います」

「あとでお奉行とご相談する。そのまつのことなんだが、どんなにさぐってもわからねえんで、昨夜（ゆうべ）、藤二郎が首をひねってたら、おきくがどうしたんだって訊（き）いたんだそうだ。で、藤二郎が、てめえもなんか見おとしてねえかたしかめるつもりで話した。そしたら、きくが男かもしれねえって言ったんだってよ」

真九郎は眉根をよせた。

「男――。どういうことでしょう。まつが知っていそうな男は、すべて調べたのではないのですか」

「おいらの言いかたがわるかった。そうじゃねえんだ。まつではなく、女中のときよ。藤二郎がこの四日で暇をもらったって話したら、きくが男がいるかもしれねえって言ったそうだ」

「つまり……」

「ああ。浅草寺のちかくにときの男がいるとする。ときの逢引がすむまで、まつは奥山見物と団子を食いながら暇をつぶしてた。若え娘だ、色恋となると人一倍関心がある。ときにたのまれ、たぶん喜んでひきうけたんじゃねえのか。これなら、ときが必死になって隠したのも筋がとおる。こんなことがばれりゃあ、どこも雇っちゃあくんねえからな。わかるかい」

真九郎は首肯した。

「浅草寺山内で、まつはひとりだった」

「元助が立ち話をしてた娘。出茶屋は闇。これで、すべてがむすびつくってわけよ」

「たしかに」

「今朝たしかめさせたら、ときは花川戸町の裏長屋で両親といっしょにいる。藤二郎の手下に見張らせてる。おいらたちに、こんだけ苦労をかけやがった。男がいるのがわかったら、ただじゃおかねえ」

花川戸町は、浅草寺と隅田川とにはさまれている。

琢馬が、諸白を注いで喉をうるおした。

「それとな、弥右衛門について、いくつかわかってきた。臨時廻りのひとりが、もっぱら弥右衛門をさぐってる」

父親の名は半兵衛。弥右衛門の若いころの名は、久一郎という。

半兵衛が死んだのは、寛政三年（一七九一）の晩秋九月。五年（一七九三）の晩春三月に、大坂屋は札差の株を売って店仕舞いをしている。弥右衛門は、小梅村の水戸徳川家蔵屋敷にちかい寮にうつり住んだ。妻子はいない。

六年後の寛政十一年（一七九九）、弥右衛門は近在の者には父親の古里で暮らすと言い、下働きに暇をだして姿を消した。

琢馬には話していないが、甚五郎が闇の名をはじめて耳にしたころと一致する。

「……で、ここからがおもしれえのよ。半兵衛は、大坂屋に丁稚奉公にあがった。よほどに利発だったんだろうな。主に才覚をみこまれ、若くして番頭になり、ひとり娘の婿になった。てめえで身代をおおきくしようとして、和泉屋の札差株を買った。首をくったんは、そういった事情があったからよ」

一重の眼に、きらめくような光がやどった。

「おめえさん、半兵衛の国はどこだと思う」

真九郎は、首をふった。

「わかりかねます」

「近江の国、甲賀よ」

真九郎は得心がいった。

「忍一味」

「もうひとつある。渡辺又兵衛の親父は、高木家の先々代が奈良奉行のおりに召しかかえてる。やはり甲賀者よ。高木家用人の七十三になる父親が憶えてた。どうだい、おもしれえと思わねえか」

「鬼心斎と弥右衛門がどのようにして知りあったのか、なにゆえ忍一味がおるのか、これですべてが解けます」

「そういうことよ。あとは、なんとしてもふたりを見つけ、お縄にしなきゃなんねえ」

それからほどなく、真九郎は北町奉行所へむかう三人と横道にでたところで別れた。

翌十二日の朝、上屋敷についた真九郎は、用人の松原右京に稽古後の面談を願った。

昼九ツ（正午）の鐘で稽古を終え、井戸端で汗をふいてからきがえて右京のご用部屋へ行った。

右京は、小柄で痩身、鬢や髷に白いのがめだつ。歳は五十二である。

真九郎は、師のお許しをえて霊岸島にて道場をひらくことになりましたと語った。右京は、それは祝着にぞんずるが、当家道場へはこれまでどおりにきていただけるのでござろうなと訊いた。

「そのことにつきまして、お願いの儀がござりまする」

「願いとは」

「できますれば、中屋敷の平岩勝三郎どのを内弟子とさせていただき、それがしが道場の師範代にできまいかと愚考しておりまする。さすれば、それがしは、朝のうちはご当家の道場へかよえまする」

「勝三郎。……平岩どのが三男だな」

「さようにござりまする。上屋敷と下屋敷の道場へ、毎日欠かさずにかよい、熱心に修行をつんでおられまする。このまま精進いたしますれば、ご当家のご師範にもなれるご器量と、それがしは考えておりまする」

「ほう。鷹森どのが、そこまでみこまれたか。来月には、殿がご出府なさる。言上申しあげてみよう」

「お願いいたしまする」

真九郎は辞去した。

平岩勝三郎は十八歳である。

真九郎は、勝三郎にその年頃のおのれを見ていた。部屋住みの厄介であるおのれの立場をわきまえ、修行にうちこんでいる。心根がまっすぐであり、剣の筋もよい。早晩、立花家道場では第一の遣い手になるであろうと思っている。

十六日は、深川の門前仲町(もんぜんなかちょう)で宗右衛門の寄合があった。が、刺客はあらわれなかった。

多人数で襲いくる懸念があったので、真九郎は胴太貫を腰にしていた。

翌十七日の夕刻、真九郎は迎えにきた勇太とともに菊次へ行った。

桜井琢馬は、いつにもまして柔和な顔であった。

きくが板戸をしめるのを待ちかねたように、琢馬が口をひらいた。

「まずは、ときからだ。男がいやがったよ。半次郎と藤二郎を行かせ、自身番へ呼びつけた。しおらしい顔で涙を流し、あやまりやがる。ふだんなら、勘弁してやらねえこともねえ。が、今度ばっかりは、そうはいかねえ。のこらず吐かせ、大番屋へぶちこんである。あとは吟味方しでえよ」

自身番屋へ呼びつけたのは、十五日の朝だ。

ときの相手は、浅草寺よこの南馬道町の裏店に住む指物師の次郎太で、二十七歳。指物師は、茶棚や硯箱、三味線箱などを作る。

次郎太は、花川戸町の指物師へ弟子入りした。近所に住むときとは顔馴染であった。

昨年の初夏四月、ときはまつの供で浅草寺へ行った。そのときは、奥山見物と噂に聞いた団子を食べるためであった。

奥山を見てまわっていて、まえからきた男と眼があい、たがいに、あっと声をあげた。それが次郎太で、十五で奉公にでたときにとっては五年ぶりの再会であった。

なつかしげに声をかけあうふたりを見ていたまつが、さきに行ってお団子を食べてるからすこし話をしてからいらっしゃいとささやいた。

次郎太が、奉公さきを訊き、自分の住まいを教え、たいがいはいるからいつでもたずねてきてくれ、あのころから想ってたんだと、あとのほうはちいさな声で言った。

ときは、顔が火照り、うなじまでそまるのがわかり、眼をあげることができなかった。

じゃあな、待ってるよ、と言って次郎太は去っていった。

帰りの屋根船では、まつはなにも言わなかった。しかし、もどってまつの部屋でふたりっきりになったとたんに根掘り葉掘り訊かれた。

ときは、むろん次郎太にうちあけられたのは黙っていた。

ひと月あまりすぎたころ、まつが会いたくないのと訊いた。それだけで、ときは頬をそめた。

浅草寺につくと、まつがあまりながくはだめですからねと言った。ときは、何度も頭をさげ、次郎太の住まいへいそいだ。

二階建ての裏店をたずねると、次郎太が仕事の手をやすめて笑顔で招じいれてくれた。手をにぎられ、耳もとで、会いたかったと言われた。耳朶（みみたぶ）に次郎太の息がかかった。あとは、ぼうっとしてよく憶えていない。気がつくと、二階で次郎太に抱きしめられていた。

いそいで身繕いをして駆け足で出茶屋へ行った。

まつは怒ってなかった。

それからは、月に一度のわりで浅草寺へ行くようになった。秋がふかまり、冬になると、陽射しのある日をえらんでだ。

「……肝腎なのはここからよ。こまったことに何日だったかを憶えてねえんだが、十一月の二十日すぎだ。その日は、朝のうちにでかけ、待乳山へ足をのばし、浅草寺の門前で蕎麦を食べ、七ツ（冬至時間、三時二十分）に船頭が吾妻橋に迎えにくる。親にはそう言ってる。ところが、まつは、山谷堀の船宿へ行ってる。かわいがってもらってた人がそこに嫁いでいるのでたずねてみるって言ってたそうだ」

「親に嘘をついて、山谷堀の船宿へ……」

「芳膳の一軒おいたとなりに料理茶屋がある。そこにおない年の娘がいて、まつとはよく行き来してた。そのこたあ、おいらたちも知ってた。亭主の末の妹が、山谷堀の〝川端〟って船宿に嫁いでる。たしかに、まつをかわいがってたそうだ。こいつは、うかつにはうごけねえ。昨日から、もうひとりの隠密廻りがさぐりをいれはじめてる」

琢馬がつづけた。

師走は、浅草寺へ行ってない。そのつぎは正月の六日で、そして十七日が最後となった。

琢馬が問いかけるように見た。

真九郎はうなずいた。

「甚五郎の子分が殺されたのが、たしか正月の十日でした」

「ああ、まちげえねえ。それとな、十五日の暮六ツ（六時）すぎ、出茶屋のふたりが吾妻橋から屋根船にのった。駒形堂のちかくでふたりをおろし、神田明神にちけえ湯島一丁目の裏通りにある家へへえっていった。帰っていく屋根船は尾けさせてねえ。わかるだろう」

「闇はいちだんと用心しているはずです。わずかでも疑念をいだかれたりすれば、もとも子もなくしてしまいかねません」

「そのとおりよ。湯島一丁目にゃあ、臨時廻りが御用聞きの手下を張りつかせてる。でな、そいつの人相風体が、せんが言ってた青寅とそっくりなんだ。ようやっと、鬼心斎と弥右衛門にたどりつけそうだぜ」

真九郎は眉をひそめた。

「湯島にいて、なにゆえこれまでわからなかったのでしょう」

琢馬が吐息をもらした。

「武家屋敷なんだ。八丁堀は町屋敷だから、貸して家を建てさせるのが許されてる。そうじゃねえ武家地でも、生活のためにやってる。どこも暮らしは楽じゃねえからな、そこで商えをするか、揉め事でもねえかぎり、おめこぼしよ」

「かの者どもが知恵には、ほとほと感心します」

「まったくだぜ。ところで、昨夜はなかったようだな。奴らも、ついに尽きたんじゃねえのか」

「そうかもしれません」

「さて、行くとするか」

それから三日はなにごともなくすぎた。しかし、翌二十一日になって、いっきょに動きだした。

連日、勇太が琢馬の言付けをもってきた。日に二度くることもあった。

きっかけは、川端の女将だった。

山谷堀は吉原への通い路である。遊客は、山谷堀で舟をおり、駕籠か徒歩で日本堤を吉原へ行く。そのため、山谷堀には船宿や料理茶屋、水茶屋などがならんでいる。

闇の船宿にしては、川端のようすは周辺の船宿より明るい。客を見送りにでてくる女将もほがらかで、うしろ暗さはうかがえなかった。

人は、秘め事があれば態度や表情などにあらわれる。それが見抜けぬようでは、隠密廻りにはなれない。

意を決した隠密廻りは、商人に化けて川端へあがった。

酌をする女将に見覚えがあると言うと、女将が実家の屋号を告げた。そういえば、と隠密廻りは、いくたびかあがったことのある芳膳の娘の相対死についてふれた。

とたんに、女将が哀しげな顔になった。

――やはり好いた人がいたんですねえ。そうではないかと思ってました。

――女将、いまのはどういう意味だ。

隠密廻りは、北御番所の者だと身分を告げ、商人口調をがらりとかえた。

――まつが十一月にきたこたあわかってる。あの相対死にゃあ、不審な点がある。おいらのことも、これから訊くことも、亭主にすらしゃべっちゃあならねえ。わかったな。

――は、はい。

十一月の二十二か二十三日だったと思う、と女将は問われるままにこたえた。

まつがたずねてきたのは、はじめてであった。思いがけなさとなつかしさを満面の笑みにしてすぐに案内した居室で、盂蘭盆会に帰れなかった実家や入船町のようすを聞いた。

しばらくして、まつが、おかしな船宿がないかと訊いた。女将がどういうことかと問いかえすと、たのまれたのだという。

――誰に。

――浅草寺で助けていただいたおかたにです。

後架（便所）を借りに行くときと別れてひとりで出茶屋へむかっていると、いきなり斜めうしろからぶつかってきた者があった。

たちまち、晒をまいて胸をはだけた三名にかこまれた。聞いたこともない罵声をあびせられ、あまりの恐ろしさに声をだすことも、顔をあげることもできずにいた。おとしまえをつけてもらおうか、とまえにいた男が手をつかもうとした。

そのとき、走りよってきた人が、その男を殴りつけ、ほかのふたりも追いはらってくれた。

まつは、名のり、何度も礼を述べた。

翌月も、その人に会えた。そのとき、料理茶屋なら船宿についていろんな話を聞くだろうから、ほかとはちがうおかしな船宿があったら教えてほしいとたのまれた。

そのときは、できすぎた話だと思った。薬研堀にある船宿の三男を婿に迎えると聞いているし、なにか事情があるのだろうと、思いついたらお正月に帰ったときに教えるとこたえた。それよりも、そのときになってまつが供もつれずにひとりできたことが気になった。

どうしたのか聞くと、女中の住まいが花川戸町にあるので母親に会いに行かせ、あとで浅草寺で会うことになっているとこたえた。

女将は、まつの下の者への心づかいが嬉しかった。幼いころから知っている。これなら、料理茶屋の立派な女将になるであろうと安堵した。

船頭に浅草寺の境内までちゃんと送るように言って、女将は桟橋でまつを見送った。

それから半月あまりがすぎたころだった。

暮六ツ（冬至時間、五時）すぎに、客を送って桟橋におりた女将のまえを小舟がすぎていった。百姓が漕ぎ、五十代なかばくらいの隠居らしい町人がのっている。となりの料理茶屋をはさんで船宿がある。そこの客だ。

そういえば、と女将は想いだした。しばしば見かけるわけではないが、くるのはいつもあたりが薄暗くなってからだ。そして、屋根船にのりかえてどこへともなく行く。

船宿の亭主も女将も、あまり愛想のいいほうではなかった。顔をあわせても、挨拶をするていどのつきあいでしかなかった。客商売なのに、変わってるといえば、たしかに変わった船宿であった。

釣舟しかおいてないようなちいさな船宿をふくめ、一再ならず調べられている。山谷堀の船宿などはことに念入りにだ。むろん、深川蛤町の船宿もだ。そこが闇の船宿だと判明したのは、ひそかに、日数をかけて見張っていたからである。

隠密廻りは、胸騒ぎをおさえて、さりげなく訊いた。

――で、まつに教えたのかい。

――はい。お正月の三日に帰ったおりに、たずねてきましたので、話しました。

――その年寄の人相なんかは憶えてねえか。

――いまもお話ししましたように、薄暗くなってからしかきませんのではっきりしませんが、痩せております。それに、背が高くて、五尺七寸（約一七一センチメートル）ほどもあるでしょうか。

弥右衛門に相違ないと、隠密廻りは確信した。

闇は舟を足としてつかっている。山谷堀と隅田川ぞいの桟橋に、幾艘もの猪牙舟や屋根船が用意された。

そして、二十一日。

暮六ツ（六時）を小半刻（三十分）ほどたったころ、弥右衛門をのせた小舟がやってきた。

一艘が、帰っていく百姓の小舟を尾行した。途中でいれかわりながら塒をつきとめる。残りが弥右衛門の屋根船を尾けた。弥右衛門の屋根船が神田川にはいったところで、離れた屋根船にのっていた隠密廻りは決意した。

弥右衛門と青寅とがいっしょになるのであれば、またとない機会である。ふたりとも捕縛する。

隠密廻りは、柳橋の桟橋から手の者ひとりを北町奉行所へ、もうひとりを青寅を見張っている臨時廻りのもとへ走らせた。

昌平橋をすぎた右岸の河岸に、ぶら提灯をもった青寅が立っていた。屋根船が桟橋につけられたとたんに、ひそんでいた御用聞きと手先たちがとびだしてきて、たちまち青寅を押さえ、弥右衛門と船頭にも縄をうった。

報せが、北町奉行所へ走った。待ちかまえていた小田切土佐守の下知により、捕方が夜の市中へ散っていった。

船宿が二軒と出茶屋夫婦の住まい、鐘(かね)ヶ淵(ふち)から新綾瀬(しんあやせ)川をのぼったところにある弥右衛門の塒でも幾艘もの舟で行った捕方によって老下男下女がお縄になった。

捕縛された者が、つぎつぎと小伝馬町(こでんまちょう)の牢(ろう)屋敷へひったてられていった。

弥右衛門と青寅には、すぐさま容赦のない責めがおこなわれた。老中の厳命であった。一刻(いっこく)の猶予もない。塒に鬼心斎はいなかった。

それでも、弥右衛門は四日もこらえた。医者をひかえさせて介抱させながらの過酷な責めに、ついに白状をはじめた。

青寅のほうは、二日ともたなかった。

新たに判明したもう一軒の古着屋、青寅の配下にあった屋台の担売りや振売りたちもひとり残らずお縄にしつつあった。

上方へも、騎馬での急使が発った。

出茶屋の幸六とすえからわかったこともあった。

正月の六日に、元助とまつは会っている。まつが団子を食べていると、元助がとおりかかった。

まつがすぐに立ちあがったので、気づいた元助が笑顔でやってきた。そして、まつが元助に山谷堀の船宿について話すのを、すえが聞いていた。

甚五郎一家の元助については、むろん幸六もすえも知っている。まつに話しかけたすえが、深川入船町の料理茶屋芳膳の娘であるのを聞きだした。

どうやってまつを呼びだしたかまでは、ふたりとも知らない。しかし、元助がご馳走をしたいと待っていると言って、まつを吾妻橋から一町（約一〇九メートル）ほど上流の桟橋まで案内したのは、幸六であった。

舳へまわって屋根船にのり、障子をあけたまつは、腕をつかまれてなかへひきずりこまれた。あっというまのできごとだった。

二十七日の夕暮れ、勇太が、話がながくなるので夕餉を終えてからきてくれとの桜井琢馬の言付けをもってきた。

琢馬が、諸白を注いで、ぐっと飲みほした。

「残るは鬼心斎だけよ。弥右衛門も知らねえ塒がいくつかあるらしい。……どうかしたかい」

真九郎は、琢馬を見た。

「喜ぶべきなのでしょうが、まつがことを思うと」

言葉がつづかなかった。哀しいような、むなしいような、なんともいえない気持ちだった。

「なあ、これでもう、おんなしめに遭う娘はいなくなる。そう考(かんげ)えようじゃねえか」

真九郎はほほえんだ。

「そうですね。まつと山谷堀の船宿とがむすびつくのを、どうあってもふせぎたかった。だから、惣太郎(そうたろう)が狙いだと思わせんがために、あのような殺しかたをした」

「まつは、助けてもらった礼(れえ)がしたかった。祝言の相手とは会ったこともねえし、元助をたのもしく思ってたのかもしれねえな。それが、あんだけでっけえ浅草寺の山内で、よりによって一味がやってる出茶屋のめえで船宿のことを話しちまった。それを思うと、おいらもなんだかな」

それからしばらくして、真九郎は琢馬や半次郎とともに菊次をでた。

晦日の二十九日、真九郎は下屋敷から山谷堀にむかった。一日おきにかよっているが、闇の船宿は対岸で、下流へすこし離れている。

田畑を背にし、大名屋敷ぞいに歩いていると、正面の延命院の裏門から虚無僧がでてきた。

足はこびに隙がない。

真九郎は、風呂敷包みをもつ左手のにぎりをゆるめた。

ちかづいてきた虚無僧が立ちどまる。

真九郎は、歩みをとめ、訊いた。

「それがしにご用か」

「鬼よりの言付けがある」

「聞こう」

「今宵五ツ（八時）、溜池の葵坂よこの馬場で待つ。違えれば……」

真九郎は、するどくさえぎった。

「念押しにはおよばぬ。闇のやりようはぞんじておる」

虚無僧がうなずき、踵を返して去っていった。

中食のおりは話さなかった。雪江が、いつものように留守のあいだのできごとや弟子たちのことを語った。

昼八ツ（二時）すぎに、団野道場から内弟子の少年が給金をとどけにきた。団野源之進からの言付けもあった。道場開きには、あらたにくわわったふたりをふくむ師範代五人とともに祝いにくるとのことであった。

真九郎は、お礼を言上するようたのんだ。

陽射しが西にかたむきはじめたころ、真九郎はかたわらの雪江にむきなおった。

「話がある」

「あの者にござりますね」

「ぞんじておったのか」

「いつもと、どこかちがいまする」

真九郎は、帰路でのことを語った。

「闇には忍が五名おる。忍とは一度も刀をまじえたことがない。雪江を独りにはせぬと約束したが、万一のおりはあとの始末をたのむ」

「かしこまりました。あとで、わたくしもお供いたします」

真九郎はほほえんだ。

「来世でも、ともに暮らそう」

「嬉しゅうございます」

夕餉はかるめにすませて、したくをはじめた。古着に伊賀袴の裾を脚絆でしぼる。襷紐を懐にしまい、切れ味するどい筑後をもった真九郎は、客間でしばし眼をとじた。

雪江が見送りについてきた。

草鞋をむすび、沓脱石から土間へおり、ふり返った。

「では、まいる」

「ご武運をお祈りしております」

「うむ」

上り框におかれた弓張提灯をもつ。格子戸をあけてでて、うしろ手にしめる。

霊岸島から築地をよこぎり、御堀（外堀）にそった通りを溜池へむかう。

葵坂から、月のない夜空に黒っぽい枝をひろげている樹木のあいだをぬっている小径にはいる。

ひろい馬場のすみに、灯りがあった。

真九郎は、馬場を斜めにつっきっていった。

まとめておかれた弓張提灯のよこで、鬼心斎が床几（しょうぎ）に腰かけていた。その背後に、五人の忍装束がひかえている。

五間（約九メートル）のあいだをおいて、真九郎は立ちどまった。

鬼心斎が立ちあがる。中肉中背でひきしまった体軀だ。よほどに鍛錬しているのを、真九郎は見てとった。容易ならざる遣い手だ。

鬼心斎が言った。

「この者たちは、手出しせぬ。そのほうとわしとで決着をつける」

「承知。ひとつだけ聞きたい。それがしに、なにゆえにあのような仕打ちを」

「退屈ゆえ。したくしろ」

真九郎は、息を吸ってゆっくりとはき、煮えたぎらんとする怒りを鎮めた。弓張提灯をよこにおき、懐から紐をだして襷をかける。手拭をおり、額に汗止めをする。

うしろにいた忍が、鬼心斎の肩から羽織をとった。すでに襷掛けがしてあった。鬼心斎が股立をとる。

忍五名が、弓張提灯をもってふたりをかこむ輪をつくった。

鬼心斎が刀を抜いた。

鯉口を切り、筑後を抜いて青眼にとる。

三歩まえへすすんで、両足を自然体（じねんたい）にひらく。胸腔（きょうこう）いっぱいに息を吸い、口をすぼめてゆっくりとはきだす。

筑後を、青眼から八相へともっていく。

青眼にとった鬼心斎が、ゆったりとちかづいてくる。

二間（約三・六メートル）。

鬼心斎の足が止まる。

真九郎は、微動だにしない。

微塵（みじん）の殺気も発することなく悠然と構え、静であった鬼心斎が、刀身を右に返すなり動に転じた。踏みこんで下段に奔（はし）らせた白刃が燕返しに逆袈裟に斬りあげてきた。

霧月（むげつ）――。

右足をよこにだして爪先立ちになり、左足をひいて、八相から疾風の円弧を描かせた筑後で鬼心斎の白刃を弾きあげる。そのまま左回りに上体をひねる。独楽（こま）の疾（はや）さで一回転。

鬼心斎が、弾きあげられた刀を躰をひらきながら八相にとる。

真九郎もまた、筑後を八相にもっていく。

鬼心斎の白刃が夜を裂く。

筑後が雷光と化す。

左肩下に切っ先が消え、筑後が左腕を両断しながら水月（みぞおち）のしたを裂いて抜けた。勢いのまま反転につぐ反転。残心の構えをとる。

鬼心斎が、まえへつんのめった。

筑後にさっと血振りをくれ、青眼にとり、すばやく左右に眼をくばる。

忍五名に動きはない。

右斜めまえの忍が、一歩まえへでた。

「貴殿とやりあう気はない。だが、恩義あるおかたゆえ、亡骸（なきがら）はわれらがいただく。不承知とあらば数日以内にご妻女が死ぬ」

公儀は、鬼心斎の首を晒す。それを阻（はば）まんとしている。

真九郎は、懐紙をだしてていねいにぬぐいをかけ、筑後を鞘へもどした。襷をはずして汗止めもとる。

弓張提灯をもち、黙って背をむけ、馬場をでていった。

藤二郎には報せなかった。

翌初夏四月朔日の朝、真九郎は、顚末（てんまつ）をしたためた書状を、いそぎ桜井琢馬へとどけてもらいたいとの言付けとともに平助にもたせて菊次へ行かせた。

夜、土佐守がわかってくださったと琢馬がつたえにきた。

その後も、吟味方が、弥右衛門からさまざまなことを聞きだした。

鬼心斎は、渡辺又兵衛と京へ行き、半年余ののちに五名の忍をともなって帰ってきた。

江戸には、黄艮の弥右衛門と、黄坤の渡辺又兵衛とがいる。ところが、京に住まう黄巽が上方のすべてを仕切っていたという。

すくなくとも、弥右衛門は黄巽しか知らなかった。その黄巽をふくめ、京、大坂の一味も追捕されつつあるとのことであった。

黄艮が北東で、黄坤が南西で、黄巽は東南。ならば、残る西北の黄乾もいるのではあるまいか。

しかし、京都町奉行所の詮議によれば、黄巽は渡辺又兵衛の遠戚で、鬼心斎が忍の配下をえたのもその縁でとのこと。それならばと思ういっぽうで、あの鬼心斎がなんの策もなく上方をひとりの者にまかせたであろうかとの疑いがのこる。

桜井琢馬も疑念をいだいたようであったが、つぎつぎと判明する闇の配下を追う日々をおくっている。

殺しの代償で金子を得、押込み強盗で奪う。それでも、鬼心斎に金子への執着はなかった。諸国で手当していた剣客はもとより、下働きの年寄をふくめた配下に、忠義にむくいるべくじゅうぶんな金子をあたえている。

　生活（たずき）のためだけなら、忍五人組の手で奪った御用金だけでことたりる。鬼心斎は、おのが智謀に酔い、のめりこんでいった。そしてしだいに、公儀を愚弄し、兄と家名に的（まと）をしぼるようになった。退屈ゆえ、との鬼心斎の言葉に、虚無と自嘲と憤怒（ふんぬ）があった。

　上方の金子は黄巽の白状でのこらず回収した。が、江戸で得た数万両は不明のままだ。消えた忍一味が承知している。推測ではなく確信であった。それがために、忍一味は対決を避けた。あるいは、鬼心斎にそのように命じられていた。

　しかしとにかく、闇との二年余の戦いが、ようやく終わった。

　だが、よいことばかりではない。四月になって臥（ふ）せがちであった小田切土佐守が、二十日に亡くなった。享年五十七歳。十九年の永きにわたって北町奉行の職にあった。大（おお）岡越前守（おかえちぜんのかみ）忠相（ただすけ）につぐ四番めの永さである。大岡忠相のような派手な事績はない。永きをよしとするわけではないが、激務の町奉行職を二十年ちかくも勤めえたのは幕府中枢の信頼をしめしており、名奉行のひとりであろう。

　真九郎は、菊次に呼ばれ、琢馬や半次郎、藤二郎としんみり杯をかたむけた。

本書は、徳間文庫より刊行された『孤剣乱斬―闇を斬る』（二〇〇六年十二月刊）、その後加筆修正され朝日文庫より刊行された『孤剣乱斬　闇を斬る　七』（二〇一一年七月刊）に加筆修正を加えたものです。

実業之日本社文庫　最新刊

蒼月海里
海風デリバリー
高校を卒業し「かもめ配達」に就職した海原ソラは、様々な人と触れ合い成長していくが……。東京湾岸を舞台にした〝爽快&胸熱〟青春お仕事ストーリー!!
あ311

梓林太郎
越後・親不知　翡翠の殺人　私立探偵・小仏太郎
京都、金沢、新潟・親不知……山小屋の男の失踪の裏には十八年前の殺人事件が!?　彼は被害者か犯人か？　七色の殺意を呼ぶ死の断崖！（解説・山前　譲）
あ318

荒崎一海
孤剣乱斬　闇を斬る　七
若い男女が心中を装い殺されるが、二人に直接の繋がりはなく「闇」の仕業らしい。苦難の道を歩む剣士・鷹森真九郎の孤高の剣が舞い乱れるシリーズ最終巻！
あ287

井川香四郎
紅い月　浮世絵おたふく三姉妹
三社祭りで選ばれた「小町娘」が相次いで惨殺された。新たな犠牲者を出さぬため、水茶屋「おたふく」の三姉妹が真相解明に乗り出す！　待望のシリーズ第二弾。
い1010

加藤元
もりのかいぶつ
毒親に翻弄される少女に生きる理由と場所を与えてくれたのは、本だらけの家に住む偏屈な魔女の「おばさん」と「猫」だった――。感涙必至の少女成長譚!!
か103

近藤史恵
たまごの旅人
ひよっこ旅行添乗員・遥は、異国の地でひとり奮闘を続けるが、思わぬ事態が起こり……人生の転機と旅立ちを描くウェルメイドな物語。（解説・藤田香織）
こ37

沢里裕二
処女刑事　新宿ラストソング
新人女優が、歌舞伎町のホストクラブのビルから飛び下り自殺した。真木洋子×松重豊幸コンビは、若い女性を食い物にする巨悪と決戦へ！　驚愕の最終巻!?
さ320

実業之日本社文庫　最新刊

田中啓文
若旦那は名探偵　七不思議なのに八つある
おもろい事件、あらへんか？　江戸の岡っ引きのもとで居候する大坂の道楽息子・伊太郎が驚きの名推理で犯人を追い詰める、人情&ユーモア時代ミステリ！

た66

堂場瞬一
大連合　堂場瞬一スポーツ小説コレクション
不祥事と交通事故。部員不足となって窮地に立つ、新潟県の二校の野球部が、連合チームを組んで甲子園をめざす！　胸熱の高校野球小説！（解説・沢井 史）
と119

葉月奏太
ぼくの女子マネージャー
ボクシング部員の陽太にとって、女子マネージャー亜美は憧れの女。強くなり、彼女に告白したいと練習に励むが…。涙と汗がきらめく青春ボクシング官能！

は617

東川篤哉
野球が好きすぎて
アリバイは、阪神vs.広島戦!?　野球ファンが起こした珍事件の行方は……プロ野球界で実際に起きた出来事を背景に描く、爆笑&共感必至の痛快ミステリ！

ひ44

南 英男
断罪犯　警視庁潜行捜査班シャドー
非合法捜査チーム「シャドー」の面々を嘲笑う〝断罪人〟からの謎の犯行声明！　美人検事殺害に続く標的は誰？　緊迫の傑作警察ハード・サスペンス長編!!

み735

睦月影郎
淫ら美人教師　蘭子の秘密
北関東の高校へ赴任した蘭子。担任するクラスには不良達がいて、襲いかかってくるが……。美人教師が秘められた能力で、生徒や教師を虜にする性春官能。

む220

渋沢栄一・著／奥野宣之・編訳
抄訳　渋沢栄一『至誠と努力』
——人生と仕事、そして富についての私の考え
地方の農民の子→幕臣→官僚→頭取→日本資本主義の父。なぜ彼はこんな人生を歩めたのか？　史上最強のビジネスマン・渋沢栄一の思考法。（解説・北 康利）
し62

実業之日本社文庫　好評既刊

荒崎一海
闇を斬る　龍尾一閃
ひとたび刀を抜けば、生か死か、それしかない――。国元をひそかに脱し、妻と江戸の裏店で暮らす武士の矜持を端正な筆致で描く、長編時代小説。
あ28 1

荒崎一海
刺客変幻　闇を斬る　二
「闇」の邪剣を撃つ孤高の剣！　直心影流団野道場の師範代で妻・雪江と暮らす鷹森真九郎は闇に命を狙われている――。大好評長編時代小説第二弾。
あ28 2

荒崎一海
四神跳梁　闇を斬る　三
残忍な「闇」が幕府に牙をむく！　江戸城の東西南北で座頭の金貸しが襲われた。現場には青竜、白虎、朱雀、玄武の張り紙が――。大好評長編時代小説第三弾。
あ28 3

荒崎一海
残月無情　闇を斬る　四
「闇」の刺客と戦う剣士鷹森真九郎は偶然深川一の芸者染吉と再会する。数日後、押し込み強盗の犯人らしき影を彼女が目撃し……。大好評長編時代小説第四弾！
あ28 4

荒崎一海
霖雨蕭蕭　闇を斬る　五
重苦しくけぶる秋雨のような「闇」と戦い続ける剣士鷹森真九郎。立て続けの辻斬りで殺された町人たちの袂に、なぜか彼の名の書付が――長編時代小説第五弾。
あ28 5

実業之日本社文庫　好評既刊

荒崎一海
風霜苛烈　闇を斬る　六
辰巳芸者に江戸留守居役が執着し、無法な振る舞いに及んでしまう。陰湿な悪に怒った剣士・鷹森真九郎は思い切った行動にでるが——。長編時代小説第六弾！
あ28 6

風野真知雄
月の光のために　大奥同心・村雨広の純心　新装版
大奥に渦巻く陰謀を剣豪同心が秘剣で斬る——新井白石の家臣・村雨広は、剣の腕を見込まれ大奥の警護役に。紀州藩主・徳川吉宗の黒い陰謀が襲い掛かる…！
か1 10

風野真知雄
消えた将軍　大奥同心・村雨広の純心　新装版
紀州藩主・徳川吉宗の策謀により同じ御三家尾張藩の異形の忍者たちが大奥に忍び込む。命を狙われた将軍・徳川家継を大奥同心は守れるのか…シリーズ第2弾。
か1 11

風野真知雄
江戸城仰天　大奥同心・村雨広の純心　新装版
御三家の野望に必殺の一撃——尾張藩に続き水戸藩も忍びを江戸城に潜入させ、城内を大混乱に陥れる。同心と謎の能面忍者の対決の行方は？　シリーズ第3弾。
か1 12

吉田雄亮
北町奉行所前腰掛け茶屋　迷い恋
捨て子の親は、今どこに？　茶屋の裏手から赤子の泣き声が。自ら子守役を買って出た弥兵衛だが、息子の紀一郎には赤子に関わる隠し事があるようで……。
よ5 11

実業之日本社文庫 あ28 7

孤剣乱斬　闇を斬る　七

2024年6月15日　初版第1刷発行

著　者　荒崎一海

発行者　岩野裕一
発行所　株式会社実業之日本社
〒107-0062　東京都港区南青山6-6-22 emergence 2
電話［編集］03(6809)0473［販売］03(6809)0495
ホームページ　https://www.j-n.co.jp/
ＤＴＰ　株式会社千秋社
印刷所　大日本印刷株式会社
製本所　大日本印刷株式会社

フォーマットデザイン　鈴木正道（Suzuki Design）

ISBN978-4-408-55887-5（第二文芸）